KEY·可以文化

The South

南方

艾伟 著

浙江文艺出版社
Zhejiang Literature & Art Publishing House

南方

1

需要闭上眼睛，用尽所有的力气才能把过去找回来。杜天宝想事的样子十分滑稽，整张脸皱得像一张树皮，表情痛苦，好像他已进入了另一个世界。闭上眼睛，世界一片黑暗。天宝想啊想，往事慢慢地在黑暗中出现，向他招手。开始脑子中出现的是一点一点的亮光，忽明忽暗，就像夜半时分窗前闪过的磷火。后来，这些星火汇合在一起，慢慢地就出现了天空，南方的街道和房屋，它们像放露天电影时的幕布被大风刮着，晃来晃去。街头的广播里播放着歌曲：东方红，太阳升，中国出了个毛泽东。当他听到这歌声时，世界安定下来，他看到了整个西门街，他正踏着三轮车在西门街上穿行，耳边灌满了风和歌声。

现在杜天宝已经年近五十，许多事情不用力气就想不起来。那感觉很像女人难产，孩子卡在大腿间不肯出来。有时候，想起来的事情他都怀疑是不是真的，因为有些事看起来很奇怪。但不管怎么说，那年爹的死他记得清清楚楚。

一九六三年春天特别寒冷，南方普降大雪，雪把整个永城给封了，屋檐下结成一根一根像手臂那样粗的冰柱子。那年春天，永城周围农田里的蔬菜都冻死了，永城人都吃不到蔬菜。杨美丽家的咸鱼干成了紧俏货。每年秋天，杨美丽都要从水产厂搞来劣质的发臭的小鱼，腌制后，就摊在西门街上晒干。杜天宝的爹是水产公司冷库保管员，他一天到晚在冷库里，所以不怕冷，他看着满天的雪，高兴地对天宝说，他娘的，现在整个永城都成了冷库了，冷库里根本用不着冰块了，便宜了那个国民党。他所说的国民党就是夏泽宗，他也在冷库车间，是专门搬冰块的。

接着就是暴热的夏天。那时候可没有空调，南方的气温持续攀高，永城的人热得像狗一样吐着舌头，连眼睛也像狗一样，射出惊恐来。面对高温，天宝的爹也很高兴，爹对天宝说，热吧，再热一些才好呢，老子可是在冷库里凉快，羡慕死他们。也有一些人去爹的仓库乘凉，爹可是个势利鬼，只有他看得上眼的人他才让他们进冷库凉快一会。

杜天宝的爹就是在那年夏天死的，被冷库的冰块砸死了。等到人发现，爹几乎已被冻成了冰块。他们把这个消息告诉天宝时，天宝的脑子一片糨糊。天宝一路狂奔，来到水产公司冷库，途中跌了好几跤，手掌和脚盖都擦出了血。天宝看到那巨大的冰块砸在父亲的脑袋上，白白的脑髓和血混合在一起，在仓库的水泥地上结成了冰，那图案天宝觉得很熟悉，想啊想，才想起来是一只猪。这个发现让天宝不自觉地露出傻笑。他听到背后有人在议论，说杜天宝真的是个傻瓜，爹死了都笑。天宝这才把笑容收起来。

后来水产公司把爹火葬了，整个过程天宝都像在做梦，他们让天宝做什么他就做什么。直到爹的尸体缓慢地进了火炉，天宝的心才咯噔了一下，好像心脏突然之间消失了。天宝心一酸，就大哭起来。哭的时候没有人理天宝，他们只是怜悯地看他几眼。天宝想，我可不是傻瓜，我知道他们的意思。

他明白爹死后他在这世界算是没有亲人了。杨美丽忧虑地说，杜天宝，你这个傻瓜，以后谁来照顾你啊。听了这话，天宝心里又慌了一下。但没多久，他就不以为然了。天宝想，杨美丽还是个寡妇呢，她还是可怜可怜自己吧。

爹活着的时候，天宝觉得爹碍手碍脚。爹只要一喝上酒，就训斥他，天宝我儿，你这么没出息，要是爹死了，你可怎么办？那时天宝想，要是爹死了才好呢，爹死了，就没人管我啦，我就是在巷口那棵银杏树上像一只鸟一样睡觉也不会有人来骂我。爹老是这样，像只苍蝇一样在天宝的耳边嗡嗡嗡嗡叫个不停，天宝的头都大了。现在爹不在了，天宝却想念爹，觉得爹就算是一只苍蝇也是好的。天宝觉得心里空空的，晚上一个人躺着，好像周围没有人家，他是躺在一个荒岛上。

天宝老是梦见爹。在梦里，爹总是站在远处，要么不怀好意地对他冷笑，要么忧虑地看着他。天宝从梦中惊醒，有点害怕，想起爹活着的时候，他多次咒爹死，心里面觉得特别不安。天宝说：

"爹，你为什么这么古怪地看着我？好像是我死了，你倒是活着。爹，难道你想把我带走？我不愿意，爹。火烧在人身上，会痛的。"

天宝就想和她们谈。她们是罗家的双胞胎，罗思甜和罗忆苦，她们长得一模一样，天宝分不清谁是谁。天宝不喜欢她们的娘寡妇杨美丽，但喜欢她们，天宝总觉得她们浑身亮晶晶湿淋淋的，好像刚从永江里爬上岸，还来不及换湿衣服。他喜欢看她们笑。以前天宝常从爹管的冷库偷一些海鲜送给她们。

"罗忆苦，你说人死了后去哪里了呢？"

"天宝，我不是罗忆苦，我是罗思甜。"

"罗思甜，我昨天又梦到我爹了，你说他在哪儿呢？"

罗思甜说："天宝，人死了就没有了，烧成了骨灰，变成了烟。"

天宝摇摇头："烟又去哪儿了呢？"

罗思甜怜悯地看着天宝，说："天宝，你真笨。烟在空气里，变成二氧化碳，二氧化碳又被树吸收啦，所以没有啦。"

天宝看了看街边的树。爹在树里吗？

天宝想起他们烧了爹后，端给他一只骨灰盒，他们说这就是爹。天宝不相信，当场把骨灰盒打开来，他看不出这就是爹。一阵风吹来，还把一些骨灰吹走了。他赶紧合上。这时，天宝看到爹在远处看着他，好像爹从这骨灰盒里逃走了。天宝的心怦怦地跳起来。

天宝想不明白死是怎么回事，就经常到火葬场去。

火葬场每天都能见着死人，死法都不一样，年龄也不一样。有的是上吊死的，有的是喝敌敌畏自尽的，有的是生病断气的……有的死得莫名其妙，有一个人跟人打赌说能吃五斤猪肉，肉是吃下去了，结果胀死了。

每次天宝见到死人，心里很难过。为死去的人难过，也为活着的人难过。不过，天宝认为活着的人比死去的人更可怜，见到他们对着尸体哭个不停，他的心里就酸酸的，嘴里不由自主地唠念：

"可怜，可怜，实在太可怜了。"

不知为什么，这个时候天宝总是抑制不住地跟着他们哭。

天宝愿意帮他们的忙。天热的时候，尸体不能放太久，时间长了要发臭。可是永城的人都喜欢选一个吉日火化尸体，有时候就要停尸一两天。天宝怕尸体发臭，就在尸体边上放一些冰块。冰块是他踏三轮车从冷库拉来的。爹死后那个国民党夏泽宗接替了爹——爹要是知道夏泽宗接替了他一定会气得吐血。那些亲人们擦掉眼泪，感谢天宝：

"你是个仁义的人。"

除了给他们送冰块，天宝还帮忙替他们把尸体推进焚化炉，替他们搬花圈，搀扶那些悲伤得没了力气的老人，管那些调皮的孩子们。他几乎什么都干。那些死者的家属还以为天宝是火葬场的职工呢。

2

1995 年 7 月 30 日　第一天

她站在你面前，赤身裸体。你看不清她的脸。你熟悉她的身体。你不敢看。那白刺痛眼睛。那白曾像一团炽烈的火，如今却让人感到寒冷。她站在那里，头一直没转过来。你在等着她转过来，好看清她，好认出是不是她。你等得非常焦灼，想走到她面前看个明白。你好像被什么东西捆住了双脚，怎么也迈不开步子……

后来你醒了。是个梦境。

天已微明。窗外朦朦胧胧的，依稀看得见南方疯长的植物，一阵风吹过，茂密的树枝在微微晃动。

睡眠总是不好。昨晚好不容易才入睡。每个夜晚对你来说都很安静。夜晚的声音比白天更钻心，好像有一股子虚无之气吹入你虚弱的身体里。夜间的声音带着冰冷的静气，你几乎听得到一根针落地，这声音带着针的尖利刺向你的心脏。窗外的街巷总是有人轻轻走动。一步。两步。三步。然后远去。你就这样眼睁睁地听着脚步声，无法入睡。为了把夜晚的声音挡于窗外，你用了厚厚的黑窗帘。但没有用。后来你承认声音并非来自窗外，而是从你身体里钻出来的，它们像草席间的跳蚤，在夜深人静时钻出来，在你身体上咬一口。

黎明到来的速度很快。几乎没有过渡，窗外全白了。从东边的窗口望出去，永城弥漫着一层雾气，潮湿而清冷。远处三江口邮政大楼的屋顶像一只降落伞。仿佛像被火烫着似的，你迅速把目光收了回来。

睡是睡不着了，你索性起来。你今天得把周兰接回家。不过这会儿还早。你泡了一杯茶，在院子里坐了会儿。你习惯早上喝一杯热茶暖暖肚子。

院子中间那棵枣树还未开花，细长的叶子一动不动。西边墙根的那棵石榴树开出细小的红花。

一会儿，院子的门打开了。是保姆来了。今天周兰出院，需要照顾。你早先通知了她。她娘五十年代做过你家保姆。保姆身材微胖，带来一股暖烘烘的气息。那是人世间的气息。你觉得自己的屋子总有一股子阴气缠绕不去。

"你来了？"

"我得早点过来收拾收拾。"保姆说。

保姆原来是纺织厂的，不过三年前下岗了。职业原因，她嗓门大，说起话来依旧带着纺织厂车间的气息。

"你今天起得这么早？"

她的声音在寂静的清晨听起来像一台轰轰作响的纺织机。

你点点头。

"周阿姨终于可以回家了，太好了。你一个人住这么大屋，瘆得慌，也难怪你睡不好觉。"

说完，她进屋把带来的一篮子菜放进厨房。然后开始忙碌起来。这个家她看起来比你熟悉。你经常找不到东西。她不在时要打电话问她。

你喝了一口茶，站起来，打算去外面转转。

"你出去吗？这么早就去接周阿姨？要不要我跟你一起去？我可以帮你搬东西。"

保姆大概一直在窗口观察你。这会儿她来到门口。你不喜欢被人观察，皱了皱眉头。

"不，我去外面转转。"你说。

大概有闰月的缘故，今年夏天，南方异常闷热。白天阳光毒辣，酷热难挡。退休后，你还是喜欢像年轻时一样，在永城的各处走。只有走在街头，你才感到自己活着，仿佛街头那杂乱无章的声音里有你赖以生存的人体所需的各种微量元素。

整个永城都在雾气的笼罩之下。这雾气已不是记忆中的清凉的雾了，而是带着浮尘的雾。空气比从前差多了。走到哪儿，哪儿都是一股浑浊之气。河水据说也被污染了。有一年春天，一夜之间整个永江的水面白油油的一片，浮着各色各样的鱼肚子。有人把死鱼捞上来，死鱼的眼睛，惊骇如亡命天涯的逃犯。那景象真的如世界末日一般。

永江过去是多么清澈啊，阳光一照，江面在微风中形成一面面细小的镜子，晃人眼目，江风送来一股水草的清香，鱼儿产卵的时候还夹着鱼腥味。

现在，你走在护城河边。护城河两边种满了柳树，没有风，柳枝一动不动地垂在河边。河里水草不生。

护城河的对面就是西门街。谢天谢地，西门街还保持着原样，西门街那两棵银杏树高高地耸立在低矮的木结构房舍上，细小的叶子绿得苍翠，到了秋天，它们金黄的叶子就会如阳光一般，一下把整个西门街，把这护城河照亮，好像河水中流着的都是黄金的液体。从前永城就巴掌一样大，那时候你几乎叫得出城里所有的人。现在这些人哪里去了呢？他们又藏在哪个高楼的后面呢？幸好西门街还在，只要你愿意，在那条街上走一趟，从前的记忆还是可以找回来。可是记忆究竟是什么东西？它又有什么价值？人为什么总是要寻觅过往的痕迹呢？为什么找回来的点点滴滴总是令人感慨万千？有时候甚至想起一件微不足道的小事也让人热泪盈眶。可是你要是同一个年轻人说起，他们往往面无表情，无动于衷。记忆就像那河水，逝者如斯，一去不返。

因此你很少到护城河边来，也很少去西门街。免得触景生情，感时伤怀。

这天你鬼使神差走在护城河边，难道是多年训练出来的灵敏直觉在起作用？或者是受到了某种暗示或某个冤魂的召唤？你以前可以说是一个坚定的无神论者，但世事就是这么古怪，现在你已弄不清自己究竟算是个无神论者还是有神论者。那天，你的目光掠过西门板桥，看到在桥洞下荡漾的水流中漂浮着一具女尸，她的长发像水草一样随着水波披散，她穿着红色的衬衣，白色的紧身裤，背部朝上。你的心不禁狂跳起来。你熟悉这个背部，你想起一个熟人，一个曾经在同一个屋檐下生活后来成为路人的人。是她吗？你看到有一只白色的女包遗落在河岸，包已被撕破。你马上意识到这是一起凶杀案。

你想起昨夜的梦境。

有一些闲散的老人也发现了这具女尸，他们都围了过来。你第一个念头就是保护现场，不让他们靠近。你用不容置疑的口吻让其中的一个老头去报警。那老头突然觉得自己无比重要，像得了圣旨一样高兴地去报警了。一会儿警察赶到。他们在现场拉起了绳索，开始拍照取证。过了好久，他们才打捞女尸。女尸慢慢地在向岸边移动。他们戴上皮手套，把女尸打捞起来。女尸被水浸泡后大概很重，他们搬得很吃力，他们弓着背，小心地把女尸放到岸边，然后翻转了过来。

你终于看清了那张脸……

3

　　我一天之前已经死了。

　　我从西门街杜天宝家里出来，那个人就一直跟着我。我知道他是谁。他一直在找我。我从广州逃到了永城，他发现了我。有些事你是永远逃不了的，所谓冤有头债有主，像一部香港电影所说的，出来混迟早是要还的。也许他早就找到我了。前几天我躲在杜天宝家里，有回我偷偷出门，我感到身后有人跟踪着我。那时，我以为是幻觉呢。现在，他就在我身后五十米远的地方，而我的军用旅行包里放着十万块钱。那是我从杜天宝那儿骗来的。杜天宝是那么天真，那么相信我，我却骗了他。我真不是个东西。我这辈子活得够混蛋的，我像一只贪婪的蜘蛛，相信大运像那些自投罗网的虫子。结果我把自己的一生都赔光了。

　　后来他掐住我的脖子。我的脸涨得通红。我知道我要死了。这时我才意识到我还想活命，我愿意把钱给他，但我已说不出话。我慢慢地失去了意识。不，意识更清晰了，朦胧的往事像刚刚画出的图画，带着颜料的气息，扑面而来。

我死去的时候满怀愧疚，我知道那是杜天宝的活命钱，但我却把他的钱骗走了。我不知道我死后会去哪里，天堂还是地狱？我这辈子罪孽深重。可这个肮脏的世界又有谁能进天堂呢？大概只有杜天宝这样的白痴才可以进入天堂。

我看到一群爱看热闹的人围着我的尸体，他们在议论纷纷。我还在这些人中看到肖长春，我已经有好多年没见他了，他真的老多了，脸上的皱纹如刀刻一般，他依旧是几十年不变的平头短发，只是黑发已白。他曾经是我的公公。我的面容已被那人毁了，他认出我了吗？我看到他脸上的悲伤，就不忍再看他一眼。

让他们议论吧，让他们随意处置我的尸体吧。我把目光转向西门街，我看到一个少年在街头奔跑，他的衬衣都飞了起来，就像年轻时的杜天宝。我的脸上露出微微的笑意。我知道杜天宝迷恋飞翔。如果说这世界真的有天堂，我相信杜天宝一定能感觉到，我相信天堂一定时时地在他眼前晃动。

> 杜天宝，杜天宝，
> 他是个傻瓜。
> 杜天宝，杜天宝，
> 他看上美女啦。

从前，西门街的孩子们喜欢唱这首歌谣。现在，我的耳边又听到了这歌声，只是现在这歌声听起来少了从前的戏谑，变得庄严起来，好像这声音来自天堂，是从天而降的天国的声音，是上苍对杜天宝的赞美，是一首关于杜天宝的赞美诗。

我知道西门街那些聪明的孩子都长着坏心眼，唯有杜天宝，他的心是金子做的，在这黑暗的世界闪闪发光。当我回顾我的一生，我不得不说杜天宝是这世上待我最好的男人。可惜他是个傻瓜。

可是我一次次欺骗了这个傻瓜。

我承认我不算是个好人。我也不想做一个好人。我娘生了我和罗思甜。也许罗思甜是个好人，但我瞧不上罗思甜的软弱。

我原来名字不叫罗忆苦，罗思甜也不叫罗思甜，解放后是我娘的一个相好建议娘改的，那人说"忆苦思甜"有新中国的气派，于是我娘就把我们改成了忆苦和思甜。我娘蛮能跟上形势的。

当然我娘也算不上好人。她站在街头卖麦芽糖。那些令人讨厌的男人——老的少的都有——总是喜欢黏着她，喜欢在她身上捞点便宜。他们买一块麦芽糖，在嘴里嚼，他们喜欢夸我娘的麦芽糖好吃，甜中带着鲜味。有人问我娘，是不是麦芽糖发酵时用她的大屁股焐着，否则怎么会这么香这么鲜呢？街上传来快乐的叫声和我娘的笑骂声。她一骂，那些男人就更来劲儿了，有的干脆摸她的屁股。

我记事以来就看到娘不断地和男人相好，从没断过。我第一次撞见我娘赤身裸体和一个陌生男人睡在床上，还只有七岁，我听到我娘压在男人身下叫喊，她的表情痛苦，整个脸都扭曲。我从来没见过娘这样子，也没见男人欺负过她——男人似乎都有些怕她。我从小比较冷静，拿起一根门闩，狠狠向那男人砸去。那男人当场就昏了过去，后来被送到医院。这以后他再没来过我家，我长大后听人说，我那一闷棍把那男人打成了太监。是否如此，无从考证，大概只是玩笑吧。我想我那一棍子没这么厉害。这事当年在西门街传得很广，好多西门街的大人都来问我，问我娘杨美丽当时是什么表情。那时我已知道是怎么回事了，我对问我的每个人都口吐恶言。但对一个孩子的恶言那些大人们并不当真，只是嘻嘻地笑。

往往是在午后，西门街归于沉寂。在南方，人们喜欢在午后的倦意中睡上一觉。街头的树叶在风的吹拂下发出瑟瑟声，阳光穿过树叶砸在地上，树叶的摇动使地上的阳光像水波一样晃动，而树叶的瑟瑟声听起来真的很像远处传来的浪花。这时候，树底下娘的麦芽糖摊空无一人，麦芽糖摊用一块塑料布盖着。我们家门前要么放着一个货郎担，要么放着一只蜂箱……我知道这时候，在我们家里一定有一个男人趴在娘的身上。这是我发现的一个规律。

我把这个发现告诉罗思甜。罗思甜这个白痴不肯相信，我要带她去窗口偷看，她却死活不肯。我们躲在马路对面杜天宝家，看到货郎系着裤带心满意足地出来，我对罗思甜说，这下你该相信了吧？罗思甜说，相信什么？这是我娘和货郎在做生意。这句话也许罗思甜无意中说对了，我娘确实在做"生意"。

我看不惯我娘这么浪荡，我经常和她吵嘴。有一天，家里多出一个破烂的暗红色瓷器，我猜是哪个相好送给她的。我假装不小心把它从柜台上打了下来，一声脆响，瓷器粉身碎骨。我妈当时正在吃饭，见此情景，一脸惊愕地看着我，好像我是从天上掉下来的，她从不认识我。她先把嘴上的饭咽下去，然后抡起手给了我一巴掌。她骂道，这东西可是老古董，很值钱的，你怎么可以把它敲碎！我骂她不要脸。她的眼中瞬间射出绝望而破碎的光芒，二话不说，揪住我的头发，把我按在凳子上，用她的鞋子打我屁股。

我在一天之前已经死了。现在我的灵魂飘浮在西门街的上空。我看到西门桥下，法医开始处理我的尸体。肖长春正和一个年轻的警察交谈。那年轻的警察显然不认识他，态度倨傲。肖长春脸上露出我熟悉的不耐烦的决绝表情。我想起多年前，这个叫肖长春的男人就是带着这样的表情羞辱了我放荡的娘。

那是春天的时候吗？仿佛是。我喜欢南方的春天。春天，护城河的柳树开出花絮，风儿一吹，在西门街上空满天飘荡，柳絮就像雪花一样带来纯洁的同时也带来让人想入非非的气息。春天，我娘变得分外忙乱，罗家巷口经常有男人进进出出。有一天，肖长春来到我家，把我娘从床上抓了出来，同时抓起来的还有附近酒厂的一个干部。我娘喜欢喝酒，我家的酒都是这人提供的。我娘被抓时都来不及穿衣服，就这样赤身裸体地被拖到大街上示众。西门街一下子聚满了人。我娘对自己的身体丝毫没羞耻感，相反她倒是挺为自己的身体骄傲，看着那些男人的目光黏在我娘身上，我娘脸上露出讥讽。她对男人们开玩笑，你们别幸灾乐祸，肖干部这么做其实是喜欢我，他这是想看我的身体，他可也是个男人。我娘的轻浮引来一阵浪笑。肖长春十分恼怒，一气之下，把我娘送到筑路大队。

筑路大队聚集着一些奇怪的人物，有国民党时期旧政府官员，黑社会老大，旧社会的妓女。我妈在筑路大队待了两个月，就想办法离开了那儿。有一天，我路过燎原日用品店，听到一个中年男人和店员在聊天，说我妈是同筑路大队的队长睡了一觉才出来的。那店员是个瘸子，一直喜欢我娘，听了这话很生气，把中年男人从店里赶了出来。

我娘回家后，坐在自家门口，摆开架势，开始咒骂肖长春，把肖长春祖宗十八代都骂了一遍，还咒肖长春以后要断子绝孙。娘说，别看姓肖的现在人模狗样的，解放前只是药行街药店的伙计，那时候姓肖的简直是个二流子，整天吃喝嫖赌。

娘骂够了，把我和罗思甜叫到跟前，说："你俩都给我长点记性，你们以后嫁人一定要嫁到好人家，有权有势才不会被欺负。"

我和罗思甜使劲点头。

可是，谁能想得到呢，后来我竟然嫁到了肖家，做了肖长春的儿媳。我不得不感叹，命运是一桩多么奇怪的事。

4

"我爱北京天安门。我也爱永城西门街。"杜天宝经常在心里这么想。他来到这世上，睁开眼看到的就是西门街，这地方让他感到亲切。爹活着的时候，他偷喝爹的酒，醉了就想躺到西门街上撒野，或者像一只鸟一样栖息在西门街那两棵银杏树的枝丫上，像鸟儿一样对着西门街欢叫。这时候他爱死了西门街。他知道西门街之外还有别的街，永城到处都是街道，那些街道还有高楼大厦，但在他眼里，要说美丽，还是西门街最美丽。通过广播天宝还知道永城只是南方的一个城市，外面还有别的城市，还有伟大首都，首都当然是美丽的，也是神圣的，但天宝只能用西门街想象首都，把首都想象成西门街的样子。

天宝有时候会想象自己是一只真正的鸟，这样他可以从天空中看到西门街的模样。要是他变成一只鸟，他就能看到西门街两边种着一些枝叶像草帽一样大的梧桐树。爹说那是法国梧桐。他不知道为什么叫法国梧桐，难道是法国人种的吗？街道两边都是老房子，有些年头了，爹的爹住过，爹的爹的爹也住过。本来各家的院子是很大的，但现在都修了一些临时房子，堆满了煤球和杂物，显得很拥挤了。一家和一家靠得很近，有的只隔了一块木板，一家夫妻吵架，另一家都听得到。在夏天，西门街的人喜欢在梧桐树下乘凉吃饭。

曾经有一段日子，杜天宝喜欢看着天空飞过的鸟儿、苍蝇或一片缓缓飘过的羽毛发呆。他觉得这很神奇，也很稀奇。那会儿，对任何能够离开地面的东西，他都羡慕得不得了。他经常歪着脑袋想这事儿，为什么有的东西能飞，有些东西不能飞呢？天宝想不清楚，就去问罗忆苦和罗思甜。她们笑着说，天宝，你想要飞，你要让自己瘦下来，如果你瘦得像一张白纸，你就可以在天上飞啦。天宝相信她们的话。他试着让自己瘦下来。他想变成一根羽毛，融到蓝天中。

杜天宝读小学的时候，他和双胞胎姐妹同班。杜天宝想不明白，那些男同学为什么老是要欺负他。他们总是要他趴在地上给他们骑，他们心满意足从他的背上下来，就笑嘻嘻地说，天宝，你这个傻瓜应该去达明学校。他们还让天宝爬到屋上取鸟蛋，他爬上去后，他们就拿掉了梯子，他只好一整天坐在屋顶望天空。他们说，天宝，你不是会飞吗？你飞下来啊。但只要罗思甜和罗忆苦在，他们就不敢再欺负天宝。他们倒不是怕罗思甜和罗忆苦，他们是怕她们的娘杨美丽。在西门街，连大人们都怕杨美丽，爹有一天对天宝说，这个杨寡妇，惹了她，她会当街把你的衣服剥光，让你光着身子。爹说完嘿嘿嘿笑起来，好像他这会儿已被杨美丽剥光了衣服。罗思甜和罗忆苦长得太像了，简直一模一样。有一天，其中的一个对天宝说，天宝，你看我眼睛下面有颗痣，我妈说这叫滴泪痣，有痣的叫罗思甜，没痣的叫罗忆苦。天宝，记住了吗？天宝点点头，但他还是经常要搞混。

天宝还是想飞。有一段日子，他不吃东西。说实在的，没东西在肚里，是件很难受的事，不过，只要脑子里想着天空，难受就会减轻些。那会儿，正是初夏时节，西门街西边有一块草地。天宝喜欢躺在草地上，望着天空。天空真的很蓝，这种蓝色让天宝有一种做梦的感觉。他那时经常做天空的梦，梦一开始就是这种蓝色。有几朵白云一动不动地挂在天上，就像贴上去的图画。看着天空，天宝就会产生幻觉，感到自己飘了起来，变成了一朵云，浮到蓝天上了。他就傻笑起来。后来，天宝就在暖洋洋的太阳下睡着啦。

天宝醒来时，肚子已瘪得像一张纸。他拿了一根草，试图量一下肚子的厚度。他吸了一口气，让肚子贴在一起。这一吸气，他顿时感到一阵头晕，双眼冒起金星来。他赶紧把肚子凸了出来。饥饿的感觉在肚子里扩散。他很想在肚子里填点儿东西。他实在抵挡不住这种感觉。这时候再看天空就没用啦。天宝跳了几下，一点用也没有，他还是不能像羽毛一样飞。他顿时泄了气。这时候，有一架飞机从头上轰隆隆地飞过。他似乎有些明白了，要飞起来好像和重量没有关系，飞机还是铁疙瘩呢。他再也忍不住啦，回到家，狠狠吃了一顿。

天宝又找出了飞起来的方法。他发现踏着老杜的三轮车就有飞起来的感觉。老杜就是爹，他当面不敢叫他老杜，但街坊邻居经常问，天宝，你爹叫什么？天宝就响亮地回答，老杜。每次他这样回答，他们总是笑得很欢。天宝喜欢他们欢笑。他觉得笑声是向上的，笑声会飞到天上去。

天宝把三轮车骑得飞快。他把衬衫的扣子解开，衬衫就会像翅膀一样展开。这时候他觉得自己像一只鸟儿一样。

后来天宝还发现，只要三轮车上坐着罗忆苦和罗思甜，就直接飞到了天堂。他因此盼望她们坐在他的三轮车上。她们说，天宝，你拉我们去一趟红星布店。或者说，天宝，你拉我们去看场电影。天宝听到她们使唤，感觉整个人变成了一只风筝，飘向天空。她们看电影时，他就在门口等着她们。

一天，罗思甜和罗忆苦坐在三轮车上，议论一件事：最近她们洗澡时老有人在窗口偷看。她俩边说边咯咯咯地笑，好像捡了个大便宜。天宝立马竖起了耳朵。这还了得，这简直太流氓了。他决定保护她们。

晚上，天宝去罗家巷看了看。罗家巷子狭小，刚好容得下一辆平板车。小巷两边是高墙，高墙上写着一些革命标语。左边的墙上写着：**调查问题就是十月怀胎，解决问题就是一朝分娩，调查是为了解决问题！**右边的墙上写着：**帝国主义妄想在中国的门前架几门大炮就把中国人民吓倒的历史已经一去不复返了！**

天宝把三轮车停在窗底下。有他坐在那儿，就没人再敢来啦。

杜天宝每天给罗思甜和罗忆苦守夜。有一天，天宝迷迷糊糊地睡着了，这时，突然一盆水从天而降，落在他的头上。他以为下雨了呢？一声惊呼，像一条狗一样迅速地从墙角弹起，望了望天，同时甩了甩淋湿的头发。天没有下雨啊？这时他听到罗思甜和罗忆苦发出快活的笑声，她们的手上还拿着一只洗脸盆。

"天宝，你怎么啦。"

"像是下雨了。"

"天宝，你淋湿了吗？"

"是的。"

"那你进来吧，到我们房间里来，我们帮你擦擦。"

他抬头茫然地看着她们，墙上没有门，要进她们的房间要从正门走，要绕过一个院子，但正门是关着的。

"我进不来。"

"天宝，你从窗口爬进来吧。"

他看了看窗口，没动。

"天宝，你怎么啦？"

"只有贼才爬窗口。"

"天宝，你爬吧，贼是里面没人才爬窗，里面有人爬窗就不算是贼。"

他想了想，觉得有道理，于是就爬了进去。姐妹俩捏住了鼻子，说：

"天宝，你好臭。"

天宝有些不好意思，想退回去。罗忆苦一把抓住了天宝。

"天宝，别下去，没事的，你进来吧。"

天宝就进了姐妹俩的房间。这是天宝第一次进姑娘的房间。房间很小，房间里放着一张高低床，上下铺。姐妹俩一个穿着红裙子，一个穿着黄裙子。她们裸露的肌肤显得很白，白得像屋子里点着两盏白炽灯，分外耀眼。房间很香，天宝熟悉这种气味，她们坐在三轮车上，他经常闻到这气味。闻到这气味，他的眼前就会出现两只蝴蝶，扑闪着翅膀在花丛中穿行。这香味让他头晕，心怦怦跳起来。

"天宝，你这样守着，我们可少了很多乐子。"

他听不懂，直愣愣地看着她们。

"天宝，你在看什么？天宝，傻了，我们是不是很好看？"

他傻笑着点点头。

"天宝，你觉得我和罗思甜谁好看？"

"都好看。"

"衣服呢？"

"红的好看，黄的也好看。"

"你这不是废话嘛？没劲。"

姐妹俩都觉得对方的衣服好看，要调换着穿。见天宝在一边，罗忆苦叫天宝闭上眼睛。天宝就闭上了眼睛。她们换好衣服，他还闭着眼睛。

"天宝，你刚才有没有偷看？"罗忆苦问。

"没有。"天宝回答得相当干脆。

"天宝，你真是个傻瓜，你怎么不偷看一眼呢？你是不是男人啊，男人都想看我们的身体。"罗忆苦说。

天宝嘿嘿傻笑起来。

这时，罗忆苦突然解开裙子，让天宝看。天宝看到两只乳房像两团火，吓得不敢看，赶紧闭上眼睛，身体像发疟疾一样颤抖。她们笑成了一片。

"天宝，我们俩你喜欢谁？"罗忆苦问。

他看着她俩，说："两个都喜欢。"

"天宝，你只能喜欢一个。"罗忆苦一脸严肃。

天宝低下了头。他觉得这是个深奥的问题，也是个头痛的问题。

"好了，忆苦，你别欺负天宝了。"罗思甜说。

5

法警把那浮尸转过来。你吓了一跳。那脸已被毁掉了。

看热闹的人发出一阵惊呼。

确实毁得很惨。整张脸的皮肤仿佛被切去了一样，血已被水洗白，露出白色的模糊的肉，鼻子处只留下白白的几处软骨，嘴唇割裂，露出一排白牙。凭脸已辨认不清死者的相貌。

你虽然猜想到这尸体是谁，但你还心存侥幸，希望验尸结果否定你的猜测。

他们正在对尸体做初步检查。警察不让人靠近。那个叫小蒋的警官问了你一些问题。显然他在负责这起案子。小蒋没认出你来，态度不恭，那些问题愚蠢至极，无非是发现尸体的过程。你希望多得到关于尸体的信息。你远远看到尸体的耳朵破损，显然原来那地方有耳环，被人掳走了。

这是一起谋财害命案。至少表面上是这样。凭你多年的经验，你判断出这不是一起单纯偶发的谋财命案。一般偶发的案子，不会毁掉被害人的容颜。杀人并毁容的罪犯在刑案中并不多见，能干出这种事的罪犯并不简单，要么罪犯和死者有深仇大恨，要么罪犯是个格外冷静的高手——毁掉容颜，让警方无从着手。

警方在桥墩边仔细做了勘验，查证了凶手或死者遗留下来的蛛丝马迹后，把尸体搬上车，准备撤离现场。

太阳已升起来了。早晨的雾气终于散去。南方的雾总是散得比较慢。护城河在阳光照射下发出刺眼的光芒。河对面西门街显得越发破落。西门街的居民习惯于把衣服晾在沿街的窗口，整个西门街挂满了床单、衣裤、鞋帽以及女人的乳罩，五颜六色的，看上去像是插满了节庆的彩旗。

他们让你跟着公安去局里做笔录。你拒绝了。小蒋奇怪地看了你一眼，脸色漆黑。不过他没坚持你一定要去局里。他让手下在桥墩下做了一份笔录。那人态度生硬，像是在审问一个罪犯，让你很生气。

后来他们把尸体运走了。你知道警方将把尸体存放在警局的冷冻箱里。暂时还不能火化，这是规矩。要待体液化验单出来，看看有没有必要再深入验尸。

你对这个年轻的警官没有好感。你断定，那些小警察一时半会儿查不出死者是谁。不是你小瞧他们。这是事实。这些年你都看在眼里。一代不如一代。

警方走后，人群一直没有散去，反而越聚越多。仿佛这里有一堆狗屎，吸引着无数的苍蝇围过来。这个想象让你觉得悲哀。你看到他们有的站在桥头，有的在河边，指指点点，议论纷纷。人在世上通常就是这么无聊。

有一刻你听不到周围人的声音。世界安静了下来，好像只留你一人在人间。

　　你喜欢独处。你想象在这世上谁也不认识。"这怎么可能？"你摇了摇头。

　　你看了看表，该去医院接周兰了。

6

那已是很久很久以前的事了，那时候我还是个少女，命运还未向我展示它奇异的魔力，那时候我的目光明亮得像一颗珍珠。那时我没见过珍珠，是陈庆茹阿姨这样比喻我。

我和罗思甜发育很早，比别的女孩要早。那年月，营养缺乏，女孩子们发育都很晚，青春期一般要到十五六岁才来临。但我和罗思甜十三岁就来了。这可能是我娘制作的麦芽糖催生的。麦芽糖让我和罗思甜比别的女孩看起来更滋润更水灵。

也许是因为娘的行为，没发育以前，我十分讨厌男人，觉得男人们肮脏透顶。但遗传的力量是强大的，我发育后，和我娘一样，喜欢男人们围着我打转。我发现我和罗思甜只要走在街头，西门街的小青年就会露出轻浮的样子，不停地对我们吹口哨。开始的时候，我娘以为那些小青年对她有兴趣，是在对她轻浮。我娘很高兴，让他们趁热来买麦芽糖。我娘说，我的麦芽糖，男人们都喜欢，你们要是男人快来买。小青年都讨好地到娘跟前，说，我想你做我们的丈母娘。我娘看不起西门街的穷孩子，说，我才不想让你们做我的女婿，我的女儿跟着你们这些没出息的东西会吃一辈子苦，就像我一样吃苦，女人这辈子只有一次机会，就是找个好人家，要有钱有势，才有福享，不要像我，劳碌命。从此，我娘对我们严加看管，晚上不许我和罗思甜出门。我娘在我们家里是一个独裁者，虽然我和罗思甜抗议，但她说一不二，我和罗思甜于是失去自由，简直成了她的囚犯。

我这辈子对自己的身体相当困惑。我知道自己的身体好看，我经常脱光衣服站在镜子前欣赏。有时候我看着镜子里的自己，竟会被自己的身体激发起欲望。我的身体相当敏感。我自发育以来就从自己的身体里找到了乐趣。我只要一紧张，就需要从身体里得到平静。第一次发现这个秘密是上课的时候。我成绩一向不太好，上课时脑子像糨糊一样。也许因为我的长相，男老师对我都比较宽容。可我们的数学老师是个老太太，为人苛刻，待我像电影里的老鸨对待妓女，她总是冷不防突然袭击我，让我出一身冷汗，结果我什么也答不出来。然后，她就讥笑我，你刚才低着头在干吗？是照镜子吗？你瞧瞧，你打扮成什么样子？一点没有革命接班人的样子，倒像一个青楼歌女。她骂我时，课堂上一阵哄笑。上她的课，我总是很紧张，一紧张就用双腿摩擦自己，有一阵让我放松的快感传遍全身。然后我就松弛了下来。快乐就像一粒种子，它自己会发芽、成长。后来，我只要一紧张，不管在什么地方，我都会用这种办法平静自己，甚至走路都会获得高潮。有一次我们上台表演文艺节目，因为太紧张，在跳舞的时候也获得了高潮。

我的同桌夏小恽发现了我的异样。上课时，我夹紧双腿，握紧拳头，脸从潮红变得苍白。他问，罗忆苦，你怎么啦？你生病了吗？那一刻，看着他关切的目光，他的形象走进了我的心。我咯咯咯地笑出声来，引得数学老师停止讲课，目光里有一团火跳出来蹿向了我。这会儿我已一点儿不惧怕了，好像我刚刚吃了豹子胆。有一次，我刹那间闭上眼睛，正在状态中，夏小恽用手拍了拍我的大腿。我被他拍醒。我心里涌出一阵恼怒。我说，你想干什么？他还是那句话，罗忆苦，你生病了吗？我看你在冒冷汗。我深深吸了一口气说，嗯，你替我向老师请个假，然后陪我去医院。这天，我和他逃了学。我带着他去永江边，他一路在问，罗忆苦，不去医院吗？你病好了吗？看着他严肃的样子，我就想笑。我说，你亲我一下我的病就好了。

我在探索身体的秘密方面越来越得心应手。晚上我躺在床上，我想象夏小恽或别的我喜欢的男孩注视着我，快感就会流遍我的全身，惊涛拍岸一般。后来，慢慢地就只有夏小恽在想象里注视我了。有一天，我平静下来后，对罗思甜说，思甜，我爱上了一个人。罗思甜吓了一跳，她说，罗忆苦，你这么小谈恋爱，娘会打断你的腿。我说，我才不怕她呢。

我和罗思甜虽然是双胞胎，性情完全不同。罗思甜是个老实的人，有时候我觉得她傻得同杜天宝有一比。她这样一惊一乍，我懒得理她。

其实不是我爱上了夏小恽，是夏小恽爱上了我。自从我让他亲了一口，他的目光再也离不开我，上课都看着我。在他火辣辣的目光下，我感到头脑一阵阵发晕，身体欢快地尖叫。他还疯狂地给我写情书，我想把情书读给罗思甜听听。

我说，罗思甜，你睡了吗？罗思甜说，没呢。我说，罗思甜，你不想知道我爱上了谁吗？罗思甜问，谁啊？我说，他虽然长得很好看，可我不会嫁给他，因为他出身不好，他们家是国民党，他娘在香港，他爸是个反革命，老顽固，我娘不会同意我嫁给这样的人家。罗思甜说，他究竟是谁啊？我说，我的同桌夏小恽。

罗思甜听了忧心忡忡起来，她说：

"你不嫁他为何同他好？这不害他吗？"

我觉得扫兴，白了罗思甜一眼。罗思甜就是喜欢杞人忧天。我再无兴趣同她说什么了。

虽然有时候我很讨厌娘的所作所为，事实上娘对我的影响深入骨髓，比如对男女之间这档子事，我从来不觉得有什么障碍。我开始和夏小恽约会。我让他读他写给我的情书。他的情书让我感动。有一天，我对他说，你亲亲我吧。他就搂着我，疯狂地亲我。我几乎没想太多，让他亲遍了我的全身。

很多次都是这样，夏小恽耐心地亲我，撩拨我，我静静地享受。奇怪的是，在这样的过程中，我只要一使劲儿，高潮就会来临。在这个过程中，我从来不去触碰他的身体——我这辈子似乎不太需要男人的身体。他也曾想对我有进一步的要求，我发现他的性器巨大，但我断然拒绝了他。我告诉他，夏小恽，我不会和你发生关系，因为我和你不会结婚的。我娘不会让我嫁给你。你爹夏泽宗是个国民党，我嫁给你，我这一生就完了。那一刻夏小恽无比悲伤。

仿佛是为了安慰夏小恽，我摸了摸夏小恽的头，问他：

"为什么你娘逃去了香港，你们不逃走？"

夏小恽警觉地看着我，目光破碎。他说：

"如果你不说出去，我就告诉你。"

"你快说吧，我会烂在肚子里。"

夏小恽一脸忧郁，慢吞吞地说：

"其实我和爹也已经逃走了的，逃到了舟山，我和爹准备去台湾和娘会合，那时候我还只有四岁。"

"又被捉回来了？"我看过很多解放军活捉国民党的电影，脑子里很自然跳出这个念头。

夏小恽摇摇头：

"不是，是肖长春偷偷潜伏到舟山把我爹叫回来的。肖长春那会儿是地下党。我爹解放前是永城安保局长，他一走，永城的地痞流氓就到处打砸抢掠，烧毁了很多工厂民房。那会儿解放军还没进城，我爹走了，没人镇得住他们。肖长春无论如何让爹帮忙。"

"就这样又回来了？"

"我爹本来就不想离开永城啊，肖长春对我爹说，以后在新政府里一定给他位置，我爹听信就回来了。永城的桥梁学校政府房舍都是我爹保住的，永江边的邮政大楼，要是没我爹早就被一把火烧掉了。"

"那你爹对革命有功啊，你们家应该是革命家庭才对，怎么把你爹弄到水产公司管仓库？"

夏小恽长长地叹了一口气。他说：

"肖长春的话根本不作数。解放军进城后，说我爹有血债，要毙了我爹。是肖长春保了我爹的命，本来早砍头了。"

我不知夏小恽有没有感受到新社会对他及他家庭的歧视，倒看不出夏小恽表现得有什么异样，他热情、乐观，脸上永远挂着笑容，眼神天真而坦率，只是偶尔他眼神里会出现一丝荫翳。总的说来，他很符合新社会的标准。

要到后来，我才明白夏小恽乐观外表下的悲哀和绝望。

晚上，娘不许我和罗思甜出去。这么早躺在床上真的有点儿无聊，免不了聊些闺阁闲话，有时候也很放肆。

有一天我实在憋不住，把我和夏小恽亲热的事告诉了罗思甜。我兴奋地告诉她，夏小恽亲我胸脯的感觉，我整个身体像通了电流，身体变成了一盏灯，整个都发出光来。我说，我喜欢死我的胸了，敏感得一塌糊涂，好像那儿连着全身的每一个细胞，只要碰它一下，细胞就要死了一样，都融化成了水。

我的讲述很快勾起了罗思甜的好奇心。她毕竟是我娘生的，对自己的身体不像别人家的姑娘那样矜持，她很想体验一下我描述的感觉。我耐心地教她获取快感的方法，奇怪的是罗思甜就是不行，怎么也学不会。我还亲自摸了罗思甜的胸，让她想象我是个男人，好好体味。她的胸比我大一些，但没有我敏感，她就是感受不到我描述的一切。我很泄气，同时有些可怜她。

我的讲述加深了我和罗思甜的友谊。这之前，娘通过各个击破的办法，让我们相互监督，有什么情况及时向她汇报。我和罗思甜通过各自分享秘密，通过这种对外人难以启齿的"罪恶"勾当，成了一个共同体。因此，我大胆地向她要求，我打算晚上从窗口爬出去，去见夏小恽。罗思甜满怀羡慕地同意了。

我来到杜天宝家，把他从睡梦中摇醒，让他把三轮车拉出来，送我去法院巷——夏小恽家在那儿。杜天宝不清楚我为啥去那里，但只要我让他干事他都高兴。他的目光在黑暗中炯炯发光，连衣服也没穿，光着膀子，蹿上三轮车，就等着我爬上去。他一边踏，一边说，罗忆苦，我正梦见你呢。我说，是吗？我在你梦里干什么了？杜天宝发出爽朗的笑声，说，你变成了一只鸟在飞呢？我说，那我不变成鸟人了吗？你才是呢。杜天宝说，我不是，我变不了一只鸟，我不会飞。我见杜天宝这么可爱，就在他脸上亲了一口。杜天宝脸一下子涨红了，他不再说话，使尽蛮力踏三轮车，把三轮车踏得飞也似的。因为用力过猛，他脖子上都绽出青筋。

我摸了摸杜天宝光滑的背脊说，天宝，你最近还去火葬场吗？杜天宝点点头。我说，你还想你爹啊？你爹都死了两年了。杜天宝说，我不想我爹了，我去火葬场是因为那些家属太可怜了，我得帮帮他们。我说，你能帮他们什么？杜天宝来劲了，告诉我他干的事。我听了直皱眉头，我打断了他的喋喋不休，我说，行了行了，天宝，你真是个傻瓜，怎么喜欢去火葬场，那地方多可怕呀。

我享受着夏小恽的抚摸，但从没让他越过最后的防线。不过，对于夏小恽来说，我向他裸露的身体足以让他感到幸福。有一次我脱光衣服让他看，他无限爱怜地说，你会迷倒众生。我喜欢夏小恽这时候的甜言蜜语。

我和夏小恽的游戏持续到一九六五年。那一年，我找工进了机械厂。

7

　　杜天宝想，罗忆苦说我是个傻瓜，我才不傻呢。杜天宝知道陈庆茹阿姨双手靠背，在街头转来转去的时候，又要开始招工了。爹活着的时候对天宝说，要想去工厂做一个"工人阶级"，要街道居委会推荐。陈庆茹阿姨是居委会主任，只要她点头，你就能捧上"工人阶级"铁饭碗啦。爹说，陈庆茹是西门街大权在握的人，西门街就数她最威风。

　　罗忆苦和罗思甜毕业了，她们成了待业青年。罗忆苦对杜天宝说，娘为了我们能就业，都跑断了腿，娘老是拍陈庆茹阿姨马屁，送陈庆茹阿姨麦芽糖。天宝，你没发现吗？陈阿姨最近牙齿都黑了，那是麦芽糖吃的。

　　杜天宝也想要工作。什么工作都行。

　　杜天宝不知道怎么拍陈庆茹阿姨的马屁。他不会做麦芽糖。

　　陈庆茹阿姨又组织西门街待业青年去义务劳动了。她带着一帮年轻人在街头扫地，罗忆苦和罗思甜也在。杨美丽站在一边赞美陈庆茹："你们看看，这是什么领导水平！陈庆茹阿姨一出手，街道立马干净，这大街干净得都可以睡大觉啦，比我家的床还干净。"

可陈庆茹阿姨从来不叫杜天宝参与。天宝很失望。

西门街流行起改装卫生间。这风气是从上海带过来的。有人在家里隔出一个小间，用水泥砌一个蹲坑，把自来水接到里面，既可以方便还可以洗澡。西门街离护城河近，下水直接排进护城河。

杨美丽知道有人偷看女儿洗澡，也请了人在屋子里隔了一间。天宝帮忙当下手。完工那天，罗忆苦和罗思甜义务劳动回家，满头大汗，两人一起洗了一个澡。天宝听到里面大呼小叫，很想扒在门缝上偷看。

天宝想着在自己家也装个卫生间。反正闲着也闲着，他去筑路大队弄了点水泥和砖块，隔了一间，样子简直和罗家一模一样。天宝洗澡的时候，想象着罗忆苦和罗思甜，学着她们大呼小叫起来。叫完就笑，肚子都笑痛了。

招工的事没有任何消息。杜天宝感到无聊，就去火葬场玩了。

罗忆苦说得对，火葬场是个可怕的地方。不过杜天宝觉得他也说得对，火葬场也是个可怜的地方。

那天，天宝在火葬场的停尸间里看到一个小女孩。小女孩多么小啊，眉心有颗红痣，脸像刚粉刷的墙壁一样白，让人不敢碰一下，仿佛碰一下，就会弄脏她。再仔细一看，她的脸像一块透明的白玻璃。小女孩穿着一件浅蓝碎花的衬衣，下边穿着一条蓝布裤，脖子上挂着红领巾。杜天宝小心地靠近尸体，看到孩子玻璃似的脸照见了自己，吓了一跳。

火葬场的人对天宝说："天宝，你知道吗？小女孩死了快半月了。她爹不肯承认她死了，把她藏在家里。后来单位的人知道了，才让孩子爹火化这小姑娘的。"

天宝听说这小女孩死了半个月，很奇怪。小女孩像是还活着似的，走近她，还有一股香气呢。不过天这么热，天宝怕小女孩的香气保不住，就拉了满满的一车冰块，放在小女孩的边上。

杜天宝看到小女孩的爹坐在台阶上，哭得眼红脸红，脖子上筋脉都涨成了紫红色。那两根紫红色的筋脉像两根绳子，系在他的脖子上。天宝的心揪了一下，眼眶就泛红了，泪水像蜡烛油一样挂在了脸上。杜天宝可从来没看到一个男人哭成这样。

杜天宝听火葬场的人说小女孩是被人掐死的，小女孩的爹在外面结了仇，仇人就拿他女儿报复。天宝看不出这男人在外面会结什么仇，这男人文文气气的，面相和善。

杜天宝很想安慰这个男人。天宝在他面前转了几个圈，不知道怎么安慰。后来他坐在离男人不远处的台阶上，一边哭一边偷偷地往男人那边张望。男人的脸相当恍惚。杜天宝曾听爹说男人不能哭，男人要是忍不住眼泪，灵魂就会顺着泪水流走。

天宝对他说："我看到过老人死，看到过像我这么大的人因为偷东西被活活打死，我还看到过一个卡车司机被雷劈死，可这么小的小孩子怎么会死呢？我没见到过，可怜啊，真的太可怜了。"

那个男人厌恶地看了杜天宝一眼。

有人来到男人身边。那人说，仪式要开始了。男人闭着眼睛，一动不动，入定了将近一分钟，然后睁开眼，站起来说，走吧。

杜天宝跟着他们走进了礼堂。男人倒是把泪水收了起来，天宝的眼泪一直没收住。他们一声不响地站在礼堂上。

孩子的仪式比大人的要简单得多。没有人讲话。一会儿，炉子的机关就启动了。天宝帮男人把小女孩缓缓地推入炉子的轨道里。炉子是看不到的，尸体要通过一个长长的通道。在通道张开的一刹那，天宝看到火迅速蹿了出来，像赤练蛇吐出的芯子。天宝觉得孩子被吃掉了。这样一想，他又哭出声来。"可怜啊，可怜，太可怜了。"他哭泣得快晕过去了，好像需要安慰的是他而不是那个男人。男人再也忍不住了，突然号啕大哭起来。

这时候，杜天宝闻到了一股香气，像春天中山公园里花朵的香气。天宝想，这是小女孩燃烧的气味。天宝梦想在天上飞那会儿，经常出现幻觉，现在他又出现了幻觉，他看到一朵一朵的花儿在天空中开放，他叫不出那些花儿的名字，但它们很好看，在天上排成整齐的一排。

爹火化的时候，天宝听到一群猪叫声，他问过杨美丽这是怎么回事？杨美丽说，那些死去的人，在火化时，会发出各种各样的气味，有的发出青草味，有的发出塑料味，有的则散发出鱼腥味，有的花香扑鼻，这些气味表明他们死后将去的地方。"你听到了猪叫声，说明你爹老杜变成了一头猪。"

杜天宝想，小女孩死后变成了花朵。

后来，他们把一只盒子交到男人的手中。男人小心地接过盒子，脸上露出古怪的笑容。他的笑容让天宝不安。杜天宝在西门街那些发了疯的男人和女人的脸上看到过这样的笑容。他有点担心这个男人了。

男人捧着盒子，从大厅走了出来。天已暗了下来，天宝一直小心地跟着他。男人已安静下来，不过脸上恍兮惚兮的，好像他的脸已融化在傍晚的光线中，而他的灵魂也随孩子去了遥远的地方。

"你叫什么名字？"男人问。

"我叫天宝。"

"在哪里工作？"

"待业呢。"

"家住哪里？"

"西门街。"

"有兄弟姐妹吗？"

天宝摇摇头。

"你家里还有什么人？"

"我有一个爹，但他死了。"

男人瞥了他一眼，说：

"你是个好人。"

男人从兜里拿出一张纸和一支钢笔，然后，蹲在地上，在纸上沙沙沙写了一行字。

"这是我家地址，有空来玩。"

天宝点点头，说：

"我会来看你的，你想开点。"

"没事。我想通了。"

"太好了。"天宝没心没肺地笑了，但他觉得这样笑不好，就收住了。

"对了，我叫董培根，在筑路大队工作。"

说话的当儿，火葬场的灯突然亮了。火葬场总是早早点上了灯。天宝喜欢火葬场的灯火，比哪里都来得明亮，甚至比白天更亮。他老是觉得这是世上最光亮的地方。

火葬场在永城的北边，天宝喜欢站在火葬场看城市，路灯已经亮了，路灯是夜晚街头的树。黑黑的屋顶下，有些人家已点了灯，有些节省的人家还黑灯瞎火的。空气里有了煤球燃烧的呛鼻的气味和饭菜的香味。这么晚了，天宝的肚子也饿了，该回家了。他和男人告别，男人重重地握了握他的手。天宝心一酸，眼泪又要掉下来。

杜天宝骑上三轮车，一头扎进昏暗的小巷。在回家的路上，他不由得联想到自己：我会不会生病呢？我要是生病死了怎么办呢？这个想法吓了他一跳。这是他第一次想到自己也会死。"如果我死了，谁来替我送葬呢？又有谁哭泣呢？如果我死了，我是不是也会像爹一样变成一头猪？还有，我死后世界又会变成什么样子？会有人给尸体拉冰块吗？如果没人拉冰块，火葬场不是要臭烘烘的了？"

天宝想他不能死，这个世界不能少了他，否则，那些尸体怎么办呢？人人都有一死的，他得帮他们走完最后一程。

他从火葬场回来，碰到罗忆苦和罗思甜，说了他的担忧。她们听了哈哈地笑起来。罗忆苦说，天宝，想要有人送终，你就要娶一个老婆，生一个小孩，否则就没有办法了。他严肃地点点头。她们见他这么认真，就来劲了，她们在天宝面前卖弄风情。罗忆苦说，天宝，你愿不愿意娶我们俩？天宝害羞地低下了头。罗忆苦说，我们俩是不是很漂亮？他点点头。罗忆苦又问，那你挑一个？你愿意娶谁？他看了看罗忆苦，又看了看罗思甜，说，你们在哄我。罗忆苦愣了一下说，天宝，我现在弄不清你是真傻还是假傻，你很聪明嘛。天宝听到罗忆苦夸他聪明，高兴起来。他最喜欢听罗忆苦夸他聪明。

有一天，杜天宝从火葬场回来，罗忆苦一脸严肃地围着他转了一圈，问：

"杜天宝，你送陈阿姨什么了？"

他茫然地摇摇头。

"真的假的？"罗忆苦一脸疑惑，"奇了怪了你这样的人居然进了803厂，真是傻人有傻福。"

他不知道罗忆苦是什么意思。

罗忆苦说："你不知道吗？榜都出来啦，你被803厂招去了。那可是军工厂。那厂可只有像肖俊杰这样的干部子弟才能进的。他们居然要了你这个傻瓜。"

杜天宝赶紧跑到街道办公室门口，在密密麻麻的人名中果然找到了自己：杜天宝。他觉得那几个名字像花朵一样在闪闪发光，他想起小女孩死后变成花朵的事，好像自己的名字是小女孩变的，吓了一跳。他看到罗忆苦和罗思甜的名字也在其中。罗忆苦分到机械厂，罗思甜分到面粉厂。

杜天宝都不敢相信这是真的。

"一定有人在帮你。"罗忆苦说。

杜天宝搞不清是谁帮了他。

傍晚的时候，他走在西门街上，还在闷思苦想。这时候，他看到夏泽宗黑着脸从身边走过。爹死后，夏泽宗一个人干两个人的活，水产公司冷库冰冷的阴气让他看上去像一个来自阴间的幽灵。

8

去城北医院的路上，刚才那具浮尸一直在你脑子里挥之不去。

城北从前是棚户区，如今经过改造，已是一座新城。道路两边的树木因为是新植的，枝叶并不茂盛。南方适合植物生长，要不了几年，这些树木就会变得遮天蔽日。但这会儿阳光还是毫无遮挡地映照在你身上，没多久汗水就把你的短袖衬衫给湿透了。

新城和医院之间倒是有一带林木，种植了一片香樟树。进入林木间的小道，你才觉得清凉了些。两边香樟树的大冠形成一个穹形，你好像走在一个隧道里。你抬头看到阳光透过树叶的间隙，成为一个个运动的光点，就好像这会儿你的头上点缀着一盏盏的小灯，样子很像十二月商家装点在店门口那种挂满了小灯的人造树。

有时候你觉得自己是走在通向另一个世界的路上，通向一个四周空寂、云雾缭绕的地方。你觉得自己的躯体仿佛离开了人间。

你看到夏泽宗在那头等着你。近一个多月来，每次你来医院看望周兰，他都会在那儿等，极有耐心，简直像那个守株待兔的人，等待你这只兔子撞到他所在的那棵树上。

时值盛夏，但他却穿着一件制服衬衫，是原来国民党军官穿的衬衫，当然没有了徽章。你很奇怪，解放这么多年了，夏泽宗竟然还有这种服装，难道他家的箱子里藏着无数件这样的制服，他用之不尽取之不竭吗？制服让他很见精神，虽然你们同龄，但看上去比你年轻很多。他向你投来的目光就像一个债主，不，简直像个索魂鬼。你的心哆嗦了一下，硬着头皮向他走去。夏泽宗脸上没有笑意。

你走过去，发了一支烟给夏泽宗，夏泽宗拒绝了。

"周兰还好吗？"

"情况不是太好。"你说。

"要是没有你，周兰不会这样。"

"我知道。"

你深深吸了一口烟，转移了话题：

"你最近怎么样？"

"一点也不好。好多事放不下。"

你严肃地点了点头。夏泽宗说：

"我听说早上护城河的浮尸了。"

"噢。传得很快。"

"你知道她是谁吧？"

"公安还在查证。"

"但你知道是谁。我也知道。"

你回避了夏泽宗咄咄目光。

有两个孩子跑到你前面，他们没有靠近，而是远远地观察你，脸上的表情略有些惊恐。有一个孩子仿佛为了壮胆，向你扔了一块石头。你差点被击中。

"你坐在这里说什么？你是个神经病吗？从里面逃出来的吗？"另一个孩子问。

你有点恼火。年纪大了，你变得越来越任性，即便是孩子的恶作剧你都介意。你想抓住他们，好好教训他们一番。但你还没站起来，那两个孩子早已逃入林子，风一样消失不见。你看到夏泽宗在不远处一脸嘲弄地看着你。你站起来，拍了拍屁股上的尘土，往回走。夏泽宗还是跟着你。

"你怎么想的？"夏泽宗问。

"我还没有想法，但愿不是她。"

"是她。"

"可能……但也未必。"

"你有时候很蠢，经常判断错误。你总是高估自己。"

你急匆匆地往前走，默不作声。

医院快到了。通向医院的小巷非常安静，也清凉一些，好像这会儿安静和清凉正从小巷两边老墙的缝隙和青苔里钻出来。喧哗的汽车马达声和汽笛声抛到了遥远的天边。

"当然，我也高估了你，上了你的大当，吃了一辈子苦。"夏泽宗自嘲道。

"都过去了。"

"没有。你自己明白，都在你心里。"

"也许你是对的。"

"不过你也不要太难过，你尽力了。"

"向你打听个事，有我儿子肖俊杰的消息吗？"

夏泽宗摇了摇头，怜悯地看着你。他说：

"你儿子太不像话了，他应该像我一样，经常来找你，缠着你，让你不得安宁。不过这也正常，他可不像我这么宽容，会原谅你。像你这样的爹，儿子和你老死不相往来很正常。"

医院到了。夏泽宗犹豫了一下，没跟你一起进入医院。你看到他原路返回了。他的背影看上去十分孤单。你猜，你大约也是这副模样。

人老了，滚滚红尘已不属于你，这世界慢慢远离了你，留下的是注定的孤单。都是这个结局。就等着进入坟墓的那一天。

9

现在还是清晨，我在天上俯视着永城。我的身体正冷冻在警局的冷库里。我的身体终将被搬到火葬场，送入焚化炉，成为一撮烟灰。这会儿，永城东边的火葬场的烟囱冒着白烟，那是人世间的尽头，生命的最后栖息地。我看到我曾经的公公肖长春正在走向医院的路上，他的背部看上去苍老而寂寞，就好像他已被来自阴间的气息包围（我证明阴间确实是无声无息的）。我还看到夏泽宗穿过那林荫道，脸上依旧是我熟识的不平。

我的身体正冷冻在警局的冷库里。那是一具冰冷的尸体，没有任何热量，那身体已无法体验愉悦。我的身体曾经是多么敏感，只要动一动双乳，快感就如潮水涌动。现在我已经死了，生命的感觉只留在我的记忆里了。我以为此生多舛，往事充满了血泪，如今我回忆起来却不无温馨。

我进机械厂后，我的生命中出现了另一个男人——肖俊杰。

是的，他是肖长春的儿子。

有一阵子，肖俊杰迷恋上了跳伞。

机械厂的小姐妹对我说，肖俊杰要在三江口的邮政大楼上表演跳伞，问我去不去看。我知道肖俊杰，他以前到我窗口来闹过，不过我没理他，我有点儿讨厌他，因为他爹肖长春把我娘捉到了筑路大队，那相当于劳改。这家伙什么都干得出来，现在臭名越来越大了。不过我对跳伞这事天生迷恋，只要在电影上看到跳伞的场景，就会全身紧张，同时莫名向往，很想有朝一日体验一回。那天，我们来到邮政大楼的广场上时，广场上已聚集了一大帮人。大都是女孩子，当年有很多姑娘暗恋肖俊杰。她们全在朝屋顶张望。阳光晃眼，她们的双手置于额头，这使得她们的胸大幅度挺了起来。肖俊杰已站在屋顶，身上绑着降落伞要往下跳。邮政大楼是永城最高的建筑，是一个犹太人在十八世纪末造的。大楼全由大理石垒砌而成，既结实又高大，上面还有一个尖顶。

我看到肖长春带着一帮公安赶到邮政大楼的广场上。杜天宝骑着三轮车也急匆匆地赶来看热闹，因太急撞到肖长春身上，把肖长春撞痛了。肖长春手卜的人把天宝拉到一边。天宝根本没顾着公安，而是看着楼顶，一脸的羡慕和惊喜，哈喇子都要流出来了，样子真的像个白痴。肖长春手下的人要把天宝抓起来，肖长春不耐烦地挥了挥手，阻止了他们。肖俊杰站在邮政大楼的顶层做了几个动作，然后纵身一跃，跳向空中。广场上一片惊叹。

南方的这个季节，天空湛蓝，就好像谁在天上涂了一层蓝色的油漆，肖俊杰和蓝天融在一起，太阳正在肖俊杰的上方，光线从降落伞射下来，使肖俊杰闪闪发光，好像肖俊杰是太阳的一部分（这个念头当时让我有一种犯罪感，因为只有伟大领袖才被认为是太阳）。总之，那天，肖俊杰在我眼里像神一样，从天而降，他在天上飘了一会儿后，终于降落在河中。

到了河中，肖俊杰迅速从神变成了凡人。他使劲在河中挣扎，但降落伞缠着他。我担心他会被淹死。

这时，肖长春命令手下下河去救他。一会儿，他们把肖俊杰捞起来。肖长春铁青着脸，命令手下把肖俊杰带到看守所。

后来，我和肖俊杰好上后，听肖俊杰说了他爹关他的原因。当年经常有台湾的国民党特务空投到永城，特务被抓，降落伞被缴获，藏在部队的军需仓库里，肖俊杰是从那里偷来的。肖长春因此决定关他半个月，教训教训这个不肖之子。

肖俊杰还对我说，他妈妈周兰听说他被关在看守所，和一帮犯人待在一起，就同肖长春急，吵着要他把儿子放出来。肖长春一直觉得儿子这么混蛋都是周兰惯出来的。她什么都依着儿子，甚至儿子干了坏事，她都帮儿子瞒着他。为此肖长春一直很生气。肖长春见不得周兰的眼泪。周兰一流泪，就要诉说他离开他们独自来永城搞地下工作，他们孤儿寡母在天津生活如何不易。但那一次，肖长春没心软，没有让步，他咬咬牙，足足关了肖俊杰十五天。

10

爹活着的时候，杜天宝踏着三轮车过浮桥，刚好遇到潮水，桥上的人都被浪冲走了，死了二十一个人。天宝怕三轮车冲走，死命地保护三轮车，结果他和三轮车都没被冲走。爹因此眉开眼笑说，傻人就是有傻福，儿子，你知道吗，这叫吉人天相。

天宝想，爹说的没错，我竟分配去了803厂。

杜天宝被安排在803厂食堂打饭。

天宝喜欢给人打饭。每天中午，803厂的职工穿着漂亮的工装，拿着铝盒，来食堂吃饭。他们见到天宝，眼睛放光，像一只只饿疯了的猪。他们还对天宝笑，态度友好，甚至带点儿谄媚。天宝活那么大很少见到有人对他这样笑。在西门街，他们要笑，就是嘲笑。天宝觉得那嘲笑像是从天上掉下来的磨盘，会把他压扁。但现在他看到803厂职工的笑不一样，是一点点从他们脸上生出来的，就好像一棵绿豆芽一点点从地上冒出来，热烘烘的，让他感到很亲热，很温暖。天宝很高兴。他喜欢803厂对他亲切地笑的职工。他就狠狠地把饭菜扣在他们的铝盒里，把他们的铝盒装得满满的。

有一天，杜天宝看到一个人在他的窗口排队。他认出了他。他就是肖俊杰，那个在天上飞的人。他看过他在天上飞后，对他佩服得不得了。

天宝就远远地同他打招呼，让他过来插队。肖俊杰同所有人都不一样，脸上没有笑容，大大咧咧来到天宝面前，把铝盒递给他。天宝在他的铝盒里把菜堆得像山一样高。

"你这个傻瓜，打这么多，我怎么吃得完？"肖俊杰说。

虽然肖俊杰叫他傻瓜，天宝并不生气，反而为肖俊杰认得他而高兴。天宝笑了。

这之后，杜天宝愿意为肖俊杰干任何事。后来，杜天宝就让肖俊杰不用来食堂打饭，他把最好的菜留给他，然后送到肖俊杰的车间里。看到他大口吃肉时，天宝满嘴口水。为何流口水？因为天宝没吃到肉，他把自己的那份肉省给肖俊杰吃啦。当然这么做天宝有私心，他想肖俊杰教他在天上飞的方法。

杜天宝得到了第一个月工资。他不知道把钱藏在哪儿。他问罗忆苦。罗忆苦看到天宝家屋子里堆满了蜂窝煤饼。自从爹死后，天宝很少做饭，所以不太用得着煤饼。罗忆苦说，天宝，你把钱塞到蜂窝煤的孔里面，等这些蜂窝煤插满了钱，你就可以娶媳妇啦。

杜天宝觉得罗忆苦这点子好，满怀憧憬地笑起来。他就依她说的，把钱一张一张插到煤饼的孔里。黑黑的煤饼插上钱后，五颜六色的，像春天里盛开的花朵，很好看。

杜天宝领到第二个月工资，想把钱插到煤饼上。他回家发现煤饼上的钱不见啦。他想，一定是罗忆苦拿走了。想起罗忆苦在用他的钱，他很高兴，也很幸福。他愿意罗忆苦一辈子用他的钱。他把第二个月的工资插到煤饼上。

有一天，杜天宝送饭给肖俊杰，肖俊杰叫住了他，让天宝在他边上坐下。

肖俊杰说，你和机械厂的罗忆苦很要好？

杜天宝的脸上露出灿烂的笑容，脸跟着红了。天宝每天早晨都用三轮车送罗忆苦去机械厂上班。自从罗忆苦拿了他插在煤饼孔里的钱，他心里有了一个小秘密。她在用他的钱，在感觉上他和她就是一家人了。

肖俊杰沮丧地说，罗忆苦是不是很骄傲？她都不理睬我。

杜天宝就吹牛说，我曾从窗口爬到罗忆苦的房间里。

肖俊杰眼睛亮了，说：

"她们的房间是什么样子？"

天宝答非所问：

"她们没穿衣服。"

天宝看到肖俊杰的脸红了。他涎着脸说，什么时候，你帮帮我，让我也爬到她们房间里去看一看？

杜天宝爽快地答应了。

11

　　医院的建筑十分考究，全都是西洋式的二层小楼。一九四九年前这里是教会创办的一所小学。解放军进城后，曾在这里驻扎过一段日子。后来因为这儿地处偏僻，就成了一家医院。小楼环绕的中间有一个院子，院子很大，有半个足球场那么大，种植着各种各样的植物和花卉。大都是南方常绿植物，有悬铃木、广玉兰、山茶树、夹竹桃等。一年四季绿色葱茏，但总觉得有些单调了。你曾问过伍大夫，为什么不种一些落叶乔木。伍大夫说，季节变化容易让病人感时伤怀，医院需要相对稳定的环境。

　　你先去了伍大夫那儿。和伍大夫打交道已有二十多年了，老熟人了。周兰得病以来，时好时坏，有时候不省人事，经常需要来医院治疗一段日子。过去是春秋季节病发一次，但今年夏天突然就发作了。有一天，你半夜起来，女人不在身边，你听到有声音从楼下传来。是电视的声音。你吓了一跳，赶紧起床，来到楼下。女人已目光炯炯地坐在沙发上，脸上挂着诡异的微笑。你看到女人竟在播放黄色录像（你至今没弄清楚女人是从哪里搞来的录像带）。她见到你，指着电视上正和一个裸体的女子交媾的小伙子，说，儿子，儿子。你意识到周兰又犯病了，赶紧关掉了电视机。她急了，就像一只被人抢走了幼仔的母老虎，扑向你，把你扑倒在地。没有办法，你只好把她送进医院。

去伍大夫诊室有一条长长的过道。在这个遍布植物的园子里，一些神情呆滞的人朝你这边瞧。你注意到一个年轻人，突然来到一个老头前面，把医院的那种条纹睡裤扒了去，露出一个洁白的屁股，对着老头放了个响屁。老头儿奇怪地看着屁股，没有反应。他甚至还蹲下来察看了一番，仿佛他可从中研究出世界的奥秘。那年轻人一直撅着屁股让他看。有一个中年病人，精神饱满，不停地对你坏笑，仿佛把你看透了似的。对这种病，你太了解了，病人总像是得到了天大的乐子，喜欢笑个不停。见什么都笑。笑着笑着又会毫无来由地号啕大哭。刚开始周兰这样笑时，你很恼火，好像自己被嘲弄了似的。你甚至给过周兰一耳光。

你看了看自己苍老的手，这会儿在微微颤抖，你感到从自己手心里传来痛感，火辣辣的，好像那记耳光痛的不是周兰，而是你。

你每隔一天来医院看周兰。每次伍大夫都说，周兰的情况不是很严重。"病人挺安静的，也很配合治疗。她是很温和的类型，经常幻想自己是个少女，正和人谈一场恋爱。"你知道这仅仅是伍大夫善解人意的安慰，周兰的病都二十多年了，入院的次数也数不胜数，对她的康复你已不抱任何希望。这二十多年来，你对这种病已非常了解，只要按时服药，就没事。可问题是周兰把药当成怪兽，似乎她的人生就是和药物做斗争，经常自说自话停药，然后一切回到原点，再次不可避免地崩溃。

你进去的时候，伍大夫正在读一本书。他见到你，就把书放到写字台上，和你打招呼。

"老肖，来了？"

你严肃地点点头。一辈子绷着脸，习惯了，现在想笑都挤不出一点笑容来。

"这次出院，药千万不能停。要是你夫人不肯吃，你就把药偷偷放到牛奶里。总之，要想出法子。希望这是最后一次。"

你心里冷笑了一声。放牛奶这种谁都想得出来的法子早试过了。甚至有时候都放在汤里，你和她一起吃。你倒起了作用，但她对药有敏锐的嗅觉，她总能知道牛奶或汤里放了药。

伍大夫领着你来到周兰的房间。

周兰睡着了。"刚打过针，要一会儿才醒来。"她的病房显得凌乱，房间里有一股闷热的涩味，你撩起窗帘，把窗子打开。光线从窗外透进来，同房间的混乱比，周兰的头发显得非常光洁，在昏暗的晨光中发出亮晶晶的丝绸般的光泽，考虑到周兰的实际年龄，她容颜也算年轻。一个人要是时间停止了，是不是会延缓衰老？至少心不会老去吧。对周兰来说这究竟是好事还是坏事？每次当你看到镜子里自己那花白的短发及满脸的皱纹，看到自己垂垂老朽的身体，你感到时光的残酷。

病房里新进了一个病人，看上去很年轻。她没有睡着，警觉地注视着你。

"她刚进来。儿子被淹死了，想不通，发作了。挺可怜的。"

伍大夫悄悄对你说。

那女人好像听到了伍大夫的话，对伍大夫笑了笑。那笑无比辛酸。

你在房间里等了大约一个小时，周兰醒了过来。周兰平静多了，她见到你，似乎有点不好意思。她说，你来了？又给你添乱了。是我不好，我总是不肯吃药。

只有在正常时，周兰才会这样说。但这样说，同样让你难受。周兰的东西已经整好了。刚刚伍医生说是她自己整的。她昨天整了一天，有点兴奋。早上一早就醒了，等着你来。伍医生怕她太兴奋，给她打了一针。

你向大夫道了谢。你让周兰谢谢伍大夫。周兰好像没听到，旁若无人地走出病房。你跟了出去。这时，你听到那年轻女人喊了起来：

"杀人了，杀人了。"

你停住，回头看她。

"杀人了。他们杀人了。"

她盯着你，目光露出惊恐。

她的话还是让你感到惊心。你想起早上发现的浮尸。

"这话她说了整整一天了。每次醒来就说这句。"边上的护士说。

你目光忧虑，没吭声。

12

　　我看到肖长春从医院里出来，过马路时，他想搀扶周兰。周兰逞能，甩掉他的手，也不看红灯，就闯了过去，差点被一辆卡车撞倒。卡车司机从驾驶室里伸出头来，骂道，找死啊。周兰停下来，站在卡车前，似乎想同司机论理。肖长春一把拉住周兰，过了马路。

　　他们俩走在回家的路上。肖长春的神情看上去比周兰还恍惚，是刚才那疯女人说出的话让他忧心吗？也许疯狂的人总是最先知道人间的真相。

　　是的，他们曾是我的公公和婆婆。我的户口至今还在肖长春家。

　　肖俊杰最初是在杜天宝的帮助下，爬到我的房间来的。

　　我进机械厂后，到处有人在传，说机械厂来了个美女，这美女还是大名鼎鼎的杨美丽的女儿。附近的青工经常来厂门口瞧我，他们东倒西歪立在那儿，轻浮和浅薄和口水一起流淌。我认出其中几个还调戏过我娘。他们一定认为我和娘是一路货，可以占我便宜。我不理睬他们。有时候肖俊杰也在其中起哄。

我以前反感肖俊杰，不过现在有点喜欢这家伙了。他竟然会跳伞。我也很想跳一次。想想在天上飞的感觉，多美妙。

见到肖俊杰从窗口爬进来，我吓了一跳。我骂窗下的杜天宝。天宝只会对着我傻笑。

这会儿，这家伙站在我们床边。他长得又高又大，那双眼睛漆黑漆黑，十分明亮，仿佛火葬场焚化炉里的火苗落到他的眼睛里。我骂他，肖俊杰，你怎么像一个小偷一样爬人家窗子？当心你爹把你抓起来。他一脸天真地说，我才不怕我爹呢，再说我爹只抓你娘这样的人。我听了，很生气，我说，肖俊杰，我娘是个什么人？我把她叫上来，你当面同她说，她是个什么人。肖俊杰只是看着我们，眼神忽闪着快乐。我说，你怕了吧？那你赶快给我出去，当心我娘揍你。他却大大咧咧地说，我不怕，我要娶你们姐妹中的一个做老婆。我被他说得噎住了。

我赶不走他，只好有一句没一句和他闲聊。一聊聊到跳伞这事。我问，那伞还在吗？他说，被我爹那老顽固收缴后还部队了。然后他诡异地笑笑说，我还有一个，我自己缝的，一个很大的降落伞。我的眼睛兴奋地闪了一下，我说，真的？可不可以让我试试？肖俊杰来劲了，说可以。他又补充，白天不能试，要是被我爹发现他会没收我的降落伞，得晚上。罗思甜在边上插嘴，我也想试。我白了她一眼说，你就算啦，你胆子这么小，还想跳伞？到时你会小便失禁。

我永远记得和肖俊杰一起跳伞的那个晚上。那天是杜天宝踏着三轮车把我们送到邮政大楼的。罗思甜也跟着去了。我本来想一个人跳的，但等到爬上屋顶，就不敢了。肖俊杰建议他带着我。于是，我们俩被捆在了一起。当降落伞在永城的上空飘荡时，我紧张万分。我紧紧地搂住了肖俊杰。肖俊杰显得很得意，故意在天空做一些危险动作。我要窒息了。我紧紧夹紧我的双腿，身体不自觉地摩擦起来。一会儿，我的头上冒出汗水，气喘吁吁，高潮不可抑制地来临。肖俊杰比夏小恽敏感，他似乎觉察到我的把戏，我感到他的下体迅速膨胀，热烘烘地抵着我的身体。我以为他会亲我，但他一动不动，似乎有些紧张。

在高空到达高潮是难忘的经历。我的身体因此对肖俊杰有了亲近感，仿佛那高潮是他给予的。这或多或少是有象征意义的，好像我已把自己的身体献给了这个男人。我和肖俊杰就这样好上了。我开始瞒着夏小恽，偷偷和肖俊杰约会。

肖俊杰和我在一起时从不动我，甚至不碰一下我的手。他只是喜欢和我说一些他曾做过的荒唐事。有一天，他突然掏出一支驳壳枪给我看。我吓了一跳，说，你哪儿弄来的？不会是从部队里偷来的吧？偷军火可要枪毙的啊。他诡异一笑，说，是我爹的，他平时不佩枪，这枪我每天带在身上。然后，他开始把玩那把枪。他把枪放到右眼，闭上左眼，嘴上模拟枪的声音。然后，脸上露出满足的笑容。那一刻，我觉得他对枪的兴趣超过了我。我妈最不能容忍的是男人对她无动于衷，我也是。所以我想试探试探肖俊杰，挑逗他一下。

一天晚上，我带他来到从前和夏小恽约会的地方——永江一个废弃灯塔的平台上。我故意拿身体磨蹭他。开始他还放松，一会儿就颤抖起来。我假装无意间用手触碰他的大腿，发现那地方裤子撑成一把伞。我假装不明白，问他这是怎么啦？他显得很腼腆，很窘迫。见他这么可爱，我亲了他一下。

我看到一个影子一闪而过，迅速消失在黑暗中。我知道是夏小恽。我突然有点烦他了。夏小恽大概对我和肖俊杰的事有所耳闻，或者他天生敏感，这些天他总是问我，你怎么了？你像变了个人，你是不是另外有人了？求求你不要离开我。我最讨厌男人这么黏糊糊的。我就对肖俊杰说：

"有个家伙老是缠着我，你叫人去教训教训他。"

瞬间，肖俊杰从一个害羞的男孩变成了一个大权在握的硬汉，好像身体里一下子注满了权力感。那一刻我生出担心来，我想，肖俊杰最擅长的是打打杀杀，而不是儿女情长。儿女情长这事也许只属于夏小恽这类人。后来我听说夏小恽被打得不轻，半边的脸被打肿了。我听了又有点心疼他了。毕竟我们好过。我没想到肖俊杰下手这么重。

肖俊杰真他妈没脑子。

13

　　罗忆苦晚上经常来找杜天宝，要天宝踏三轮车把她送到永江边灯塔的平台上。运到后还不让他走，让他站岗，因为她要和肖俊杰约会。她说，天宝，你一定要守着这条通道，要是夏小恽来，你不能让他进来，懂吗？天宝使劲点头。

　　杜天宝想，我可不是傻瓜，我知道罗忆苦和肖俊杰在灯塔里干什么。她让肖俊杰像狗一样趴在她身上亲她的身子，她则会发出奇怪的声音，那声音断断续续的，就好像她落入永江中快要淹死了。以前在这个灯塔上，罗忆苦让夏小恽也这么干过，并发出痛苦的呻吟，那时天宝以为夏小恽这个反革命狗崽在欺负罗忆苦，还冲过去把夏小恽一把抓起来要往灯塔下丢，这可把罗忆苦急坏了，咆哮着让天宝放下。天宝说，我不能让他欺负你。罗忆苦说，你这个傻瓜，他亲我，我快乐。那你为什么叫个不停？天宝问完这话就明白了，罗忆苦的娘在男人这样压着她时也叫个不停。是一回事。天宝就放心了，腼腆地笑了笑，不去管他们了。

　　有时候这废弃的灯塔会突然亮起来，灯光射向永江，永江出现一道白色光柱子，好像永江上面铺了一条细细的黄土路。

杜天宝在灯塔下等他们，感到很无聊，就捉蚊子玩。他从小有一个绝技，只要专注，就能把飞来飞去的苍蝇捉住。杨美丽没卖麦芽糖前，在西门街晒咸鱼干，永城的苍蝇都往西门街飞，西门街黑压压的，那苍蝇的叫声有电影里日本人的飞机声那么响。每次，杜天宝从西门街走过，都像在云层中穿行，他的脸上、手上停满了苍蝇，好像他是一坨屎。

杜天宝就是那会儿学会用手抓苍蝇的。那时候，各家各户苍蝇特别多，天宝烦苍蝇在眼前飞来飞去，立志要把苍蝇消灭掉。于是练出了一手绝技。

后来，西门街的人都知道天宝身怀这个绝技，他们就对他说，天宝，发挥你特长的时候到了，去我家捉苍蝇吧。杜天宝就坐到那人家的客堂，等苍蝇飞过。苍蝇们经常是有来无回。捉完苍蝇，他们就夸他，天宝，你真仁义。他们还给他吃的。天宝胃口好，他们给的东西一会儿就落肚子里去了。

几年后，杜天宝又发现了另一个绝技。有一天，西门街放电影，他看到有陌生人在偷别人口袋里的钱。天宝的口袋鼓鼓的——其实没什么钱，他们就盯着他。天宝再也无心看电影，注意力全在自己的口袋上。小偷手伸入他的口袋，他像捉苍蝇一样迅速捉住了他。后来，天宝在公共汽车、百货商店、轮船上都抓到过小偷。陈庆茹阿姨写了广播稿投到电台，表扬了反扒能手杜天宝。

一天，杜天宝从火葬场回来，有一个陌生人把他拦住。那人理了个小平头，样子有些腼腆。他把天宝带到一边。到了一角落，又出来一个人，瘦高个，天宝认出了他，是赵三手，他曾在公共汽车上偷乘客钱包，被杜天宝抓了个正着。他客气地搂着天宝的肩，对天宝说他从没被人抓住过，自从被天宝抓住过一次后，偷东西老是失灵。他还说天宝是个高手，他打听过了，他能抓住眼前飞过的苍蝇，是个天才，要是学偷技，会超过任何人。他说，他要好好调教天宝，把天宝训练成神偷，那一定是偷遍天下无敌手。杜天宝听了很生气，胆敢让他去做小偷。他差点动手打赵三手。

这会儿，想起自己曾抓过这么多小偷，杜天宝情不自禁地笑出声来。他的笑声在寂静的夜晚显得非常响亮，咯咯咯咯的，像过节时燃放的鞭炮。

这时，有一个人靠近了天宝。难道有小偷想偷他的东西？天宝警觉地站起来，准备出击。那人显然吓了一跳，撒腿就跑了。他追了上去。后来，天宝认出那人是夏小恽，就不去追他了。他知道罗忆苦把夏小恽甩掉了。天宝觉得他很可怜。

天宝看到夏小恽站在浮桥上，双眼茫然地瞪着江水。潮水正从永江灌入，浪头很高，直扑在浮桥上，浮桥在不断地晃动。夏小恽被冲击得东倒西歪。但他没有离开，还是注视着江面，就好像罗忆苦正隐藏在潮水中。

杜天宝有点担心夏小恽被潮水冲走，见夏小恽一动不动，稳如泰山，杜天宝就放心了。他往回转。他再次转过身来时，夏小恽已不在桥上，消失不见了。他心里一沉，向浮桥奔去。

来到桥上，杜天宝找到了夏小恽，夏小恽正浮在永江中，潮水卷着他，把他撞向浮桥的桥墩。他正在拼命挣扎。天宝看出夏小恽不会游泳，想也没想，就一个猛子扎到潮水中。夏小恽紧紧地抓住天宝，把天宝的脖子掐得紧紧的，仿佛害怕天宝会像一条泥鳅一样滑走。

杜天宝好不容易才把夏小恽拖到岸上。

到了岸上，夏小恽呕吐起来。吐出来的都是带泥沙的水。一会儿，夏小恽似乎有了一点力气，突然哭出声来，骂道：

"你这个傻瓜，你为什么要救我，我不像你，可以像一只癞皮狗那样活着。"

杜天宝觉得委屈。刚才夏小恽明明不想死嘛，把他掐得喘不过气来，要是晚一步上岸，夏小恽都会把他掐死。

见夏小恽哭得死去活来，杜天宝怕夏小恽再次跳河寻短见，想了想，决定送夏小恽回家。因为他的三轮车放在灯塔下，他打算背夏小恽回去。

来到法院巷，敲开了夏家的门。开门的是那个国民党夏泽宗。他看到浑身湿透了的夏小恽，脸上竟露出奇怪的笑容。

事后，杜天宝回忆起夏泽宗的笑容，觉得特别阴沉，特别可怕。

14

周兰不太适应人多的场合。在人多的街头或公交车上，她会不自觉地紧张，身体绷得像一根正在做拉伸实验的铁丝，随时可能断裂。

过了红绿灯，在十字路口等了一会儿，一辆的士过来了。你让周兰进入后座。你捧着一袋周兰医院用的日用品。司机显然知道你们从康宁医院出来，用好奇的目光瞥了周兰一眼，再没有反应。你告知他目的地，的士启动了。

过那条林荫道，周兰一直看着窗外。有一刻，她的目光有一丝阴影掠过。她的头随着运动的的士转向后方，喃喃自语：

"夏泽宗，夏泽宗。"

你吓了一跳。也从车窗往外张望。你没有看到夏泽宗。

"你说什么？"

周兰笑了笑。

"他飞走了。"

你倒吸一口冷气。周兰的病情还没稳定吗？

你看到车内后视镜里，那司机一直在观察你们。你突然有些恼火。你说：

"前面是红灯。"

司机猛然刹车。他没再回过头来，也没再通过后视镜观察你们。

三个人谁也没说话。周兰服药后，总是懒洋洋的，对生活全无想法，除了睡觉，似乎没有别的乐趣。一会儿，周兰竟然靠着你的肩睡着了。

司机显然是个耐不住寂寞的人。他打开了收音机，不停地调台。车内发出叽里咕噜的调台噪音。偶尔他让某个电台停留片刻，播音员说话时一律带着软绵绵的南方腔。南方的风物正在变成时髦玩意，他们好好的普通话不说，都喜欢大着舌头一惊一乍。大概实在没司机感兴趣的节目，他又把收音机关掉了。一会儿，司机说：

"听说今天早上的凶杀案了吗？"

"什么？"

"看来你不知道。一具女尸，发现时漂在护城河里，一丝不挂。听说是个美女。"

你厌恶地皱了皱眉。传言总是不可靠，什么事一传就会走样。做出租车司机大约是蛮无聊的，总喜欢传小道消息，好像他们载的不是客人，而是满满一车的八卦。你见识过八婆男人最多的地方就是出租车。

"听说被强奸了。啧啧。这年头都有人强奸，找个小姐不就完了？想不通。现在警方还不知道那女人是谁。无名女尸。我猜，那女人也不是什么好鸟，也许是一只野鸡。"

"你好好开车。"你说。

反光镜投来司机不满的一瞥，眼睛的光像火星一样亮了一下，又暗淡下去。

"放心吧，我都开了十年的士了。闭着眼睛都认路。"司机声音很低，好像在对自己说。

终于到了布衣巷。你把周兰弄醒。"到家了。"你说。周兰站在家门口，好奇地打量着台门，好像她此生第一次来到这里。一会儿，她笑了，然后熟练地打开门。

保姆正在做中饭，满脸笑容迎了出来。见到周兰，她说："周兰阿姨，你终于回来啦？你不在，肖政委都冷清死了。"

周兰的脸上露出少女一样的红晕。

保姆的声音很大，很尖利，从厨房哧哧作响的砂锅声中升腾而起，充满了尘世的欢乐。你喜欢保姆这种高亢而欢快的声调。

15

　　我没想到夏小悖会自杀。

　　听说夏小悖跳河后生病了，我感到很不安，打算去看看他。我是趁夏泽宗那老头上班时去看夏小悖的。

　　我有点怕夏泽宗。有一次我跟夏小悖去他家，夏泽宗坐在正南的厅堂，抽着水烟。烟雾弥漫，几乎把夏泽宗的脸湮灭。他沉浸在漫长的沉思中，目光寒冷阴沉。他见到我时，脸上瞬间堆满了谦卑的笑脸，热情地向我示好，好像我手上握有无产阶级专政的大权。不过我觉得他即使表现得那么卑微，他身上依旧有一种凛然不可侵犯的力量，一种从目光和身体里透出的气势。那以后我很少去夏家。

　　夏小悖家在法院巷。一九四九年前，永城达官贵人都住在这条街上。不过，解放后，那里搬进去不少原来住江北岸棚户区的居民，这条巷子顿时变得乱哄哄的。夏家原本房子很大，整座院子都是他家的，五八年他们家大部分房子充公了，这院子住进了多户人家，他们家就只有西边那一间了。

　　"你来干什么？"夏小悖看到我，目光里带着伤害。

"夏小恽，你为什么要自杀？"

"笑话，我活得好好的干吗要自杀。"

我看到夏小恽脸上阴气沉沉的笑容，汗毛都竖起来了，好像他的笑是水产公司冷库吹来的风，吹得我浑身发抖。看到夏小恽如此伤心，我突然想出一个办法。我说，夏小恽，你不要自杀，如果你真的喜欢我，我打算把罗思甜介绍给你，我和罗思甜长得一模一样，你看见她就相当于看见我。不过夏小恽，我告诉你，我娘也不会让罗思甜嫁给你，这没有法子可想。所以，夏小恽，你只能亲她，不能和她发生关系。

听了我的话，夏小恽的脸上露出奇怪的笑容。他指了指我，说：

"她像你一样坏吗？"

"不，夏小恽，她是一个老实人。"

"你一定又是在害我。"

"夏小恽，我怎么会害你呢？你要是不喜欢罗思甜也没关系，你看到她就当是看到我，慢慢你就不会这么痛苦了，是不是？"

晚上，我躺在床上想着怎么对罗思甜开口。熄灯后，罗思甜迅速地发出均匀而深长的呼吸。她睡着了。我想，她真能睡，像一头猪一样。笨的人就是这么能睡，杜天宝也是，一沾床就睡得像死了一样。

我捏住罗思甜的鼻子，把她弄醒。罗思甜睡眼蒙眬，说，忆苦，你干什么呀。我为了不让她再睡着，又掐了她一把，你醒醒。罗思甜说，你什么事快说。我就快速地几乎像背诵课文似的说，思甜，我把夏小恽抛弃了，因为我要和肖俊杰结婚。

他失恋了，很痛苦，想自杀，你现在还没男朋友，你就可怜可怜他，你替我去安慰一下他，好吗？

罗思甜完全醒了，目光炯炯，似乎在辨析我的话是真是假。

我没想到的是罗思甜竟然答应了这个荒唐的要求。难道是我老同她谈起夏小恽亲我的种种作为而引发了她的好奇心吗？人的脑子真的很奇怪，你觉得荒唐的事在别人的脑子里完全正常，而你认为正常的事，在别人那儿却是瞎折腾。

娘认为，我和罗思甜比，我脑子灵活，聪明能干，不会吃亏，尤其不会吃男人的亏——这一点她自认为我很像她；罗思甜恰好相反，善良、幼稚，头脑比较简单，容易上当受骗。所以我娘对我非常放心，但对罗思甜决不放松，让我暗中严加看管，免得她一失足成千古恨。

我和肖俊杰谈恋爱，在我娘眼里算是攀上了高枝，但想起肖长春曾把娘赤身裸体拖出来当街示众，我心里面还是有点不踏实，我暂时没把这事告诉娘，万 娘生气了怎么办？自从肖长春把我娘拉出来示众，找我娘的男人明显减少，我娘因此经常咒骂肖长春。

我把夏小恽托付给罗思甜后，心里老惦着夏小恽和罗思甜究竟怎么着了。这段日子，罗思甜神出鬼没的，晚上回家也晚了，有时候比我还晚。回来时脸上有一种莫名的兴奋。我猜想罗思甜这傻瓜真的去安慰夏小恽了。

有一天晚上，她回来时我忍不住问她，见夏小恽去了？她幸福地点点头。有没有亲你？她面红耳赤。我就知道这小荡妇有问题。我问，他怎么亲你的？她实在忍不住，就从实招来，说就是像他亲你那样啦。"亲你胸吗？"她点点头。"很快乐？"她还是点头，傻得像那个杜天宝，似乎除了点头什么也不会。我又问："他和你做了？"罗思甜犹豫了一下，脸上的表情一下子变得严峻而坚毅，断然否定："这怎么可能？"我说："你可不能傻，要是肚子搞大了，你只能嫁给他了，他什么人家啊，国民党知道吗？娘要是知道了，会吐血的，非把你揍烂不可。"罗思甜说："他爹是为党工作才回来的，再说他爹是他爹，他是他。"我讥讽道："哟，倒向着人家说话了啊。"

我很生夏小恽的气，这家伙心变得太快了，几个月前还对我山盟海誓，转眼就同罗思甜好了，竟然还对罗思甜动手动脚，简直太流氓了。想着想着，我竟然妒火中烧，好像一件宝物被罗思甜这个白痴抢走了。

第二天晚上，我就去找了夏小恽。我推开夏小恽家的门。夏泽宗正拿着一把浇花用的水壶，料理院子里的植物。这个国民党就是腐朽，弄这些个花花草草只能证明他留恋过去的腐朽生活。夏泽宗见是我，满脸皮笑肉不笑。我知道夏小恽在屋子里，就噌噌地上楼，一把抓住夏小恽，往河边灯塔走。我看到夏小恽双眼通红，好像有无尽的痛苦和满腹的委屈。

到了灯塔，夏小恽抱着我哭了。见到他这可怜的样子，我原谅了他。我搂着他，安慰他。他的眼泪把我胸前的衣服都沾湿了，隐约现出乳房的轮廓。夏小恽贪婪地看了一眼，突然像疯子似的撕去我的衬衣，把脸埋在我乳房上。我看到衬衣的扣子落入永江中，衬衣也撕裂了一大片，很心痛，这可是我新置的衣服，我娘亲手做的，弄坏了我娘不但要骂我，还会怀疑我——我娘在这方面经验丰富。同时我也很满足，我不费吹灰之力就赢了罗思甜，心里无比畅快。我这乳房太敏感，热流一阵阵往心里涌。我陶醉其中，一动情，就说，夏小悝，我后悔了，我不许你和罗思甜好，我不许你这样亲罗思甜。夏小悝突然离开我的怀抱，目光疯狂地瞪着我说，那你和我结婚。我说，这怎么可能，我要和肖俊杰结婚的，我娘喜欢我和肖俊杰结婚。夏小悝说，可是罗思甜答应和我结婚，我出身不好，只有罗思甜肯嫁我，那我还找罗思甜。我很生气，狠狠地在夏小悝肩上咬了一口，威胁说你要再找罗思甜，我就告我娘，我娘会剥了你们的皮。夏小悝突然爆发，他开始撕我的裤子。我吓了一跳，本能反抗。我说，你想干什么？他不理我，几乎想对我施暴。我对准他的家伙狠狠踹了一脚，他护住下体，痛得在地上打滚。我骂道：

"我再也不会理你了。"

我没想到夏小悝这么流氓，这样下去罗思甜迟早要吃亏。我很不安。有一天，我就对娘说：

"娘，我管不好罗思甜了，罗思甜现在同一个国民党谈恋爱，还让那小子摸她身子，亲她乳房。娘，这可是罗思甜亲口对我说的，你得管管她了。"

娘一脸惊愕，好像天都塌下来了。接下来会发生什么可想而知。我娘绝对不能容忍我们不听她的话。娘把罗思甜关了起来。

有一天，我和肖俊杰约会回家，发现罗思甜不在房间里。难道罗思甜又和夏小悝约会去了？我正满腔醋意，看到床上留着一张纸条。我借着灯光读起来：

娘:

　　我走了。我知道你不会同意我和夏小悻结婚的。我们打算去香港找夏小悻的妈妈。夏小悻说香港和广东就一条河,偷偷游泳过去就到香港了。妈,我知道这样离开你,你会很伤心。妈,我知道你对我的管教都是为了我好,为了我的幸福。可是我现在真的很幸福。我和夏小悻很相爱,是天生的一对。另外,妈妈,我要告诉你一个好消息,你快要做外婆了,我有了孩子,快四个月了,在肚子里会动了。妈,也许有一天,我会抱着孩子来看你。如果不能,那只能来世再报答你。思甜不孝,请千万不要生气。

罗思甜

　　我这才知道罗思甜和夏小悻私奔了,并且……并且有了孩子。罗思甜可真是个傻瓜,她竟然干出这种事。她是多么多么傻,比杜天宝更傻。

　　我瞒了娘一个晚上,第二天早上,我把罗思甜的纸条交给娘。娘看了气得要吐血。她去法院巷夏家大闹了一场。有很多人围观,对娘指指点点。整个过程夏泽宗一脸忧愁,不吭一声,好像儿子私奔的事同他没有任何关系。

　　娘撒了一通泼,黑着脸回家了,走时顺手拿走了放在门背后的一只洗澡桶。洗澡桶很大,像一只小船,娘是拖回家的。娘一副垂头丧气的样子,好像她拖着的是一口棺材。

16

西门街最近经常出现小偷。杜天宝听说昨晚上隔壁阿婆家进了小偷，没偷走什么值钱的东西，只偷走了厨房里放着的两块面馍。阿婆要天宝提高警惕，当心小偷。杜天宝嘿嘿笑出声来："我家又没东西，我不担心小偷，小偷都怕我。"

一天晚上，杜天宝已经睡着了，正梦见爹来敲他房门，门破旧，被爹敲得尘埃飞扬。天宝在梦里担心门会被敲破，因为担心，猛然惊醒。真的有人在敲门，一会儿，他还听到一个声音在轻轻叫唤：

"天宝，开门，是我。"

声音有点像罗思甜。杜天宝一骨碌起床，去开门。他看到门外站着一个丑八怪女人，蓬头垢面的，脸上都是泥浆。见到天宝，她眼冒绿光，抱住天宝就哭。

"你是谁，干吗抱住我，你是小偷吗？"

"天宝，我是罗思甜啊。"

天宝仔细看她的眼睛。眼睛很大，里面有些悲苦，是罗思甜的眼睛。天宝问：

"罗思甜，怎么是你？他们说你去香港了，怎么回来啦？夏小恽呢？"

罗思甜只顾哭。天宝把她搀扶到一张椅子上。她坐下来，哭道：

"夏小恽被警察抓走了。他去河边看看情况，就被警察抓住了，我也不知道他们把他抓到了哪里。我那时候住在一个农民家，我等他，他不回来，就去打听，我看到一张告示，上面有夏小恽剃光了头发的照片，我知道他被抓了。我找啊找，找不到他关在哪儿了。我只好回来了……"

杜天宝看到她的泪水流下来，脸上划出几道黑黑的痕迹。罗思甜用手抹了一把脸，手上沾满泥浆。天宝就打了一盆水，让罗思甜洗脸。罗思甜并没动手，咽了一口唾沫，眼巴巴看着天宝。

"天宝，给我弄点吃的，我已有一天没吃东西了，小宝宝也都快饿死了。"

说着她拍了拍自己的肚子。她的肚子圆圆的，真的已经很大了。天宝很想摸一下，但忍住了。他想起下班时食堂师傅塞给他两只馒头，是明天的早点。他从铝皮饭盒子里取了出来。

罗思甜接过馒头，狼吞虎咽起来。嘴里塞得鼓鼓的，咽下去时脖子也胀大了。看她吃得这么香，天宝在一边快乐地笑了起来。双眼笑得闪闪发亮。

"天宝，我娘她们都好吗？"

"你娘听到你和夏小恽去香港，晕过去了。"

"她没事吧？"

"没事。"

"天宝，我没脸见西门街的人了。"

杜天宝不明白她为什么这么说，只是直愣愣地看着她。

她吃饱后，开始洗脸。她洗身子时，把衣服纽扣解开，也不避天宝，露出整个身子。天宝不好意思，就转过背。她一边洗，一边问天宝：

"天宝，夏小恽被抓起来，你说会被枪毙吗？"

天宝不知道。他听爹说，刚解放那会儿，枪毙过不少人，一梭子进去，脑袋就崩裂了，红的白的脑浆就流了出来，很吓人。

"天宝，要是夏小恽被枪毙了，肚子里的孩子就成了没爹的人。"

天宝偷偷瞥了她一眼，她正在擦肚子，从天宝的方向看去，肚子和大腿之间划出一个漂亮的圆弧。

罗思甜已洗干净躺下了。天宝让她睡在他的床上，他则躺在地板上。他们脸对着脸，有一搭没一搭地说着话。罗思甜抚摸着自己的肚子说：

"天宝，可怎么办啊，天宝……我娘要是知道了，非打死我不可……天宝，你千万别跟我娘说我回来了。"

天宝点点头。

杜天宝觉得这样很好，想起家里面有一个暖烘烘的女人需要照顾，他就浑身来劲。他感到很幸福，每天早早回家，从菜场买来小菜，烧好后，让罗思甜从楼上下来。

晚上，天宝和罗思甜躺下，闲聊。罗思甜问，天宝，你躺在地板上难受吗？要不你也躺到床上来吧？天宝说，不难受。罗思甜说，天宝，我这样也是没办法，等我把孩子生下来，我就走。杜天宝不愿她走，但天宝还是点点头。

有一天晚上，罗思甜大呼小叫起来，天宝，动了，小宝宝在动了呢？然后，她叫天宝趴到她的肚子上听。天宝小心翼翼地把耳朵贴在罗思甜白白的肚子上，天宝幸福得想哭。

两个星期以后，罗忆苦在厂里截住了杜天宝。天宝心虚，低着头，不敢看罗忆苦一眼。罗忆苦把头低下去，从下往上瞧天宝的脸。天宝的头埋得更低了。"天宝，你这几天干吗去了？神出鬼没的，你没干坏事吧？"想起那天晚上，天宝听肚子里的孩子时，还看到了罗思甜的乳房，他的脸就红了。"你脸红什么？天宝，你不正常。"杜天宝想逃走，罗忆苦揪住天宝的耳朵。杜天宝很痛，但不敢叫出声来。"罗忆苦，你别揪我耳朵，我又不是你老公，你老公是肖俊杰。"杜天宝不知道为什么说出这句话，说出来他吓了一跳。罗忆苦一下子警觉起来："天宝，我不是你老婆也能揪你，除非你有老婆了……天宝，难道你有老婆啦？"杜天宝像是犯了天大的错，眼露惊慌，马上否定。罗忆苦不放，把他揪到一个角落，强迫天宝说出来。杜天宝没办法，只好老实交代。罗思甜听了杜天宝的话，都不敢相信。

"罗思甜躲在你家里半个月了？"

杜天宝点点头。

"好个罗思甜，这个小白痴，她究竟想干什么？"说着，罗忆苦气呼呼地回家了。

罗思甜被杨美丽捉回家，就再也没有露面。杜天宝问罗忆苦，她冷笑一声，说，她肚子都这么大了，打胎也打不下来了，她这样挺着个大肚子，多丢人，不待在家里还能去哪儿？

17

　　周兰的神志谈不上健全，她努力在寻找那个丢失的自我，总也找不到。也许她这辈子再也找不到了。每次治愈出院，她尽量想做好，甚至怀有歉疚感，好像她在为自己的疾病内疚，好像是她的病摧毁了这个家庭。周兰努力想干些家务，但药物的作用经常让她遗忘正在干着的事。有一次，她点燃煤气，却忘了要干什么。结果煤气一直在燃烧，直到保姆发现，大惊小怪了一番。到后来，周兰想干事，保姆都抢过去。

　　"周兰阿姨，你身体不好，你歇着吧，我来。"

　　看得出来，周兰很受挫。这让她在家里像个局外人。你注意到有时候周兰对保姆有敌意，很想发火，但她努力克制，仿佛发火是一种罪恶（周兰清醒后，一切失控她都视为罪恶）。你曾对保姆说，周兰想干什么，就让她干什么。保姆开始是听的，但积习难改，时间一长又什么都不让周兰插手。

　　多年的职业生涯让你对人有特别敏锐的洞察力。你知道药物磨损着周兰的情感，周兰"正常"时似乎没有了尊严感。她因此很压抑，但压抑到一定程度，她就会把怨恨发泄到药物上。

她认为是药物让她变笨了。这时候，她会拒绝服药。

往往在停止服药的最初一段日子，周兰会变得十分飞扬，思维活跃，充满魅力，仿佛过去那个你熟悉的周兰又回来了。你以为停药是对的，周兰完全好了。后来你才知道这是最危险的时刻，周兰的飞翔马上就会坠落，落入无穷无尽的沮丧之中。接着，就会或哭泣或傻笑，完全脱离常态。这之后你知道停药是危险的。得了这种病，药物将跟随一辈子。

有时候你觉得周兰停了药反而是快乐的。疯狂里可能有你无法体验的愉悦。问题是你不忍心。看到她失控，你会极度难受，备受折磨。谁愿意看到亲人疯狂？

吃过中饭，周兰主动要求吃药。然后回到自己的房间。

上午回来时，你带她回房休息。她在自己房间里比路上安心了些。不过和你单独相处她还是有些害羞。她说：

"你受累了。"

你心里一阵酸涩，低下了头。昨天，你整理了周兰的房间。在周兰房间的窗台上放了一盆仙人掌。你知道周兰喜欢仙人掌。这会儿仙人掌在窗口一动不动，安静得像不存在一样。你说：

"我们都老了，过去的事让它过去吧。谁也改变不了，是不是？"

周兰点点头。

"我不在时，她在照顾你吗？"

你知道周兰在问保姆的状况。你说：

"不，你不在，我自己做饭。她今天才来。"

周兰若有所思地"噢"了一声。

你想去看看周兰是不是已经睡了。你推门进去。周兰正在查看柜子里的东西。见你进来，周兰迅速地关上了柜子门。你知道她在察看柜子里的降落伞是不是在。你最不想见到那东西。没办法，周兰要留着。她不见到那东西便不安心。周兰住院时，你把那东西洗了洗，藏了起来。昨天你拿出来塞进柜子里。

"你睡一会儿吧。"

"好的。"

"有事随时叫我。"

你坐在客厅里。保姆已洗好了碗筷。保姆说：

"周阿姨这次真不一样了，肯自己吃药了。"

她尽量压低声音，声音依旧很大。她摇了摇手中的牛奶瓶。

"本来我还想把药放瓶里给她喝呢。"

你不喜欢保姆这种腔调。你不喜欢任何人把周兰当病人看。可是周兰确实是个病人。你皱了皱眉头，把目光移向窗外。

南方夏日，天空广大而明亮。早晨的雾气已消失不见。喧嚣的市声在很远的地方。院子里的藤类植物蓬勃疯长，让你联想周兰脑子里不停繁殖的幻象。

你的眼前出现早上护城河的浮尸。这会儿好像那浮尸正飘浮在明亮天空的深处。

18

　　我在天空俯瞰着永城，永城在一片绿色的包围之中，它看上去像海洋中的水草，透出风雨飘摇的气息。我知道人世间每个人都是随风飘摇的。他们把这叫作命运。我知道此刻有很多人在议论我的死，谈论我的命运。我是人们茶余饭后的谈资。警察们已从我的身体里取出了体液，他们查勘了我身体的每一个器官，他们断定我死前有过性事，但未见精液，他们永远想不明白我死前的性事和我死亡的关系。我看到午后的西门街安静得像一条死街，我家院门紧闭。我娘在我和罗思甜曾经住过的阁楼上哭泣。院子里那只船一般的水桶安静地躺在墙角。看着这只水桶，我一阵心悸。

　　罗思甜闹出的乱子对我娘的打击非常巨大。我娘这辈子把她未实现的希望寄托在我和罗思甜身上。她要我和罗思甜嫁个好人家。现在，罗思甜毁了她一半的梦想。她想收拾这半壁破碎的江山，让损失最小化，对罗思甜采取了极端的举措，让罗思甜待在阁楼，不让她再抛头露面。

　　我娘似乎一下子苍老了许多。她依旧在街头卖麦芽糖。最近永城很热闹，红卫兵开始闹革命了。有红卫兵小将以资本主义和投机倒把的罪名来砸娘的摊子，我娘大腿一叉，放言过去："老娘都见过你们爹的老鸟，你们这些小鸟别来烦老娘。"也有男人来和娘调情，但娘一概不予理睬。罗思甜让娘对什么事都不感兴趣。

罗思甜倒对娘的囚禁没有任何抵触。娘让她回家她已心满意足。她把心思都放在肚中的孩子上。她经常和肚子里的孩子说话，一个人关在屋子里一点不寂寞。她满脑子幻想，开始编织母亲梦。我和罗思甜各有一件用工作手套拆下的线编织的毛衣。这些手套都是和娘调情的男人们送的，娘好不容易才弄到，够我和罗思甜各织一件毛衣。现在，罗思甜把自己的毛线衣拆了，开始为孩子织毛衣毛裤。令她不满意的是颜色太素，纯白色。她希望有点色彩点缀。生在新中国长在红旗下的孩子怎么能没有色彩呢？她又把自己一副红色的袖套拆了，用来织红旗和花朵。她那样子就像《江姐》中的革命者在牢里为迎接新中国的诞生而制作一面国旗。

她一边织，一边和我闲聊。有时候，聊到夏小恽，她就神色黯然。你说夏小恽会不会被放出来？她问。我说，他这是叛逃，够呛。他爹因此受牵连，这些天老是被揪出来批斗。罗思甜听了一脸忧虑。我又说，陈庆茹阿姨也被抓起来了，她那死去的丈夫听说不是烈士，而是一个叛徒。陈庆茹阿姨和丈夫是南下干部，听说解放前一起搞过地下工作。他们要陈阿姨交代罪状。罗思甜说，陈阿姨是个好人啊，他们一定搞错了。我说，你别乱说，当心你也被抓起来批斗。

给孩子的毛衣毛裤织得差不多时，罗思甜展开给我看。她脸上洋溢的幸福让我心酸。我想，罗思甜真的是个傻瓜，难道她真的想要这个孩子吗？那以后的日子她怎么过啊？她还是一个没结过婚的姑娘呢。

那孩子的命运其实是注定了的。娘不会让这个孩子留在罗思甜身边。我知道这段日子娘一直在乡下寻找需要孩子的人家。可那些养不出孩子又极需要孩子的夫妇听说罗思甜肚子里的孩子是黑五类的种，都没兴趣。我见到娘每天早晨兴冲冲去乡下，傍晚黑着脸回来，就知道娘还没有找到肯收养孩子的人家。

好事不出门，坏事传千里。虽然我娘把罗思甜的事封锁得严严实实，肖俊杰还是知道了。有一天，我和他约会，肖俊杰问起罗思甜的事。既然他也听说了，我就一五一十把罗思甜私奔及怀孕的事告诉了肖俊杰。她肚子都这么大了，我说。肖俊杰听了后脸上的表情有点不对头，有一种明显的羡慕和嫉恨。他说，夏小恽这小子真他妈流氓，竟然把罗思甜的肚子搞大了。我说，是啊，他太不负责了，活该坐牢去，他坐牢去也就罢了，可是把思甜毁了啊。肖俊杰好像没听到我的话，竟然没头没脑地问我，你和他约会时，他没怎么你吧？我很生气，狠狠踢了他一脚，骂道，肖俊杰，你什么意思啊？不知怎么的，肖俊杰这天特别失态，焦虑中又有种莫名的兴奋。

我和肖俊杰约会的事，还没告诉娘。有一天晚上，肖俊杰送我回西门街，被娘撞到了。当时娘不知道又有什么伤心事，正坐在家门口抹泪抽泣。娘见到我们马上不哭了，脸一下子拉黑。肖俊杰见状就逃走了。娘恶狠狠问，那人是谁？我忸怩一会儿，混不过去，就从实招来。娘一听，眼睛放光，抱着我的脸狠狠亲了一口。她说，女儿啊，我不是做梦吧？他可是肖长春肖政委的儿子啊，忆苦，你给娘长脸了，娘没白养你。你可要把那小子牢牢地抓在手心里。娘好好教教你怎么对付男人。

娘的反应让我意外。她一直是个记仇的人。自肖长春把娘赤身裸体示众并把她送到筑路大队劳改，娘经常咒骂肖家祖宗十八代。看到娘这么高兴，我就放松了，跟着傻笑起来。

从此后，娘开始在西门街宣扬，我是肖家未来的儿媳妇。

罗思甜肚中的孩子没有找到接收的人家，罗思甜分娩的日子就到了。

罗思甜没去医院分娩。娘嫌丢脸。娘说，她生我和罗思甜时就在家里，只来了个接生婆。接生婆就一把剪刀，把脐带剪断了了事。生孩子不靠别人还得靠大肚婆自己。娘做了一系列准备。她还从医院里讨了酒精棉花，以清洗我们家的剪刀。

罗思甜分娩还算顺利。但毕竟是头生，整个过程也是艰难异常。每一次冲击，罗思甜都大喊大叫。在罗思甜第三次冲刺时，我听到窗外杜天宝在叫唤："罗思甜，你没事吧？"声音充满了担忧。我娘很烦，打开窗，把杜天宝骂了一通。

娘继续接生。她非常冷静，在一边教导罗思甜。娘有经验，她用最土最粗鲁的语言教导罗思甜用生殖器的哪个部位使力。罗思甜终于找到了窍门，只见她一声高喊，下体里面涌出一个东西。

"是个男孩。"娘剪断脐带后对我说。

罗思甜听见了，脸上露出幸福的微笑。她看了婴儿一眼就睡了过去。她实在太累了。她流了很多汗，几乎把床单都浸湿了。

我过去看了看婴儿，碰了碰他的小鸡鸡。刚才还在啼哭的婴儿竟露出了笑容。婴儿非常健康，皮肤白皙。他闭着双眼，偶尔微露眼珠，非常明亮。

娘替婴儿穿上衣服。衣服是罗思甜准备好的。婴儿穿上衣服后，一直努着嘴，一副要吃奶的馋相。

娘说，这孩子，真命苦。

娘说得对，这孩子真苦命，一出生就没了爹。那会儿，我对这孩子充满了柔情，心想着以后我做姑姑的一定要好好待他。

后来，我才知道娘早有打算，并做了准备。那天深夜，趁着罗思甜睡着，娘让我抱着孩子跟着她走。娘说着拿着那只从夏泽宗家搬来的洗澡桶和一条被窝消失在黑夜中。我紧紧跟上，心情沉重，以为娘已找到养婴儿的人家了，这让我或多或少有些失望。

事情比我想象的要严重得多。那天，我和娘来到永江边，娘把那只巨大的洗澡桶放入永江中，铺好了被褥，然后对我说，把孩子放上去吧。我这才反应过来。我说，娘，你这是要干什么？娘说，放上去。我说，娘，我舍不得。娘突然提高嗓门，吼道，你要死啊，还不快放上去。我一直怕我娘，几乎是本能地把婴儿放进澡桶里。我还来不及反应，娘就狠狠地把澡桶推到了江中，我就是想留住孩子也已鞭长莫及。

我永远记得那天晚上的画面：永江上布满了雾霭，那只澡桶随着江水漂荡，它缓缓地驶向江心那颗被水波粉碎了的月亮。远处的汽笛声把孩子惊醒了。我听到孩子的啼哭声从江心传来……

　　从此后，我的耳边经常出现孩子的哭声。跟着那哭声浮现在我眼前的是黑暗的水和破碎的月亮。每当这时，我都会一阵心悸，仿佛坠入深渊。我日后经常心律不齐与此有关。

19

每天早晨，杜天宝踏着三轮车送罗忆苦去机械厂上班，然后再去 803 厂。

在罗家巷等罗忆苦时，杜天宝听到里面有撕心裂肺的哭声。哭声断断续续，很压抑，比火葬场那些人哭得还要悲哀。杜天宝听了，心里发酸。他想起来了，昨晚上，他一直听到哭声和叫喊声，后来睡着了，梦里也是罗思甜的哭叫声。他很想进杨美丽家看看。自从杨美丽把罗思甜捉回家后，杨美丽不再允许杜天宝踏入她家门。杜天宝想可能是他收留了罗思甜，杨美丽生他气了。

罗忆苦的脸色很不好，眼泡浮肿，好像一夜未睡。她跳上三轮车，见杜天宝一直在往门里边瞧，骂道，天宝，你看什么看，快走。杜天宝就踏着车缓缓往巷子深处骑。罗忆苦看上去心情不好，她对杜天宝说，天宝，我现在耳边都是婴儿的哭声。杜天宝问为什么。罗忆苦说，昨晚，罗思甜生孩子了，是个男孩，可娘趁着思甜睡着，把孩子送掉了。那孩子真是可爱。杜天宝想象了一下那孩子，但脑子里出现的却是一头小猪。罗忆苦又说，罗思甜醒过来发现孩子不在身边，都要疯啦，她要出去把孩子找回来,我和娘抱着她,不让她出门。她不想活了,拿头撞墙,整夜在哭。天宝,我看了心里难受,我只好陪她哭,我哭了一夜。天宝,我现在心里面好难受。

杜天宝不吱声,眼泪像雨滴一样落下,沾湿了衣衫。

星期天,杜天宝不用上班,他在睡懒觉。罗思甜敲开了他家的门。罗思甜说,她是瞒着娘偷偷溜出来的,她让杜天宝赶紧穿好衣服,陪她去找儿子。杜天宝连忙点头,胡乱地穿好衣服,也不吃早饭,就骑上三轮车,驮着罗思甜,朝浮桥奔去。

罗思甜告诉杜天宝,娘和忆苦那天把婴儿放到一只澡桶上顺永江漂走了。"一定会有好心的人收养我的儿子,我得把他找回来。"说这话时罗思甜的表情像在做梦。

杜天宝和罗思甜顺着永江,一个村庄一个村庄地寻找。罗思甜见人就问,有没有见到一个从江上漂流下来的小孩。罗思甜这么问时,脸上还是那种做梦的表情,那些人都把她当成了疯婆子。不过,他们还是好心地告诉她,他们没见到过江上漂来的小孩。

他们寻遍沿江的三百三十三个村庄,一无所获。到了晚上,一望无际的大海出现在眼前。他们到了大陆的尽头。难道那小孩漂到大海里去了吗?杜天宝看着罗思甜绝望的脸,突然感到肚子饿了。他才想到这一天来他和罗思甜没吃过任何东西。

杜天宝让罗思甜看着他的三轮车,自己去附近农民的地里偷了几根萝卜。他实在太饿了,边走边吃。罗思甜什么也不想吃。这让天宝很不好意思,他觉得自己吃得太欢了。他趁罗思甜坐在大海边发呆,转背又偷偷咬了一口。

罗思甜一直坐着，茫然地望着大海，脸上布满了悲伤。杜天宝很想安慰她，但他不知道如何安慰。满天星斗和远处的海面衔接在一起，海面上波光粼粼，像是有无数只小船漂浮在那儿。后来，杜天宝实在太困了，在罗思甜背后的草地上睡着了。

半夜时分，杜天宝被罗思甜弄醒。杜天宝睡意蒙眬地醒来，看到罗思甜双眼在黑夜中闪光，比天上的星星还亮。杜天宝以为罗思甜找到了儿子。

罗思甜说，天宝，你瞧，潮水过来了，水是往永江上面漂的。

杜天宝想，这人人都知道，看来罗思甜是个傻瓜。

罗思甜又说，天宝，我儿子有可能往上流漂，因为有潮水。天宝，我们沿着永江去上流的村庄找找。

杜天宝于是踏着三轮车，驮着罗思甜前往永江上流。

还是没有婴儿的一丁点消息。到了上游的第三百三十三个村庄，杜天宝已耗完了所有的力气，再也踏不动车子了。罗思甜也绝望了。他们在那个村庄歇了下来。

那是个美丽的村庄，靠江有一座小山，小山古木参天，山顶上有一块巨石，状似拇指。村庄就在山脚下，小河环流，几百户人家的房舍都掩映在树丛中。四周阒然无声，好像他们走进了另一个世界。

这时，婴儿的哭声从远处传来，划破了小村的宁静。罗思甜目光警觉，辨别着声音的方向。"我的儿子，这是我儿子的声音。"罗思甜激动得语无伦次。

罗思甜站起来，顺着声音向村庄深处走。在一座小桥的边上，有一对年轻的夫妇正在给小孩吃粥汤。

罗思甜却不敢靠近了。她站在桥头怯生生地望着那儿。那年轻夫妇见有陌生人，热情地招呼他们，让他们进屋坐。罗思甜过去，目光一直贪婪地看着那个孩子。

罗思甜在那女人的身边坐下。杜天宝则坐在桥边的一块石头上。女人一边喂小孩，一边问，你们是城里人吧？到这里来干什么？罗思甜只是笑，杜天宝刚想说出来意，罗思甜就打断了他。那家的男人从屋里出来，泡了两杯茶水，递给他们。罗思甜没喝一口，紧紧捧着茶杯。罗思甜问那女人，孩子什么时候生的？那女人脸一红说，一个月啦，刚满月。罗思甜把茶杯放在一边，想要抱一抱孩子。女人大方地说，你抱吧，这孩子特乖，不认生。罗思甜抱起孩子，她就大哭起来，叫道，儿子，这是我儿子，还我儿子。

那男人一下子急了，从屋里蹿了出来，奋力从罗思甜怀里抢婴儿。罗思甜死活不放，你争我夺，婴儿哭了起来。女人哭着说，哪里来的疯子，怎么抢人家的孩子啊。

后来，来了一帮人，把他们赶出了村子。

罗思甜终于失望了。她只好跟着杜天宝踏上回永城之路。

回到永城已是晚上。月光照在永江之上，江面撒落满江的星星，就好像银河落在了永城。过浮桥时，杜天宝看到有一只澡桶在桥墩边晃荡着。他很震惊，原来那洗澡桶在这儿呢。他一个急刹车，罗思甜毫无准备，差点从三轮车上滚下来。杜天宝向她指了指那澡桶。罗思甜几乎是扑了过去。

但洗澡桶是空的。洗澡桶的婴儿早已不见。

罗思甜又一次失声痛哭起来。

20

1995 年 7 月 31 日　第二天

昨夜你睡得很不踏实。倒是周兰睡得很沉。你半夜去周兰的房间看了一下。周兰睡着的样子像一个婴儿。也许在你心里，她病后一直是婴儿的样子。她的智商确实在慢慢退化。你担心有一天她会认不出你来。你看到薄毯掉落在地。你捡起来，盖在她身上。熟睡中的她咽了一口口水，嘴里发出吧唧吧唧的声音，好像正在品尝人间美味。

从周兰房间退出来。通向你房间的走道十分逼仄，堆满了各式盒子，有早先的两只什锦饼干盒，一只盒子上是样板戏《红灯记》的手绘画，一只则印着人民大会堂的照片；也有最近装家电的纸箱子；还有两只绍兴酒坛子。这些东西占用了过道的空间。路过儿子房间的门口，你停了一下。你似乎听到房间里有声音。你不由得心跳加速。你想，也许只是一个幻觉。

躺在床上，再没睡着。你总觉得走道上像是有人在走动。应该不会是周兰。是保姆吗？你不放心，借着上厕所，察看了一番。什么也没有。

凌晨的时候，你听到保姆起床了。清晨的空气里有一种尘世还未降临的气息，好像这会儿另一个世界有什么主宰依旧统治着整个空间。你向窗外望去，街上已有零星行人，但他们走路时无声无息，好像悬浮在空气之中。

你洗脸时，保姆在外面说：

"周兰阿姨已起来了。"

你奇怪，周兰房间里一直无声无息，没有任何响动。她什么时候起来的？

"她昨晚可折腾了。又是喊又是叫。我起来三次。"保姆压低了声音。

"怎么可能？我昨晚都没睡着，什么也没听到啊。"

"你睡得很好啊。我叫都叫不醒你。"

你觉得保姆在撒谎，不满地看了保姆一眼。保姆浑然不觉。

"她叫喊什么？不是吃药了吗？"

"是做噩梦吧。醒来就好好的。我在她床头坐了会儿，她就又睡着了。我都怕死了，以为周阿姨又病了。"

保姆沉思了一会儿，又说：

"她在叫一个人的名字。我听不清，好像姓罗……我听不清。"

保姆说得像那么回事。你瞥了保姆一眼。保姆正注视着你。你回避了她的目光。

你觉得你和保姆仿佛生活在两个世界。这是怎么回事？明明昨晚自己一宿没睡，明明昨晚屋子里安静得犹如荒野，可听保姆描述，昨晚上这屋子里像上演了一台剧情紧张的戏。

周兰正坐在餐桌前。你走过去坐了下来。保姆端来一碗稀饭。你和着榨菜，哗啦哗啦地吃起来。周兰安静地看着你，面带微笑，目光温柔。

"周阿姨刚刚吃过了。"仿佛知道你要问，保姆说。

你低头吃。一会儿，你闷声闷气地问：

"昨晚做梦了？"

周兰没回答。你看到她脸上的表情变得游移了，目光散了开来，好像正在注视遥远的某地。

"我睡得很死，什么也没听到。做梦是正常的，"你说，"你梦见什么了？"

好长时间的沉默。你觉得世界仿佛停止了运转。你听得见自己的心跳。保姆在客厅打开了电视机。电视机里传来早新闻。那播音员的声音听起来还残留着昨晚睡眠的气息。

"我昨晚梦见一只巨大的洗澡桶，一直有个婴儿在哭，哭声很像俊杰。"周兰突然说。

你吃惊地看着周兰。每次从周兰口中说出俊杰的名字你都会紧张。周兰在服药期间一般不会说起儿子的。只有在病发前，她才会不断唠念俊杰。你有点担心。吃完稀饭，你悄悄问保姆：

"早上吃药了没？"

"吃了啊，周阿姨主动吃的。"

你回头仔细观察了周兰的神态。当然还是有点病态的影子——恐怕这辈子再难从她脸上抹去了，不过周兰还算安详的，甚至称得上端庄。

你判断至少眼下周兰是平静的。

21

　　若问我灵魂有没有感觉，我说不清楚，我体验到一种失重的自由，一种能够在空间随意移动的感觉，就像思想可以瞬间抵达任何一个角落，我的灵魂也是。在这个夏天的早晨，我在永城的上空游荡。说实话，我不喜欢夏天，夏天对我来说是不吉利的。我命运的转折点都和夏天有关。两天前，我就死于这盛夏的护城河中。

　　那年夏天（瞧也是夏天），罗思甜没有找到孩子，只找回了那只洗澡桶。见到洗澡桶，我和娘非常慌张，仿佛见到了鬼。一会儿又都松了口气，这至少说明，孩子被人抱走了，孩子应该活着。我的负罪感减轻了不少。

　　罗思甜终于安定下来。但她突然变得很放荡，简直有裸露癖。她不肯断奶，盼着有一天能找到儿子，这样她可以用乳汁哺育他。她喜欢给婴儿喂奶，只要碰到婴儿就解开衣服掏出奶子喂育，也不怕边上有眼馋的男人。她还喜欢在我们家的院子里赤身裸体地在那只澡桶里洗澡。我们家院子的围墙已经破损，墙角有几个破洞。经常有一些二流子在角落里鬼鬼祟祟地偷看。

罗思甜知道有人在偷看，在洗澡桶里卖弄风情。

后来，罗思甜变本加厉，竟然和随便什么男人发生关系。男人们蜂拥到她上班的面粉厂纠缠她。面对这些浪荡子，她浑身轻浮相，看上去如一个十足的贱人。

西门街的人一直认为我倒有可能变得像娘一样，没想到老实善良的罗思甜竟然变成这个样子。

为此，我娘气不过，多次打罗思甜，一边打一边骂她贱货。

有一天，我还看到她和杜天宝混在一起。见她这么不要脸，娘实在忍受不住，把她揍得皮开肉绽。但罗思甜仿佛喜欢我娘揍她，被揍时一脸满足的笑容。

我娘骂，同男人乱搞，没有一点手段，吃亏的只能是女人，罗思甜你这个笨蛋，你要是这样搞下去，这辈子没有出头之日。

对于罗思甜的遭遇，我有时候觉得是我害了她。要是我没把夏小恽介绍给她，她就不会怀孕，也不会私奔，更不会变得像娘一样同男人乱七八糟。但我又想，这一切是罗思甜自找的，我也和夏小恽谈恋爱，我就没让夏小恽得逞，也不会傻到想跟夏小恽偷渡香港。她怪不了谁，只能怪她太蠢。

我妈有点担忧我，怕罗思甜闹出的丑事传到肖家，肖家会因此不认这门亲事。说实在的，这事我也有点担忧。肖俊杰倒对这种事无所谓。可他从不带我去他们家。他说，是我娶媳妇又不是我爹妈，不用他们同意。

机械厂来了位跳高冠军，名叫须南国。他是亚运会跳高冠军，为国争过光，报纸上都登过，是我们永城的骄傲。他刚从国家队退役，分到机械厂人事科。他长得比一般人高许多，站在那里像一根栋梁，人却特别瘦，看上去有点好笑。不过他似乎对我感兴趣，经常跑到精工车间来，给我们讲他在国外的见闻。

"非洲女人不穿衣服，乳房就挂在外面，黑得像两堆牛粪。"他说。

最近非常辛苦，上级号召革命生产两不误，如果白天上街游行闹了革命，晚上就得加班，把工时补回来。革命是快乐的，大家欢天喜地在人民群众的海洋中批斗那些反革命分子，把口号喊得山响。可也真是累人，回到厂里，提不起精神来。

他们在夏泽宗家搜出一台发报机（那其实不是发报机，我去夏家时见过的，是一台老式英文打字机），说是给远在台湾的蒋家王朝送机密情报用的。他们再次把夏泽宗抓了起来，对他实行无产阶级专政。陪斗的是陈庆茹阿姨。陈庆茹阿姨头发一下子全白，目光呆滞，脸上没有一丝表情。

我和肖俊杰私下曾经讨论过这两个人。肖长春把夏泽宗关到了看守所。我知道夏泽宗和肖长春之间的故事，问肖俊杰，你爹为什么还抓他？肖俊杰诡异地说，我爹抓夏泽宗是不想他落在红卫兵手里，不想他们把他整死，还不如关在牢里安全。我爹是想保护他。我吓了一跳，一个公安局的政委保护一个反革命，肖长春很有问题。大概是看到我脸上的表情，肖俊杰后悔了，他说，这事可千万不能告诉别人，你要是告诉人，我爹就完了。

革命确实是快乐的。那跳高冠军须南国因为个子高，是机械厂游行队伍的旗手。我作为机械厂公认的美女，也可以给机械厂加分，和另一个美女胡可一起陪伴在须南国身边。须南国身上有一股暖烘烘的气息，很吸引人，令人燥热。这可能同他身上的光环有关，他毕竟是亚洲冠军。他是在印度尼西亚比赛时获此殊荣的，所以，我总觉得他身上带着东南亚的热风和椰子汁的气味。他也很体贴人，我们游行一段路，他会从口袋里拿出几块饼干或糖果给我们吃。饼干或糖果带着他的体温。有一天，他问我们，想不想学跳高，他可以教我们。

我们机械厂很大，在厂区西侧有一个运动场，在食堂右边还有一个小小的室内体育馆，是苏联人设计的，样子有点像莫斯科电影制片厂的徽标。刚好须南国有体育馆的钥匙，我们就去体育馆练习跳高。我们没想到须南国给我们各自准备了一套比赛用运动装。他说，这是国家田径队的服装，是女式的。对于他为什么有女式的运动装，我也没有多想。须南国挺神秘的，他似乎什么都能像变戏法一样变出来。

我和胡可换上运动装。运动装太紧了，把身体的线条都勒了出来，我觉得自己像没穿衣服一样，很不好意思。胡可比我胖些，她的胸也大，助跑时晃荡着，我看了都心里痒痒的，想摸她一把。

须南国像教练一样嘴里含着口哨，发出各种命令，脸上的表情严肃得不得了，近乎神圣。他亲手指导我们每个动作，指导时，不仅自己示范，在我们做动作时，还用手纠正我们。有一次，他的手在我的腰上按着，无意中碰到了我的胸，我竟一阵晕眩。

我有空就和肖俊杰约会。我老是说起须南国。也许是我说须南国时语气中充满了夸赞，有一次，肖俊杰吃醋了。他问，你们穿着他的运动服？你们当着他的面换运动服？我点点头。我们确实当着他的面换运动服。我想起来自己都感到疑惑。须南国似乎有一股魔力，在他面前你做什么都是允许的。肖俊杰眼睛通红，问，他看见你的乳房了？我说，怎么可能，里面穿着别的呢。我抱住肖俊杰，摸着他的头说，你吃醋了？

那天晚上，我让肖俊杰亲我的身体。肖俊杰显得特别疯狂。但我没顾及他，脑中想着须南国触摸我乳房的情形，只觉阵阵快感席卷我的身体，不自觉呻吟起来。没想到的是，肖俊杰那天完全失控了，他几乎是撕开了我的内裤，然后企图占有我。等我想反抗，已来不及了，肖俊杰得逞了。这时候，我才明白，肖俊杰可不是夏小恽，肖俊杰表面上孩子气，仿佛不解风情，事实上他比夏小恽果敢得多。他是个不计后果的人。

这就是我宝贵的初夜。事后，我失声痛哭。我观察自己的身体，血液沾染在大腿处。肖俊杰笨拙地安慰我，但看得出来他非常高兴。

"真没想到你是第一次。"

"我当然是第一次，你怎么会这么想？"

肖俊杰嘿嘿傻笑了一下，说：

"你娘是破鞋，罗思甜被夏小恽搞了，也成了破鞋，我以为你们家都乱来。"

我听了相当生气，对着肖俊杰的裤裆狠狠砸了一脚。肖俊杰瘫在地上。

22

杜天宝喜欢街上人多，喜欢厂里的人一起敲锣打鼓去闹革命，喜欢听到那么多人聚在一起唱"语录歌"。造反有理。造反有理。造反有理。他听得浑身冒汗，像在火葬场的火炉里烤着。他感到很快乐，担心自己会因此烤成一撮骨灰。

但他们把陈庆茹阿姨抓起来后，杜天宝就不高兴了。

陈阿姨的男人曾是永城水利局局长，几年前永城发大水，陈阿姨的男人在抗洪时，走在齐腰深的街面上，不小心踏入一窨井里。窨井正在排水，吸力大，加上他不会游泳，就淹死了。陈阿姨的男人火化时，火葬场人山人海，被市民挤得水泄不通，是天宝这辈子见过的火葬场最热闹最壮观的一次，地委书记亲自念悼词，称陈阿姨男人为革命烈士，号召大家以烈士为榜样，学习他一心为民、敢于牺牲的崇高品质。

他们没有子女，陈阿姨独自生活。陈庆茹阿姨对天宝好，是她把天宝招工招到803厂的，是天宝的恩人。天宝想不明白他们为什么要批斗她。

天宝看到803厂的红卫兵做一个实验。他们有一套试验铁丝拉伸能力的设备。现在他们用反革命做试验。他们在反革命的手腕上系上绳子，把绳子系在原来扣铁丝的地方。开动机器，人体一分为二。血液飘到实验室的天花板上。

天宝看了觉得罪过。太可怜了，比火葬场死的人还可怜。

杜天宝就不想参加革命了。

天宝很困惑，有了疑问就去问罗忆苦。他来到机械厂，机械厂空空如也，天宝想机械厂大概也游行去了。他无聊地在厂区转了一圈，在食堂边的一间大房子里，他听到有人在说话。他往窗内望去，看到一个高个子男人和一个大胸部女人在跳高。那女人的胸真大。罗思甜不久前给天宝看过她的胸，还拉着天宝的手让天宝摸了一把。很久以前，天宝还看过罗忆苦的胸。她们的胸没有这个女人大。

那女人大概跌伤了，头贴着海绵垫子，屁股翘着，站不起来。天宝看到那高个子一只手握着女人的手，一只手放在女人的屁股上揉。女人的屁股跌伤了吗？一会儿，天宝看到男人的脸贴在女人的屁股上，接着男人整个身子压在女人身上。

天宝觉得太下流了，心里很想看，但不敢再看。

最近天宝不太去火葬场，他经常去的地方是水产公司冷库，因为陈庆茹阿姨关在那儿好多天了。那儿关着很多牛鬼蛇神。夏泽宗也关在那儿。他们想把牛鬼蛇神都冻成冰块。

陈庆茹阿姨单独一间，坐在那里发呆。杜天宝给她送来的馒头她一个也没动过。馒头已堆满了整个房间。馒头都是这些天天宝从食堂里弄来的。师傅还以为天宝偷窃，骂他不守规矩，拍着菜刀吓天宝，扬言要杀了天宝。天宝不管他，偷了菜饭，飞跑到了仓库。每次，天宝从窗口把菜饭递进去，陈阿姨不看天宝一眼，也不看馒头一眼。

有一天晚上，杜天宝睡得很不踏实。他做了一个噩梦，梦见爹变成了一只猪在耳边叫个不停。天宝恨爹，把他好好的睡眠给扰了。那猪叫声多么烦人啊。天宝就不理他，继续睡。爹就上蹿下跳，用嘴拱天宝的身体，天宝痒，就咯咯咯笑出声来。爹生气啦，骂，你还笑，快起来去救陈庆茹阿姨，她上吊死啦。天宝猛地坐起，天亮了，没有爹。他想起刚才的梦，很奇怪，怎么会做这样的梦呢？他也没多想，踏上三轮车，朝水产厂冷库奔。

杜天宝趴在窗口，真的看到陈庆茹阿姨吊在一根梁上，那带子是白的，是她用自己的衬衣撕开来结成的，她睁着眼睛，吐着舌头，脸已经变酱紫色。他吓得从窗口掉了下来，好不容易站稳，第一个想法就是破门而入，否则就来不及了。他砸开门，把陈庆茹阿姨救下。但陈庆茹阿姨已经死了。

有一个姑娘进来。杜天宝知道她是谁，她在游行的队伍里喊口号喊得最响。她冷冷地看着尸体，踢了尸体几脚。"畏罪自杀。"她说。天宝一看她踢尸体，就来气。什么都可踢，死人不能踢，死者最大。天宝一怒之下，扑向姑娘，把姑娘扑倒在地。姑娘被吓哭了，高叫道："有人要流氓，抓流氓啊。"进来一帮人，把天宝捆了个结实。

这天白天，他们以"畏罪自杀"的名义抬着陈庆茹的尸体游街批斗，还让天宝戴着高帽陪斗。西门街的人见到天宝戴着高帽子，都笑了。天宝不明白他们为什么笑，一脸茫然。只有寡妇杨美丽见他们这样糟蹋陈庆茹阿姨，口中念着"阿弥陀佛"。

陈庆茹阿姨后来是天宝拉到火葬场火化的。陈阿姨火化时，天宝没闻到气味，也没听到声音。天宝想，陈阿姨一定是上天堂啦。他望着天，天很高，很蓝，有几朵云一动不动地挂在东边。他很高兴。后来，火葬场的人把陈阿姨的骨灰放在一个盒子里，递到天宝手里。

杜天宝捧着骨灰盒，犯难了。骨灰盒葬在哪里呢？他想起陈庆茹阿姨的丈夫，觉得陈阿姨应和丈夫埋在一起。

陈庆茹的丈夫死了后被埋在革命烈士公墓里面。天宝拿着骨灰盒来到革命烈士公墓。他读书的时候，老师曾带他们来这里扫过墓，站在纪念碑前，唱《国际歌》。他读书不好，但唱歌很响。罗忆苦说，天宝你唱得这么响，会把革命烈士都吓醒的。天宝记得公墓很大，但这次天宝发现没印象里的大。杜天宝找来找去找不到陈庆茹阿姨男人的坟墓，打算在一块空地上挖一个坑把陈阿姨埋了。这时，来了一个干部，很不客气地把天宝轰了出去。

后来杜天宝又想出了一个办法。他记得爹的坟墓边还空着，他想，把陈阿姨埋在爹身边总没人管了吧。他就来到爹的墓地，他已经有很长时间没来看爹了，想起爹经常来梦里看他，觉得很过意不去。他跪在爹坟前，磕了三个响头，然后对爹说：

"爹，我没地方埋陈阿姨，我只好放在你这里了，爹，我知道你住的地方不大，但陈阿姨是我的恩人，你就腾出一些地方来，让陈阿姨住，爹，我把陈阿姨托付给你了，你一定要好好照顾陈阿姨……"

天宝听到爹发出快乐的猪叫声，就放心下来了。他扒开土，把陈庆茹阿姨埋在了爹身边。

回家路上天宝想，爹其实一个人也挺寂寞的，现在有陈阿姨陪他还不美死他，怪不得他叫得这么欢。可天宝又想，陈阿姨大概不愿和爹玩，爹是个酒鬼，会被陈阿姨骂死。杜天宝好像见到爹被陈阿姨骂的情景，独自乐了起来。

杜天宝要流氓的事传开了。有一天，罗思甜笑嘻嘻地把杜天宝叫到一边，悄悄问，天宝，你真的对女小将要流氓了？天宝委屈得涨红了脸，不晓得怎么回答她。罗思甜轻浮地摸了一下天宝的头说，好啦，我是不会相信的，我们天宝是西门街的第一善人，怎么会要流氓呢。说着，她嘻嘻一笑，说，天宝，你想不想对我要流氓？天宝的脸就严肃了，他害怕罗思甜又让他摸胸。摸胸时他会难受得不得了。

杜天宝发现最近火葬场死的人特别多。有一天，他看到夏泽宗的尸体，夏泽宗脑袋已经开花，流了一脸白白的脑汁。天宝见到恶心得想吐。夏泽宗烧掉的时候，天宝闻到一股狗臭味，一会儿，他真的听到一声凄厉的狗叫。他想，夏泽宗要么变成一只狼，要么变成一条狗。后来，杜天宝听罗思甜说，夏泽宗是被肖长春毙掉的。

"用他的驳壳枪毙的，打中了他的脑袋。"罗思甜一脸天真，好像夏泽宗与她没有任何关系。

"为什么？"

"夏泽宗自己向肖长春要求的。"

"为什么？"

"他熬不住了，想死。"

"为什么要死？"

"我听罗忆苦说，肖长春把夏泽宗关在看守所里，是不想让他们批斗他，是为了保护他。但群众不放过夏泽宗，把他从看守所提出去，批斗后，关到冷库里。很多牛鬼蛇神在冷库里冻死了。夏泽宗从小练过武术，身体硬朗，倒是没有大病，但你想啊，一个人要老是一会儿热气腾腾的，一会儿又被冷冻，谁能受得了。那滋味肯定不好受。天宝，如果是你，你也想死。"

杜天宝听着都觉得冷，他不由得颤抖了一下。他说：

"我爹倒一点不怕冷，他经常在冷库睡觉，有时候我去仓库看他，爹变成了一块冰，硬邦邦的，像死了一样。"

"杜天宝，你再胡说，我不理你了。"

杜天宝觉得罗思甜很不讲道理，他说的可都是真的，不过，他没辩解。

"我说到哪儿啦？天宝，你老是打断我，我不想同你说话了。"

天宝不知道自己哪里错了，他像一只狗一样，温顺地低下头。他都觉得自己这会儿正摇着尾巴。

"肖长春见夏泽宗受不了，又把他弄到看守所。那时候，夏泽宗已不正常了，双目无神了，人软得像一摊泥了。天宝，我告诉你，那是因为魂儿不在身上了，飞走了，人要魂儿没了，就变成一摊泥了。天宝，我常常觉得我像一摊泥。"

杜天宝看了一眼罗思甜，罗思甜的胸虽没胡可大，但绝不像一摊泥，他觉得罗思甜的胸像两只随时蹿腾而出的兔子，很可爱。天宝喜欢小动物，他很想把两只兔子抱在怀里。天宝觉得如果胸脯真的是两只兔子，那抱在怀里就不流氓了。

"天宝，我告诉你接下来发生了什么。有一天，肖长春的部下来报，夏泽宗在看守所割脉自杀了。我听罗忆苦说，肖长春赶到看守所，夏泽宗已倒在血泊中，眼睛泛白，偶尔眼珠会转下来，向肖长春投去一瞥。知道吗，天宝，是这样的目光。"

罗思甜把眼珠往上翻，示范给杜天宝看。

杜天宝也学着翻了一下白眼。他觉得这样子很悲哀。

"天宝，你学得很像，是这个样子。知道吗，天宝，这叫绝望，人不想活了，就是这眼光。天宝，我告诉你，我也经常这样，老是想死。"

罗思甜这样说，天宝吓了一跳，说：

"罗思甜，你好好的，怎么会想到死？"

"天宝，你是个傻瓜，你不会懂的。"

天宝想，我才不是傻瓜呢，想死的人才是傻瓜。

"我讲到哪儿了？对，想起来了。肖长春看到夏泽宗流了那么多血，是必死无疑了。我听罗忆苦说，夏泽宗当时很怪，他都快死了，他还在古怪地笑，他对肖长春说，你快把我毙了吧，让我早点去见阎王爷。求你，让我早点解脱……你知道吗，肖长春真的就拿出他的驳壳枪，对准夏泽宗的脑袋，砰的一枪。夏泽宗死了。"

杜天宝好像真的听到了枪声，他觉得自己的耳朵都被那枪声震聋了。世界一片寂静。这时候，他听到"哐当"一声，再次看到一条巨大的狼狗从身边蹿过。他一直很怕夏泽宗，小时候见过他身穿国民党警服，威风凛凛的样子。他想，他变成一条狼狗很正常。

"天宝，你在想什么？"

"我没想什么。"

"天宝，你知道吗？夏泽宗死之前说的最后一句话是什么？"

"我不知道。"

"夏泽宗说，我没想到弄到家破人亡，我一家子都被你害了。"

天宝想起了夏小恽，觉得他很可怜。罗思甜说：

"可怜的夏小恽，他还不知道爹已死了呢。"

天宝低下头。

"天宝，你说夏小恽会从牢里放出来吗？"罗思甜满怀盼望地问。

"我不知道。"

"不知道，不知道，你这个傻瓜，只会说这句话！"罗思甜突然生气了。

23

你听到有人敲门。穿过院子,打开台门,警官小蒋站在门外,表情凝重,脸上有故作的悲伤。

你马上意识到发生了什么。

看来那女尸果真是罗忆苦。小蒋查到了她户口的所在地。从小蒋的态度中,你猜他已知你的身份。毕竟你在公安系统待了那么多年,虽然你退休时原来的官帽早丢了,官越做越小,只是派出所一名副所长。

"肖政委,那浮尸身份查实了。很不幸……"

小蒋没有再说下去。他知道你什么都明白。

你闭上眼让自己镇静一些。虽然早有心理准备,但确认了还是难以接受。

"真是她?"

小蒋确信无疑地点点头。

你不想周兰听到你们的谈话,出了台门。

"你们怎么认定的。"

"她母亲一眼认出她来。她左胸有一颗明显的黑痣。"

"杨美丽？你们找她了？"

"是的。我们上午让她认尸的，她一眼认出了死者。"

"她怎么样？有没有崩溃？"

"她还好，没有哭，还咬牙切齿骂了死者几句，说是报应。"

你沉默不语。

"她母亲好像同死者……"小蒋停顿了一下，他大概觉得"死者"这词太正式，太冷漠，改了口，"母女俩看起来关系不好。"

你没有表示。你的头脑中出现杨美丽的样子。这几年杨美丽一下子变老了，特别是她的眼神，原来是多么明亮啊（她们罗家的女人眼睛都亮），现在她的眼珠子像砸碎了的玻璃球，看着让人揪心。

这时保姆好奇地从台门伸出头来，看到你和一个警察在说话，就问：

"肖政委，出了什么事。"

"没事。"你黑着脸，不耐烦地挥挥手，"你忙你的去。"

保姆大概从没见过你这么严厉，表情讪讪的，略显肥胖的身子一下子缩了下去，好像一块正在融化的冰块。

屋子里传来周兰的声音，仿佛在回答保姆的提问："出事儿了。杀人了。"

你愣了一下。你马上听出来，周兰在模仿同病房那女人的声音。仿佛这话有无穷的乐子，周兰笑了起来。

保姆赶忙把头缩了回去，并关紧了台门。

你看到小蒋的目光一直追随着保姆，钻进了台门，像在探寻什么了不得的秘密。你有点不悦。

一会儿，里面安静了下来。你定了定神，问：

"尸检报告出来了？"

"出来了。"

你想看一看，跟着小蒋走出布衣巷，去了局里。

24

我的灵魂飘荡在永城的上空。我看到我的公公肖长春跟着那年轻的警官穿行在巷子里。我看到远处，夏泽宗变成了一条狼狗在布衣巷的尽头等着他。那是肖长春的心魔，也许他这辈子都无法摆脱。阳光照在肖长春的背部，从天空看他，他的样子是多么孤单。他这辈子就是一个孤单的命。他亲手把一切都毁掉了，包括他的儿子肖俊杰。

那次和肖俊杰闹翻，我有一个星期没理睬他。肖俊杰几次来机械厂找我，我当不认识他。有几次，他来找我时，我故意和须南国在一起，还和须南国打情骂俏。这是娘教导我的方法。娘说，要让男人对女人死心塌地，就要对男人若即若离，要让男人明白，除了他还有别的男人追呢。

须南国吃中饭也喜欢端着饭碗和我一起吃。他总会带一些来自国外的我没吃过的东西。有一天他带来一小瓶鱼子酱。瓶子只有拇指般大小，里面装了约十几粒鱼子酱。他说，是从布达佩斯带来的。他在我的碗里倒几粒，给我尝。也许是"布达佩斯"这个名字，也许确实是好吃，他的东西总让我觉得口感醇美，与众不同。

肖俊杰是个气量很小的人，他终于受不了我和须南国老待在一起。有一天，他来机械厂看朋友（其实是为我来的），见到须南国把几颗鱼子酱倒到我碗里，他不顾一切把我拉走。他责问我：

"你和须南国究竟是什么关系？"

我反问："你说是什么关系？"

其实肖俊杰这样，我还是高兴的。自从我和肖俊杰有了性事，心里起了微妙的变化。这几天，我虽然不理他，但我和所有姑娘一样，当我把自己的身体给了某个男人，我即从精神上把自己视为他的人。

那天，肖俊杰让我坐在他自行车后座，把我带到永城妇联办公室。我这才明白他带我去见他娘。我见过肖俊杰的娘，叫周兰，在妇联上班。他们都叫她周同志，很随和的一个女人。在家里是贤妻良母，听丈夫的话，对肖俊杰则疼爱到无以复加。我心里一阵狂喜。我想，肖俊杰认真了，他这是要娶我了。

周兰见到我，惊愕了一下，不过脸上顷刻堆满了笑容。她眼里有种了然于胸的会意，但态度上仍把我当成肖俊杰一个普通朋友，问一些工作上的事。没问我家庭情况。考虑到我娘名声狼藉，我也不想她问。想起周兰会是我未来的婆婆，我恭维她，说她漂亮，像大明星白杨，还问她是不是演过戏？我这一说，周兰竟打开话匣子，说起她的光辉岁月。她说，戏是演过的，不过是业余。革命时期，她是护士，但部队女人少，所以空下来由护士组成的文艺小分队经常去部队演出。就是那个时候认识了肖俊杰的爹。他看上了我，又不知道怎么追我，后来负伤了才有机会向我表白。我都怀疑，他的伤是他自己弄的，就为了有机会和我相处。后来老肖被派往永城做地下工作，我和俊杰待在后方。俊杰这孩子被我宠坏了……

后来，肖俊杰告诉我，我走后，周兰说我比肖俊杰厉害得多，肖俊杰根本不是我的对手。还说，也好，肖俊杰还是个小孩，需要一个厉害的媳妇管管。

我说，肖俊杰，我真像你妈说得那么厉害吗？肖俊杰说，她有毛病，总把我当三岁小孩，其实我比你厉害多了。我说，是吗？这可说不定，你要当心点。又问，肖俊杰，你爸知道我们的事了吗？他说，我妈没告诉他。他是个暴君，不许我这么早处对象。

从那天开始，我全心全意对肖俊杰好，心理上把他当成我未来的丈夫。我对未来充满幻想。我要做一个好妻子。我要给肖俊杰生一男一女。我要和肖俊杰白头到老。

肖俊杰开始充满热情地在我的身体上耕耘。只要有空肖俊杰就缠着我。说实在的，我从中并无乐趣。我更喜欢他亲我的身体。当他匍匐在我的乳房上，我快感阵阵，可当他进入我的身体，我便感到索然无味。我不知道这是不是有病。这是件多么奇怪的事。即使最初我下面是湿润的，可当肖俊杰运动时，我便干燥了，有一种火辣辣的痛从那里升起，传遍全身。我不喜欢男人的东西。我觉得它丑陋、粗暴。但女人的自我牺牲精神是多么强，我愿意让肖俊杰快乐。他的快乐就是我的快乐。另一件让我奇怪的事是，我虽然不喜欢男人进入，但过上一阵子我却渴望男人的家伙充满我，否则我会感到全身空虚。

我们经常在永江边灯塔上亲热。有一次，我们在一个批斗会上邂逅，他突然有了欲望，拉起我的手，钻到批斗台子下面。那是一个水泥做的露天台子，专门用来开群众大会的。偶尔会在这里播放露天电影。我们把进入舞台底下的门关死。里面一片黑暗。我们迫不及待地滚成一团。那天，我本来无比热烈，可就在这时，肖俊杰突然说话了，他一脸轻佻地说，你们家的人是不是在这方面特有天赋，特喜欢这个？我听了瞬间没了感觉。我一言不语赶紧穿好衣服，不再理他。肖俊杰急得不行，几乎是跪下来求我，我也没理他。那天，我听着台上传来批斗声，想，要是让革命群众发现这事，我们会被打成反革命。

初秋的时候，天还很热。我和肖俊杰在灯塔约会，肖俊杰亲我时我就晕眩了过去。在我意乱情迷时，我竟喊出夏小恽的名字。这时，肖俊杰停了下来。问我刚才叫谁？我一时迷惑，不知所以，我说，没叫啊。他说，你刚才叫夏小恽，那个国民党狗崽子。我记不起来了。可能是刚才产生了幻觉，以为是夏小恽在亲我。说实在的，夏小恽比肖俊杰亲得好。刚才因为太舒服了，我以为是夏小恽。肖俊杰毛手毛脚的，不耐心。

肖俊杰脸色铁青，恶狠狠地问，夏小恽也这样亲你？我说，你想哪儿去了？你让夏小恽这样亲？我心里虚，但脸上布满了是鄙夷，我说，你怎么气量这么小。肖俊杰痛苦得要哭了，说，这么说是真的了？你们家都是一路货。我生气了，我说，你什么意思？你说清楚。他说，你们家的女人离开男人活不了。我怒不可遏，狠狠踹了他一脚。

　　哪知，肖俊杰竟动手打我。他一只手把我的手反拗在背上，另一只手按着我的头。我不屈服，用脚后跟踢他，还骂他"混蛋"，"不是人"。他竟然动手打我。我很失望。我骂道，你一个男人，打女人算什么本事。我哭了，我是真伤心，也有点绝望，我说，我们分手吧。肖俊杰嘴也硬，说，分手就分手，我早已受不了啦，我一见到你在厂里和那些男人眉来眼去，就想揍你。

　　那天我脸上受了伤。我娘见了，问是不是肖俊杰打的？我说是工厂里受伤的。娘不信，说，同男人不能硬来，你要有媚功，他生气时你要撒娇。男人抵不住女人撒娇。我被娘说得很烦，顶嘴道，你向你那些老男人撒娇去吧。我娘气得也想打我。

　　连杜天宝也来问我脸上的伤是怎么回事。我骂，要你管，你吃自己的屎去。

　　有三天，肖俊杰没再来找我。第四天，肖俊杰屈服了。每天早上杜天宝都踏三轮车送我上班，我看到肖俊杰坐在杜天宝的三轮车上等我。我心里是高兴的，我白了他一眼，并没上车。后米，肖俊杰硬拉着我上了三轮车。

　　我们就这样吵吵闹闹，好好坏坏的。不过我心里很有底，断定我把肖俊杰牢牢捏在了手心里。娘告诉我，男人们都很贱，女人不坏，男人不爱。所以，我还是和别的男人闹，我觉得这样刺激刺激肖俊杰，只能使他更离不开我。

　　不过娘说，你要嫁到肖家的，你千万不能和别的男人胡搞。我知道和男人之间的界线在哪里。

　　胡可和须南国好上了。我是听车间的一位妇女告诉我的，她说起这事相当猥琐，不停地拿眼角瞟我。她说，须南国在体育馆里亲胡可的屁股，特别流氓。我本没有注意胡可和须南国的关系，经她一说，我注意到这段日子胡可和须南国确实经常出双入对，想她说的是真的。我心里竟然有些妒意。

须南国还是在吃午饭时来车间找我。胡可赶来和我们凑在一块。胡可当着我的面把饭匀给须南国，说，你这么高个，多吃一点。有时候还把从家里带来的菜夹到须南国的嘴巴里。

我喜欢和须南国待在一块。有件事令我很迷惑，须南国身上暖烘烘的气息会令我的身体产生奇怪的感应，总觉得他要把我融化。这在肖俊杰那儿是从来没有过的。也许正是这种感觉，让我不自觉地、无意识地对须南国卖弄风情。这让胡可受不了。我明显感到胡可对我的敌意。

终于有一天，胡可发作了。她拿着一条内裤跑到我的车间，脸上几乎被嫉妒扭曲。我一眼看出那是我的内裤。我一时疑惑，我的内裤怎么会在胡可手上。一会儿我知道了胡可的来意及原因。须南国竟然偷偷藏着我的内裤。胡可以为我背着她偷偷和须南国睡觉了。我记起来了，三个月前，须南国教我们跳高，跳完高，一身臭汗，我们就在体育馆更衣室洗澡，我的内裤就是那时候丢的。

胡可像一头发狂的母牛，冲向我。她冲向我时，两只大胸像两只牛角，向我撞击。我被撞倒在地，差点磕到车床的铁枕上。我也不是省油的灯，迅速爬起来和胡可扭成一团。我扯住她的头发，用手指甲划破她的脸。胡可的皮肤很白很嫩，一会儿，她脸上出现几道血痕。

人们对香艳事件总是感兴趣的。有人劝架，但多数人站在一边。我看到须南国像是不关他什么事似的，在一旁看热闹。

我放开了胡可。

胡可好像受到天大的委屈，边哭边骂：

"你娘是破鞋，你妹罗思甜是破鞋，你更是一只破鞋。"

这事不可避免地传到肖俊杰那儿。肖俊杰来到我家，把我叫出去，责问我：

"你和须南国睡觉了？"

我听他这么不信任我，内心悲凉，也很生气，扭头就走。有几个街坊过来看热闹。

他拉住了我。我让他放开。他不放。他说：

"连杜天宝那个傻子也这么说，他看到姓须的在体育馆里亲你屁股。"

我见他说得这么恶心，狠狠给了肖俊杰一耳光。

肖俊杰也扇了我一掌。他用劲很大，我一阵耳鸣。我甩掉了他的手，朝自己家里走。

我听到肖俊杰在后面吼："破鞋，他妈的破鞋。你妈是破鞋，你妹罗思甜是破鞋，你也是一只破鞋。"

我听了这话，站住了。我绝望地转身，凛然地看着他。我叫自己不要掉泪，但眼泪还是不由自主地流了出来。那一刻，我真的对肖俊杰失望至极。我决定断绝和肖俊杰的关系，就是他求我，我也个会和他交往。

他不该这么羞辱我。

肖俊杰大概真的认定我是破鞋。他没再来找我。

一个月后，我开始呕吐不止。我发现自己怀孕了。

25

杜天宝被罗忆苦劈头盖脸地骂了一通。

当时杜天宝正在油漆他的三轮车。有一天天宝看到火车的轮子都是红色的，他觉得很威风，所以弄了红色的油漆，把三轮车轮子漆成了红色。

杜天宝弄不明白罗忆苦为什么骂他。好像说须南国亲她的屁股。须南国没亲她的屁股，亲的是另外一个杜天宝不认识的女人的屁股。

罗忆苦说着说着就哭了起来。天宝最怕有人哭。他见到人哭就觉得可怜，就忍不住想流泪。天宝心一酸，真的就哭起来。天宝说，罗忆苦，你怎么啦？你为什么哭得这么伤心。罗忆苦说，你这个傻瓜，你害死我了。天宝说，罗忆苦，我没害你。罗忆苦说，还没害我，我肚子大了，可肖俊杰不要我了。

杜天宝一听这话，耳朵就竖起来了。

天宝想起罗思甜肚子也大过。女人为什么肚子会大，他不明白。但他知道肚子大对女人不是件好事情，要是男人被抓起来，或男人没有了，肚子里的孩子就是生下来也不能留，孩子要放在一只洗澡桶里漂向永江，再也找不回来。想起罗思甜丢了孩子变成疯婆子，天宝着急起来。

天宝本来对肖俊杰好，罗忆苦说肖俊杰不要她了，他就反感肖俊杰。即使肖俊杰会在天上飞，天宝也不再崇拜他。他来食堂打饭，天宝打最差的菜给他。

第一次，肖俊杰没什么意见，只是瞪了天宝一眼。

天宝看到肖俊杰瘦了，眼眶深陷，心情似乎不太好，脾气也变得火爆。那天他坐在一个角落吃饭时和一个人吵了起来。天宝听师傅说，那人见他菜这么少，想匀点菜给他吃，谁知道肖俊杰就发火了，对那人大打出手。那人被打倒在地，肖俊杰还用脚踢他。杜天宝觉得肖俊杰真是可恶，很想跑过去用手中的勺子砸开他的脑袋。

师傅说完问天宝，为什么打这么少菜饭给肖俊杰？天宝说，他不是个东西。师傅奇怪地看了天宝一眼，他欺负你了？你不是经常拍他马屁吗？天宝说，狗才拍他马屁。师傅说，你多给他打一点。

第二天中午，天宝见肖俊杰黑着脸来打饭，一脸不耐烦的样子，好像天宝欠了他什么似的。天宝很反感他这德性。因为师傅交代过，天宝只好给他多打一点。天宝打完菜，恨自己："我为什么要打给他这么多呢，他吃饱了也不会去找罗忆苦。"

罗忆苦不开心。杜天宝去机械厂看过罗忆苦。大宝想告诉罗忆苦，他想揍肖俊杰，给她报仇。肖俊杰小时候骑在天宝身上欺负过他，现在天宝长大了，浑身是劲。罗忆苦见到天宝却叫他滚。

杜天宝见罗忆苦这么难过，决定不听师傅的话，不给肖俊杰吃饱。

中午，肖俊杰来窗口打饭，天宝只打了一碗热汤给他。他端着热汤，站在窗口，很不理解地看着天宝。一会儿，肖俊杰把整碗汤泼向杜天宝。汤是热汤，天宝只觉得脸烫得像揭了一层皮，眼睛火辣辣地痛。天宝想自己要瞎了。他用尽力气，睁开眼睛。眼前一片模糊，人群影影绰绰。他猛吼一声，想也没想，拿起一把菜刀向外面冲去。他不知道谁在拦他，是不是肖俊杰，他一阵乱砍。食堂乱成一团，很多人喊爹叫娘。后来手中的菜刀被人夺走了。

杜天宝在人群中看见了肖俊杰。他站在那里一动不动，一脸惊愕。天宝冲过去，捧住他的头，用嘴咬他的左耳朵。一股暖暖的咸咸的液体进入他的嘴巴。他把肖俊杰的耳朵咬下来了。

天宝把耳朵吐在地上。肖俊杰呆呆地站在那儿，护着左耳。然后，他来到天宝的脚下，捡起耳朵。他突然凄厉地高叫一声。这一叫把天宝惊醒了，天宝看到食堂的地板上躺着一些人，满地是血。

天宝想他闯大祸了。他拔腿就跑。他的腿软软的，像是踏在棉花上面。他跑啊跑，脑子一片空白。

后来，他发现自己跑到了爹的坟头。他在爹坟头上跪了下来。

杜天宝哭着对爹说，爹，陈阿姨，我不能来看你们了，我要坐牢去了。我把肖俊杰耳朵咬掉了，他是公安局政委的儿子，我祸闯大啦。

警察是从爹的坟头把杜天宝抓走的。

后来，有人告诉杜天宝，他眼睛看不清的时候砍伤了三个无辜的人，其中一个还是女人——他们食堂的阿姨，是她夺走了天宝的菜刀，自己却被天宝砍伤，手臂都快断了。

26

  阳光猛烈，快到正午，相当灼人。你看到公安大楼门口的广场上挂满了气球。明天是建军节了。你迎着烈日看了看这些五彩的气球，阳光刺眼，你一下子觉得眼前模糊，那些气球像降落伞一样从天边落下来。这是幻觉吗？你看到儿子挂在降落伞上，向你展露出纯真的笑容。你闭上眼，试图把这景象从眼前抹去。

  刑侦科非常安静。和电影里的完全不一样，搞刑侦的警察没有那么一副胜券在握的派头。相反，他们因为在思考而显得有些神情恍惚，好像这会儿沮丧的气息充满了整个屋子。

  每一个职业面对的人群和事件都不一样。在社会上，人们其实很少注意到犯罪，周围的人一般都在常态中。可是在这里，整个永城的治安事件都会蜂拥而至，使得这里成了一个展示各种各样犯罪的超级市场。什么样的杀人方式都有：雇凶、街斗、枪杀……在这里待久了，你会觉得这世界无比黑暗，已脱离了常规，人也会因此变得多疑，很难轻易相信人。

  小蒋把你带到办公室，然后把一份验尸报告递给你。

你认真看起来。

验尸报告

时间：1995.7.31

验尸医生签名：李森　姚末末

死者姓名：罗忆苦

死者性别：女

年龄：45 岁

验尸情况综述：

一、外伤：脸部毁容，罪犯使用硫酸毁之。死者颈部有勒痕。左臂有划痕二处，疑为利器所伤。右乳有紫痕。

二、内伤：对尸体进行解剖处理。肺部肿胀，有瘀血。经体液取样化验，未发现异常毒性物质。死者阴部充血，死前有性接触。阴部无损伤痕迹，性接触顺利。

结论：死者为窒息而亡。外伤显示死者被害前有激烈肢体冲突。

你想尽量从字里行间读出案情的蛛丝马迹，可你无法让自己的头脑保持冷静。你满脑子是罗忆苦死之前可能发生的情状。

你想象那个凶手掐住她的脖子。好像凶手同时掐住了你，你有些喘不过气来。

小蒋注意到你脸色苍白，问你是不是身体不适。你说没事。小蒋说：

"尸检已经结束了，想问问家属，是不是要早点焚化。"

"我得先和她母亲商量一下。"你说。

"希望快点，早点入土为安吧。"小蒋说。

你又看了检尸报告一眼。"窒息而亡。被害前有激烈的肢体冲突。"你叹了一口气，然后就告辞了。

27

　　这之前，我从来没好好回顾自己的往昔。或许是因为我这辈子都在折腾无暇他顾，或许是我的往昔太过荒唐不堪回首。如今，我成了永城上空的游魂，在无限的寂静里，我看到自己在滚滚红尘里收获的巨大的虚空，当然还有一些情谊，比如来自杜天宝这个傻瓜的情谊。尽管那时候我很生他的气，但杜天宝对我的情谊确实是无私的。

　　杜天宝咬掉了肖俊杰的耳朵，砍伤了三个人，坐牢去了。没想到他弄出那么大动静，闹出一个血案。他可真是个傻瓜。血案成了桃色事件，整个永城都在传说血案背后的故事，让我丢尽了脸。那个时候，未婚先孕简直千夫可指。我走在街上都能感到有人对我指指点点。更有甚者，有人竟然说我和傻瓜杜天宝也有一腿。他们说我和娘是一路货。他们就是这么会糟蹋人。

　　杜天宝是纯粹给我添乱。但他终究是为了我坐牢的，我很内疚，我去监狱看了他一次。他对我去看他非常高兴。他好像对坐牢一点也不在乎，笑容依然那么天真，让我哭笑不得。这个傻瓜总是令我感动。

我还是和肖俊杰结了婚。据说肖长春知道肖俊杰把我肚子搞大了，赶到医院狠狠揍了肖俊杰一顿。这是肖长春第一次知道我这个人的存在。肖俊杰从医院里出来没多久，他父亲就逼着他娶了我。因为我娘的缘故，我知道肖长春一定不喜欢我，但他儿子把我的肚子搞大了，他认为道义上肖俊杰应该娶我。

婚礼非常简单，肖长春没请任何人，只是两家人聚在一起吃了一顿饭。肖长春可能从内心深处瞧不上我娘，不过这天倒是十分客气，一口一个亲家母，好像从前没有任何过节。我娘那天非常高兴，她对我嫁到肖家感到满意——我总算如她所愿攀上了高枝。我娘频频向肖长春敬酒。我怕娘喝醉了，像对待别的男人那样对肖长春淫声浪语。这天娘表现非常好，像个大家闺秀。我娘说：

"亲家公、亲家母，以后忆苦就是你们的女儿了，我们家没有男人，忆苦从小就野，像个假小子，要是忆苦有什么不对，你们尽管打她骂她。她嫁到肖家，是她的福分……"

娘竟然哽噎了。我心一酸，也跟着流泪。肖长春和周兰在一旁劝慰：

"你说的哪里话，忆苦这孩子，这么漂亮，这么懂事，是我们肖家前世修来的福，亲家母尽管放心，从此后，忆苦就是我们的亲女儿。"

就这样，我成了肖家的人。

新婚之夜，肖俊杰却没动我。

他一直在照镜子。自从耳朵被杜天宝咬掉后，他喜欢照镜子。他像一个自恋狂一样，站在镜子前，面容苍白，目光涣散，好像左耳的消失让他丢了灵魂。我有点可怜他。他比以前消瘦了许多。我对他说，早点睡吧。他看了一眼镜子里的自己，说，他要把头发蓄长，把耳朵遮起来。我说，行吗？只有女人才养长发。

第二天，他还是没动我。我有点生气了，我想，有本事一辈子不要动我。我很想动动自己，但肖俊杰睡在身边，我不好意思。

第三天，我忍不住了。已经有好久没人动我身体了，我身体的肌肤发胀。我就把他的手拉到我的身上，让他摸我的乳房。他有点犹豫。他说，你怀孕了，我不能动你。我说，没关系的，傻瓜，你一点也不懂科学。但他还是不肯动我。我生气了，我说，肖俊杰，你什么意思？你娶我让我守活寡？肖俊杰没吭声。他背靠我睡。

我生了会儿闷气，但想想肖俊杰可怜，就从背后抱住了他，脸贴在他背上。

"你把我害苦了，我现在成了个怪物。"肖俊杰说。

"在我眼里，你最俊。"我说。

肖俊杰僵硬的身子最终被我软化了。

有段日子，我和肖俊杰如胶似漆，比谈恋爱时还要好。这让我有了新婚的感觉。蜜月，我喜欢这个词，这个词带给我初生的感觉，眼前的世界像刚刚被创造出来，美好而安宁。那确实是我一生中最甜蜜的日子。我住在布衣巷肖家明亮的大宅里。听我娘说，这宅子解放前属于蒋家，那是永城的望族，后来逃到台湾去了。这宅子中西合璧，它的门廊呈穹形，柱子的上端饰有西洋式繁复的花纹。我和肖俊杰的新房设在二楼。从窗口望出去，院子里那棵枣树近在眼前。我看到这个季节，枣树上已结出细小的果子。我不由得想起肚子里的孩子，他一样是细小的果子。

肚子里的孩子激发我的母性，我周身洋溢着温情。对我而言，男人未必能激起我内心的温柔，只有孩子才能软化我这颗心。我全身心关注着肚子里的这颗种子。其实我并不能真的感觉到他的存在，可我以为他已长大，充满了我整个肚子。我把他当成一个人，一个可以交流的小东西。我想教他歌谣，想起来的竟然是西门街讽刺杜天宝的小调：

> 杜天宝，杜天宝，
> 他是个傻瓜。
> 杜天宝，杜天宝，
> 他看上美女啦。

我独自咯咯咯傻笑起来。想想又不对，我怎么想起杜天宝这个傻瓜呢？要是我肚子里的孩子是个傻瓜怎么办？又想起杜天宝关在牢里，我有点儿牵挂他，这个傻瓜不知道在牢里有没有被人欺负。

我变得比从前宽容了。在单位里，不再伶牙俐齿地和别人斗嘴。须南国和胡可吃午饭时还是到我这里来，胡可显然对我嫁给肖俊杰感到高兴，对我非常亲热，仿佛我们从来没有骂街之事。

我全心全意把自己当成肖家人。婆婆对我很好，她一心盼着未来的孙子或孙女出世。她不太会做菜，原本家里有保姆，是组织上安排的，三年自然灾害时，保姆都辞退了。她开始学着做饭。说实话她做的菜很难吃。她经常做鱼汤给我吃。当然也是为了肚子里的孩子。

我公公是个严肃的男人。在家里很少言语。我不清楚他对我的看法。我想他可能对我是有成见的。但我从来不担心男人对我有成见，我天生有同男人和谐相处的能力，我有本事让他们对我有好感。这都是娘教我的。我见公公的手表很旧，老是走走停停的，发工资那天，我给公公买了一只上海牌手表。公公冷冷地说，我有啊，你放那儿吧。第二天，我看到他把手表戴在了手上。我婆婆周兰示意我看。我和婆婆互相扮了一个鬼脸。

有很长一段时光，肖俊杰沉溺于性爱中。他每天晚上和我黏在一起，不再出去和他那帮哥们混。这也许同他没了左耳有关。这是他的心病。他的头发开始蓄长，这使他在那个时代看起来像个怪物。我的公公看不惯他的长发，要他剃掉，他坚决不肯。其实我挺喜欢肖俊杰留长发的。我觉得长发让他看起来更有英气。

肖俊杰没完没了在我身体里开掘，好像我的身体是个巨大的宝藏。有时候，他一个晚上需要五次。这让我有点担心。我试图拒绝他，但终究抵挡不住他的纠缠，还是答应了。

也许是我们做得太激烈了。一天，当肖俊杰沉沉睡去时，我感到自己的身体出了问题，好像有铁块一样的东西坠入了肚子，沉甸甸地向下拉。我想去小便一下，刚下床，我感到有一股热流从大腿里流了出来。我心里一沉，意识到自己流产了。

我急得不行，大哭起来。我站在那里一动不动，想以此保住孩子。可我感到有东西源源不断从身体里涌出，血液渗透了我的内裤。

肖俊杰醒了过来，见状吓坏了。他赶紧出门叫妈。周兰披着衣服来到房间，她让我不要急。她认识医生，马上去叫医生过来。

我没有保住这个孩子。我流产了。我是那么喜欢肚子里的孩子。我的身体像是被割走了一块肉，我感到整个身体被掏空了。我非常伤心，几乎是大病一场。

我非常感激婆婆照顾我。她尽可能烧最好的菜给我吃。婆婆劝我说，留得青山在，不怕没柴烧。

我娘对此一点也不在乎。她说，流个产算个屎，怀个孩子还不容易，关键是你已嫁到了肖家。

没想到的是，那次流产后，我再也没有怀上孩子。有时候我觉得命运真是一件残酷的事，你越想要的东西，它越是不肯给你。

我不得不相信人各有命。我失去了这个孩子，我一生的空虚再也填不满了。

28

　　杜天宝判了三年，糊里糊涂地坐牢去了。

　　杜天宝进去的时候，碰到一个熟人，小偷赵三手。赵三手先打了天宝一顿。他手上套着一只铁手套，对着天宝的肋骨一阵猛抽，差点打断天宝的骨头。他说，老子吃牢饭，都是这个傻瓜的缘故。老子被这傻瓜抓了后，老是失手。赵三手江湖地位高，是小偷的头，在牢里面还是很有威势。天宝被狠狠揍了一顿后，赵三手对其他犯人说，这个傻瓜是个天才，你们不能欺负这个人。赵三手拉着天宝的手，给他们看。赵三手说，你们看这傻瓜的手，很特别是不是？他奶奶的，老子还要在这该死的地方待上几年，老子用得着这双手。你们想打他，也不要弄坏了这双手。

　　牢里的日子并不好过。牢犯自得其乐，他们会玩各种各样的游戏。他们用省卜来的面包切成一只一只军棋模样，晒干，晒硬，涂上黑色，再在纸上写上"工兵"、"连长"等，贴在上面，就可以下军棋了。牢里没有火，就是有香烟也不能抽，有人就用老花镜对着阳光取火。香烟真的会慢慢冒出烟来。天宝从来没见识过，啧啧称奇。他觉得他们真聪明，这种事给他十个脑瓜子他都想不出来。

没人来看杜天宝。只有罗忆苦和罗思甜来看过他一次。罗忆苦是空手来的，罗思甜给天宝送来了一些吃的。罗思甜见到天宝，不住摇头叹气。在牢里不怎么吃得饱，天宝食量又大，见到罗思甜带来吃的，口水都流下来了。

第二天，杜天宝看到赵三手在津津有味吃着面饼和麦芽糖。天宝很奇怪："他怎么会有和我一样的东西呢？"天宝去察看自己的饼干纸盒，罗思甜带给他的食品没了。他问赵三手，吃的是不是我的东西？赵三手说，你叫一声，它会不会应？会应的话就是你的。天宝不是个傻瓜，他知道叫一声是不会应的。

后来，天宝发现赵三手的偷术很高明，什么东西只要他看见了就会落到他的口袋里。他不但偷同牢房的东西，还偷"政府"的东西。看管他们的狱警陈政府只要出现在牢房门口，他口袋里的东西就会出现在赵三手的身上。有一次，他还从陈政府口袋里偷了一缕长发。天宝不明白陈政府怎么会藏着长发？他问赵三手，赵三手笑得直不起腰来，说是陈政府相好的头发。他让天宝闻闻，香不香。

赵三手总是能搞到好吃的东西。他的床底下藏着酒，花生米，有时候还有鸡腿。在睡觉前，他喜欢喝着小酒啃鸡腿。杜天宝觉得他是个魔术师，什么东西都能变出来。赵三手说，是外面的弟子孝敬他的。

他们在牢里生产一种"光明牌"饼干。这真的是一件折磨人的工作，他们的肚子很饿，但不能动一块饼干，谁动一下，若被发现,就要关到禁闭室里去。那可不是人待的地方,有一次,杜天宝实在忍不住,偷了一块吃,结果被发现,就关了三天三夜。那地方小得只能容下一人,里面黑漆漆的,天宝觉得像躺在棺材里,憋闷得呼吸都困难。天宝有了幻觉,担心他们把这棺材抬到火葬场,把自己火化了。他吓得直想哭。这以后,他再也不敢偷了。

杜天宝很羡慕赵三手。有一天,赵三手说,天宝,你要是能从我这儿偷走这些吃的,我不找你算账。天宝说,真的吗?说话算话?天宝想试试,他太饿啦。白天在厂里被饼干折磨,晚上被赵三手折磨,他的肠子都快抽筋啦。

那天,天宝见赵三手打着呼噜睡着了,悄悄从床上爬起来,向赵三手的枕头伸出了手。赵三手好吃的东西都藏在枕头下。天宝还没碰到枕头,手就被赵三手虎钳一样箍住了,让天宝动弹不得。赵三手并没有醒,继续打着呼噜,天宝又不敢叫醒他,怕他告到陈政府那儿。

杜天宝发现赵三手的这些好吃的是从工厂回牢房时,溜进"政府"们的办公室或食堂偷来的。赵三手的胆子可真大,要是被政府捉住,不是要罪加一等,多坐几年牢吗?天宝觉得不划算。有一次赵三手还偷了一张照片,是个小女孩的照片。他拿给天宝看,天宝觉得面熟。后来他想起来了,这小女孩多年前在火葬场见过。怎么会忘记呢?她很香,她的眉心有一颗红红的小痣,很好看。这小女孩的照片怎么会在牢里呢?杜天宝感到很奇怪。一次牢里集体训话,那个训他们的领导很面熟,天宝终于想起来了,他在火葬场见过这人,那死去的小女孩就是他的女儿。但天宝不敢肯定真的是他。

有一天，赵三手说，天宝，在牢里你无聊吗？天宝点点头。赵三手说，所以我们得自己找一些乐子。天宝问什么乐子？他没回答，他说，天宝，你知道我为什么做小偷吗？我可不是为了偷，我爹是个画家，艺术家，你知道吗？我家里随便什么东西去外面卖，都是好价钱。我用不着偷。可我爹是个混蛋，我很小时他就认定我没出息，看不起我。我和他作对，把家里的东西偷出去送人。虽然这样，我还是觉得不够劲，于是我就去偷外面的东西。我把偷来东西送人或扔掉。天宝，你钓过鱼吗？天宝点点头。赵三手说，偷东西就像钓鱼，摸到东西的那一刻很刺激，很快乐，你懂吗？天宝摇摇头。赵三手叹了口气，说，见鬼，我怎么碰到你这样的傻瓜。

后来，杜天宝还是听懂了，赵三手是要和他比偷技玩。他要天宝偷他的东西，然后他再偷回来。他说，这样，我们在牢里的生活就有乐趣了。

29

听到小店外的狗叫声，老陆就会出来，他知道是你来了。

老陆是个瘸子，开着一家杂货店。过去这店是街道所有，叫燎原杂货店，现在他个人承包了，不好意思叫这么响亮的名字，改叫老陆百货了。老陆养着一条高大的狗，棕黄色，毛色油亮，很威武。老陆说是猎犬，其实不是，性情蛮温和的。

这只狗平日不怎么吠叫，见到生人也不叫，奇怪的是见到你就要叫个不停。所以只要狗一叫，老陆就知道你来了。

老陆拐着腿从杂货店出来，训斥他的狗。

"叫个屁啊，没见过人怎么的。"然后老陆向你招手，"过来，别怕，它不咬人。"

你同老陆说过，你这辈子什么都不怕，就怕狗。从小就怕。一见到这东西，你就犯怵。有人用头皮发麻来形容紧张，你怀疑发明这个句子的人也怕狗。你一见到狗，头皮就发麻。

杂货店有一把藤椅，你坐了下来。

那狗儿很不友善地看了你几眼，然后摇了摇尾巴，匍匐在店门前，不再理你。

老陆给你泡了一杯茶，端到你跟前，说：

"好久没来了。"

你朝对面的罗家巷瞧了瞧。罗家院子的门紧闭着。

当年你把杨美丽从床上抓起来赤身裸体在街头示众，压在她身上的男人就是老陆。老陆倒并不记你的仇，后来因为罗忆苦嫁到你家，老陆反倒对你有点亲戚的意思了。当年缠着杨美丽的男人随着杨美丽的老去渐渐消失了，倒是老陆有情有义，如今还照顾着杨美丽。

"罗忆苦死了，听说了吗？"

老陆搬了一把凳子放到靠近你的地方，坐了下来。

你点点头。

"我去看过她，敲了半天门，她没开。"

老陆一副忧心忡忡一筹莫展的模样。

你看了看杂货店，几十年不变，卖的就那几样东西：酱油、米醋、食盐、糖果，还有扫帚、拖把、铁锅等，都是日常用品。店里贴着一张模糊不清的画，依稀可以辨认出是那幅著名的《红色娘子军》年画，边上有一副对联：努力生产，节俭过年。这年画和对联贴在墙上有二十年了吧。老陆太懒了，居然二十年都不换一下。

"生意怎么样？"你问。

"还行吧。"

你知道，现在的商店开得越来越豪华了，这种杂货店几乎没生意了。反正也卖不出去，老陆常拿店里的日用品送杨美丽。老陆的老伴很不满，据说连老陆的女婿都很有意见。

"我担心她。她早上从公安局回来，没出过门。我听到她一直在哭。你说她不会寻短见吧？"

你看了一眼老陆。老陆并没看你，在朝对面罗家巷张望。显然他心里牵挂着那儿。

"怎么会有人杀罗忆苦呢？她都有好几年没回永城了，怎么一回来就被人杀了？她结了什么仇？"

你摇了摇头，表示不解。你端起杯子，习惯性对着上浮的茶叶吹了口气，喝了一口。

"罗忆苦死前几天你见过吗？"你问。

"没有。影子都没见着。"

"她没回过家？"

老陆摇摇头。

罗忆苦死于护城河，护城河就在西门街边上，罗忆苦死亡前几天老陆竟没见到过，这事儿很奇怪。

从老陆的杂货店出来，你向杨美丽家走去。

去罗家巷要路过傻瓜杜天宝的家。屋子久没住人了，如今破败得不成样子，瓦片中生出一些杂草，窗子的菱形木格都腐朽了，残损得厉害。你注意到沾满灰尘的大门中间有几道手指划过的印迹。你驻足观察了一会。印迹凌乱，也许是哪个调皮的孩子乱涂上去的。

一会儿，你来到罗家门口。你从台门的门缝往里瞧，里面安安静静的。罗家的院子没有一棵植物，地面浇了水泥，用来晒鱼干的。现在麦芽糖再也没人买了，商店里到处都是糖果。杨美丽只好晒些鱼干，做些小生意维持生计。据说，她晒的鱼干生意不错，老顾客都喜欢她的鱼干。

邻居们对杨美丽晒鱼干这事很有意见，那些腌制过的鱼在太阳底下一晒，又腥又臭。南方的空气稠黏而闷热，臭气不易散去。不过邻里都怕杨美丽，有意见也不敢表露。她到现在都不是好惹的。

院子的水泥地上非常干净。腥味没有散去，其间夹杂着一股暖烘烘的臭味。你看到有一只巨大的洗澡木桶放在院子的角落。你认出这只水桶。这只水桶从前是夏泽宗家的。夏泽宗当年腰有毛病，他喜欢爬到木桶里面泡热水澡。夏泽宗一直很会享乐的。即便境遇悲惨，他也很会享受。

你很想进去看看杨美丽。可进去了又能说什么呢？你是难以面对她的。她把女儿嫁到肖家，但你没照顾好。你对不住杨美丽。

你最终没有敲门进去。

30

当我回忆我在肖家的日子，我总是觉得时间像是被偷走了似的，短到只是那么一瞬间。但在当时，我却感到日子无比缓慢，有一种百无聊赖的感觉。这可能同我后来一直没有怀孕有关。一个女人要是有了孩子，就没有时间去胡思乱想了。

婚后第二年，我依旧肚子空空。我每天上班、工作、回家，偶尔参加政治集会，日复一日，一成不变，了无新意。

对肖俊杰来说，新婚的激情过去了。他开始迷恋上了枪支。我的公公肖长春平时不带枪，他把枪锁在抽屉里面。肖俊杰把枪偷出来，佩在身上。他甚至把手枪的零件拆卸下来，在车间仿制。他的这些行为多少有些与众不同，甚至有点疯狂。

自从他没了耳朵，他内心是自卑的。只有当他在同伴那儿炫耀那把手枪时，脸上才恢复那种自信的居高临下的表情。肖家的眼神里有一种骄傲的鄙夷人的劲儿，这点父子俩非常相像。我虽然担心肖俊杰玩出火来，但看到他这么需要一把枪支撑他的自信，就不去管他了。

也许因为日子过得太平淡，我的心开始蠢蠢欲动了。

那时候，须南国和胡可早已结了婚。胡可迅速有了一个儿子。有了儿子后，她的生活重心都在儿子身上。须南国来我们车间串门时，胡可不再跟随。其实也用不着跟随，因为车间里有这么多人，基本上是大家围在一起开玩笑。现在大家都是过来人，免不了讲一些出格的荤话。须南国倒是不太说，只是笑。后来我的人生经验更为丰富，发现那些讲荤话的未必真的好色，真好色的男人大都是不动声色的。须南国只是温存地看着我，目光极具穿透力，在他的目光下，我老是觉得自己被剥光了衣服，赤裸呈示在他面前。

还是像过去那样，我的身体会在须南国的注视下变得柔软。这是我在肖俊杰那儿不曾有过的。这唤起了我从前的感觉。想起那时候，这个高大的男人教我们跳高，他暖烘烘的气息常令我整个身心都轻飘飘的。他每次触碰到我，我的身体就会有电流通过。

我本能地抗拒他。我和他开出格的玩笑，试图用玩笑的方式缓解他对我身体的诱惑。也许他是亚洲冠军，他在厂里总是一脸的自信，好像他即将征服一个新的高度，再破亚洲纪录。我忍不住嘲笑须南国，须南国，你是不是觉得高人一等啊，你除了个子高一些，你会什么啊！须南国好脾气地笑笑，从口袋里掏出一只精美的小盒子，里面是一枚毛主席像章，上面是英文。须南国说是坦桑尼亚人制造的。他要送给我。我断然拒绝。我说，须南国，你怎么这么喜欢送女人东西啊？你是不是给很多女人送东西？须南国只是笑笑，把盒子塞到我口袋里。

我拒绝。和他推来让去时，没想到他一把抱住了我。他竟敢！我很生气，给了他一耳光。

可事后我回忆起来竟然有点儿甜蜜。我想起他的手。那是一双巨大的手，他的手很温热，有时候他拉着我的手，我会感到舒坦。我想象这双巨大的手在我身体上抚摸，想象这手紧紧抓住我的乳房。非常奇怪的是在我这儿，男人的性感往往落实在手上。我不喜欢看男人的性器，喜欢欣赏男人的手。肖俊杰的手非常秀气，手指细长，像一双弹琴的手。这双手让他看上去有点儿神经质。须南国的手是另一种样子，像一张巨大的荷叶。我想象自己是一滴露珠，在荷叶之上晃荡。

和须南国比起来，我更喜欢肖俊杰。肖俊杰身上的少年气更能激发我的母性。虽然耳朵被傻瓜杜天宝咬了后他变得更为固执，但他依旧保持着一种少年式的纯真。我喜欢他趴在我身上的样子，那时候，他的脸上会带着某种狡猾的表情，好像我是他的游乐场，或一个心爱的玩具。但肖俊杰太孩子气，当他喜欢一样东西，就会沉溺其中，看不见其他任何东西。他是个专注的人，有时候不免忽略我。

须南国身上还有一种我不喜欢的脏脏的气息。这种感觉诞生于我知道他藏了我的内裤那会儿。也许就是这份脏让我情欲勃发，每次想起，我的身体就充满渴望。有一天晚上，和肖俊杰做爱时，我因为想着须南国，发现自己整个身体都湿润了。肖俊杰趴在我身上，得意地问我，你怎么啦，我都没动你，你都这样了，你这个荡妇。

我一向对自己的身体没有道德上的障碍。这或许同母亲的熏染有关。我心里已准备好和须南国试一次。要是女人有这种想法，总是可以达成的。男人们像苍蝇一样知道哪里有缝。那天晚上我一个人在车间值班，须南国不请自来。他从怀里摸出一瓶奶白色的米酒。"我自己酿的。"他诡异地笑。

我不反对在这寂寞的夜有人陪我，也不反对喝点酒。借着酒劲，人也更为放肆。暧昧在须南国进入车间时已弥漫在空气中，我知道今晚会发生什么事情。我又嗅到了须南国身上热烘烘的气息，像夏日阳光下公牛的气息，我能感到他及我自己身上散发的情欲。情欲是有气味的，这气味和酒精一样让人迷醉。

不知从什么时候起，他的大腿挨着我。我没有让他滚开。我感到一股电流从贴着的部位直冲脑门。我面孔潮红，欲望如南方的藤类植物在身体里不断扩展、攀缘。他看见了我的欲望。他的手按在了我的大腿上，见我没有反应，他就一把抱住了我。

他开始迫不及待地亲我，口中嘟囔着"想死你了想死你了"。乳房的快感非常强烈，我都觉得自己要炸裂了。可是当他进入我的身体时，也只是刹那的愉悦。一会儿，我的兴奋就消退了，紧接着我感到的是须南国狂乱摩擦带给我的痛楚。我很失望。在这之前，我把和须南国做爱想象得如此美妙，可一旦得到，不过尔尔。我还想，我可能天生不需要男人。也不是不需要男人，我喜欢男人的身体，男人的拥抱，喜欢男人亲遍我的身体，但似乎不喜欢男人的进入。他们的家伙还不如我自己的手。

结束后，须南国像瘫痪了似的躺在那里，一脸满足。他说："胡可乳房大，奶水多，孩子吃不完就给我吃，女人的奶水太有劲了，把我憋得不行了。"

我只觉得恶心。我此刻一点也不喜欢须南国。我发誓不再让须南国碰我的身体。我把衣服摔给须南国，恶狠狠地说：

"你快走吧。"

　　杜天宝喜欢上了赵三手。赵三手说得对，这样相互偷东西，真的很有趣，很快乐。小时候，杜天宝喜欢和罗思甜、罗忆苦捉迷藏。他躲在桥洞里，整整一天，她们都找不到他。太阳下山了，他就从桥洞里钻出来，得意地来到她们跟前，她们会问，天宝，你一天去哪里疯了，怎么没见着你？她们都忘了捉迷藏这事啦。天宝觉得和赵三手这么玩，很像小时候玩捉迷藏游戏。

　　开始的时候，天宝老是被捉住，没多久，赵三手就捉不住天宝啦。他们玩的是一个五分的硬币。赵三手让天宝把硬币藏在身上任何一个地方。有一次，天宝把硬币藏在脚趾间，还是被赵三手偷走啦。赵三手倒是随便放在自己口袋里，不过，天宝总能神不知鬼不觉把硬币偷出来。

　　不管怎么说，杜天宝找到乐趣了，经常藏着硬币乐不可支。天宝把硬币藏在脚趾间，肚脐眼，腋窝里，玩遍了所有花招后，就把硬币藏到别人身上，那人一点也不知道，这样天宝可以睡个安稳觉，赵三手再也偷不走他的硬币啦。晚上，赵三手一次次往天宝口袋上伸手，摸遍天宝所有的口袋都没找到硬币。赵三手生气了，一把推醒天宝，问，难道你把硬币吃了？天宝捧着肚子笑个不停，他从别人身上摸来硬币，然后像变戏法一样变了出来。

有一天，赵三手把硬币藏在屁眼里，天宝还是偷了出来。硬币臭气熏天，天宝要晕过去了。赵三手对天宝说，天宝，我说过，你是个天才，天宝，过了这一关，你现在已经是个好小偷啦，已经超过师傅我啦，已是永城最好的小偷啦。

听到"小偷"两个字，天宝吃了一惊。怎么会变成小偷呢？天宝说：

"赵三手，我不是小偷，你不要胡说。"

"你的手已痒了，你不可能不偷啦。"

天宝说，我不再同你玩了，我不是小偷。

杜天宝就不同赵三手玩了。但不玩这个游戏，天宝感到很无聊。不玩这个游戏后，天宝觉得世界突然安静下来，空旷了，好像这天底下只剩下杜天宝一个人。他有时候想想那些火葬后去天上的灵魂，他们在天上是不是像牢里一样寂寞，要是这样，那也很无趣。

有一天，天宝在上厕所，进来一个人。天宝知道他是这座牢房的头头。天宝正手足无措，那人突然问：

"你是西门街的杜天宝？"

天宝点点头。

"不记得我了？"

天宝茫然地看着他。

"我是董培根啊。在火葬场，你帮过我。"

杜天宝这才确定他就是从前在火葬场见到的那个死了女儿的人。他高兴地笑了起来，说：

"我记得你。"

"那你怎么不来找我？你怎么进来了？你犯了什么罪？你怎么会犯罪？"

天宝说，我把公安局政委儿子的耳朵咬了下来，还砍伤了三个人，差点把一个人的手臂砍断了。

董培根点点头。他和饼干车间的看守耳语了几句，带天宝朝他的办公室走。在路上，天宝的手发痒，忍不住偷了董培根口袋里的一把钥匙。到了办公室，董培根摸遍口袋都没找到钥匙。天宝赶紧偷偷还给他。他从自己的上衣口袋里找到了钥匙，一脸疑惑。天宝发现他的腰间别着一支驳壳枪。天宝真想把枪偷来玩玩。

　　从西门街出来，你不自觉地朝护城河走。

　　你看到西门桥上站着一个瘦高个。你一眼认出是须南国，那个曾经轰动一时的跳高冠军。如今这个城市还有谁记得这人过去的风光呢？人活一辈子就是这么回事，你以为有什么了不得的未来，到头来全都一样，一场空。

　　原来的国有企业永城机械厂现在实行了股份制，已由一位香港商人控股。须南国还留在机械厂上班，在保安部门工作。听说这人天赋异禀，不但跳高好，防贼也很有一套，他凭直觉就能判断职工是否私自带零件出厂。他因此在厂里比别的老工人境遇要好些。

　　你站住，远远观察他。你在考虑是否和他打个招呼。这时，他回过头来，看见了你。他显然认出了你，看你的目光寒冷，怀有敌意。他假装不认识你，低头走了。高大的身影像一根会行走的电线杆。

　　你来到须南国刚才站着的地方，把目光投向护城河。就是昨天清晨，在这座桥下，那桥塊边上，罗忆苦背部朝上漂浮在那儿。只是过去了一天，那儿已不着痕迹，好像什么也不曾发生过。护城河水平静如镜，河边的柳树被夏日的阳光晒得蔫蔫的，不过只要过一个夜晚，它们便会恢复生机。有一条鱼突然从平静的水面上跳出来，好像在证明这河中还有生命存在。

须南国的背影已消失在望京路的一个小巷口。

你向那小巷走去。

那条狗在巷子里等着你。你不想让它变成夏泽宗。现在你的心很乱，不想和他说一句话。

你想起多年前的那一幕。当时在看守所，你拿出驳壳枪，在夏泽宗的请求下，对准割脉自杀的奄奄一息的夏泽宗的脑袋，开了一枪。白色的液体冲向你的脸，你全然顾不得喷在脸上的热辣辣的脑浆，木木地站在那里，心里满是悲凉和愧疚。想起这一幕，你好像闻到了那股带着铁腥的脑汁的气味，你下意识地抹了一把脸，仿佛那脑浆还在你脸上。你一阵恶心，双手扶住小巷的墙，呕吐起来。

夏泽宗死的时候，他的右手无力地举了起来，指了指自己的裤袋。你猜他藏着什么想交给你。你从他裤袋深处挖出一只黑布袋，里面是一枚金戒指。后来你曾南下广东去牢里探望过夏小悍并把这枚戒指转交给了他。

仿佛是为了摆脱夏泽宗，你跳上了 501 路公共汽车。

公车很挤，没有座位了，有个年轻姑娘让座给你。你谢了她，并没有移动身体。那姑娘讪讪地又坐了回去。你握着门边的那根不锈钢扶手，看了看窗外。你松了一口气，夏泽宗没有跟上来。

当你把目光收回车厢，你沮丧地发现夏泽宗也上了车，站在不远处。你忍住自己不和他说话，否则整车的人会把你当成疯子。

夏天的夜晚来得比较晚，天黑的速度却非常快，刚刚天空还是银灰色的，瞬间天空布上了浓重的黑色。从天空往下看，永城灯火绚烂，灿若星河。我从来没有这样看过永城，它让我感到陌生。我终于认出了三江口，认识了浮桥，认出了天主堂和码头。他们说灵魂要顺着在世亲人的标记才能回家，没人为我祭祀，也没人为我标记，我的尸体躺在公安局黑暗的冷库里，我的灵魂漫无目的地飘荡在永城的上空。

这是哪儿？是布衣巷吗？是的，这就是我从前生活过的院子，我认出了那棵石榴树，正是开花时节，我看到暗红色的花朵在黑暗中落寞地开放着。院子角落那只水缸里从前种植着睡莲，如今已经枯死。看着这熟悉的一切，我的心中涌出一股热流。我差不多有十年没踏入这个院子了。是什么风把我吹到这儿来了？是肖长春身上带着的我尸体的气息吗？

我看到肖长春孤寂地坐在客厅宽阔的沙发上，表情恍惚。他在回忆不堪回首的往事吗？还是依然像从前一样铁石心肠？

肖俊杰的房间空着。房间保持着十年前的样子，非常干净，显然有人每天都在打扫。我和肖俊杰的合影还放在梳妆台上……

自从和须南国发生过关系后，我断绝了对男人的想念，决定一心一意和肖俊杰过日子。我希望做一个好妻子，好媳妇，好母亲。我知道包括我的婆婆在内，肖家对我的妇德是存疑的。但我嫁到肖家一年，还是基本做到了孝敬公婆，与丈夫也算是和睦亲爱。我婆婆对我也相当满意。我大概比她预想的要好很多。

我想要一个孩子。婚后一年，我的肚子再没动静。婆婆周兰有一天还问起这事。我自己也很疑惑，很着急，怎么就没有再怀上呢？我身体出了什么问题吗？我偷偷地去医院检查了一次。医生说什么病也没有。

肖俊杰的激情已开始转移到那支驳壳枪的仿造上。他绘制了驳壳枪每个零件的图样，下班后待在803厂的精工车间里，根据图纸，制作模具，打磨零件。那段日子，他有点冷落我。

我对肖俊杰仿制手枪一事非常忧虑。这是违法的。这些年来，我经常听到那些旧社会的官商私藏枪支，被查出来毙命的事。有些案子还是肖长春亲自破的。不过，我想，肖俊杰是肖长春的儿子，即使查出来，应该不至于坐牢，更不可能毙命。

既然医生说我没问题，我怀疑问题在肖俊杰那儿。一天晚上，我主动撩拨肖俊杰。肖俊杰因为仿制手枪显得有些疲劳，但他是个经不住诱惑的人，他一下子兴奋起来，像孩子一样，捧着我的乳房，胡言乱语起来。他说的不是情话，而是造枪的事。他告诉我，他已克服了难点，他一定可以仿制出一把手枪。

我生气了，说你一天到晚枪枪枪，这个时候还提枪，你和你的枪睡觉去吧。我狠狠踢了他一脚，把他踢下了床。他很狼狈，恼羞成怒，骂道，你他妈什么意思？我说，你他妈什么意思？他突然从包里拿出一把枪，对准我，他说，老子他妈的毙了你。我不相信他真会扣动扳机。我正全身赤裸着，挺胸让他毙。我说，你他妈有胆就开枪。他于是上了膛，用枪口抵住了我的脑袋。那一刻，我害怕起来，我担心肖俊杰这个亡命之徒真的会给我一枪。我还没活够呢。我尽量控制着自己的颤抖。然后，我听到他真的扣动了扳机。推进器的撞击反弹到我的额头。我想，我完了。但我活着，肖俊杰只是开了个玩笑，枪里没有子弹。

他把枪收起来，脸上挂着孩子气的微笑。我从刚才的窒息中大口喘气，我抽泣起来，眼泪滂沱。这把肖俊杰吓坏了。他把枪放到一边，搂住我，开始亲我。他知道我喜欢他亲我乳房。他就使劲地吸吮。愉悦一下子在胸部扩散，流遍全身。我慢慢放松下来。

总是这样，每次吵架后，我和肖俊杰的性爱会更激烈，也更甘美。我紧紧搂着肖俊杰，内心竟涌出一种类似疼爱一个孩子的母性情怀。

事后，我对肖俊杰说出了我的想法，我希望他去医院里查查是不是有什么问题。"我去查过了，没问题。"我说。他听到我的话，当即发火。他断然拒绝，他说：

"我没毛病。"

"不是说你有毛病……可我为什么这么久没怀孕呢？"

"你又不是没怀过。"

"你去查一查又没事的。"

"你别再提这事，你要再提我真的毙了你。"

34

　　杜天宝到董培根的办公室，不敢坐，立正着。这是牢里的规矩，在"政府"面前，不能坐，也不能看"政府"，立得还要直。董培根皱着眉，看了天宝一眼，说：

　　"把人耳朵咬下来的事我听说过，没想到是你干的。你为什么要咬人耳朵？"

　　天宝摇摇头。他确实不明白自己为什么咬肖俊杰耳朵。是因为当时有一只苍蝇停在肖俊杰的耳边吗？如果他当时没咬肖俊杰的耳朵，会咬什么呢？也许会把肖俊杰的鼻子咬下来。

　　董培根叹了口气，说：

　　"我知道你是个好心人，既然进来了就好好改造，别跟着他们学坏了。怎么样，里面还适应吗？"

　　天宝高叫道：

　　"报告政府，都挺好的。"

　　"真的假的？"

　　"报告政府，是真的。"

　　天宝看到那小姑娘的照片挂在董培根办公室左侧的墙上

（赵三手把照片偷偷放回来了）。他盯着那小姑娘看，小姑娘笑得很灿烂，好像她并没有离开人世。看到她的笑容，天宝模仿她，露牙微笑。他想起当时董培根悲伤的样子，觉得现在的董培根和当时很不一样，像换了一个人。当时他还写了家里地址让天宝有空去玩。天宝后来忘了这事，没去看他，没想到在这儿碰面。陈庆茹阿姨曾对天宝说，积点儿德好，人和人早晚要碰到，这里碰不到，阴间也会碰到。

董培根的脸一直很严肃，天宝不知道董培根把他叫来干什么。

"你原来在 803 厂哪个车间？"

"报告政府，在食堂打饭。"

董培根想了想说：

"正好，食堂少一个人，从今天起，你给犯人们烧牢饭吧。"

听了这话，杜天宝的肚子痉挛起来。在牢里最大的问题就是吃不饱。大家最嫉妒的人是负责烧饭的犯人。肚子饿的时候，赵三手会想象自己是烧饭的人，他问天宝，如果我在给你们做牢饭，你想想，我会把什么吃掉。天宝说，肉。他说，美的你，外面的人都吃不到肉，牢里哪里来的肉？天宝说，馒头。赵三手说，老子要把馒头全都吃完，让你们这群罪犯饿肚子。天宝想，我去食堂做饭，可以把他们的馒头都偷偷吃掉吗？他的脑子里出现无数个馒头，他拿来细嚼慢咽，赵三手在一旁流口水。

到了食堂，杜天宝才知道，那只是幻想，"政府"把他们盯得很紧，但吃是吃得饱了。有一天，董培根问天宝，在食堂好吗？天宝答，报告政府，吃饱了。董培根递给天宝三只肉包子，你拿去吃了，我早上买来的。天宝舍不得，只吃了一只，另两只傍晚带回了监舍里。可转眼间，包子就不见啦。后来，他看到赵三手既满足又嫉妒地在吃包子。

每次，杜天宝去食堂，他们羡慕地看着他。他们的口水都要流出来了。他们还拍天宝的马屁，让天宝分餐时给他们加点料。

赵三手比杜天宝进来得早，见多识广，他对天宝说，外面还在轰轰烈烈搞文化大革命，革命群众经常要批斗反革命，但社会上反革命自杀的自杀，坐牢的坐牢，所以地方革命委员会会请求狱方配合，拉号子里的人去充数。他们都盼着这样的"好事"，因为出去能见到"社会"，见到活生生的人群和"生活"，见到"广阔天地"，呼吸一下自由的空气。出去了狱方还会给他们吃得饱饱的。赵三手说，天宝，出去要像走资派那样站在台上一动不动批斗一天，可老子还是喜欢被拉出去批，老子在里面闷死了，整天见到的都是光棍，一个娘们都见不到，我都想不起娘们是什么样子了。他娘的，他们总不让老子轮上这种好事。

终于有了一次机会，犯人们又要出去冒充走资派接受革命群众的批斗。犯人们争着报名。那些在牢里表现好的老实的都安排出去了。赵三手又没有轮到，在一旁骂牢头董政府祖宗十八代。天宝也想出去，他惦记罗思甜和罗忆苦，还惦记西门街和火葬场，但他没轮到，因为他要给留在牢里的犯人烧牢饭。

那天，董培根和狱警带领犯人出去时，犯人们个个喜庆，好像他们不是去批斗，而是要被毛主席接见。

到了傍晚他们才回来。犯人神色严峻，一副垂头丧气的模样，像刚死了爹娘。犯人进了监舍就被审问，搜身。董培根脸色焦虑，坐立不安。天宝想一定出了什么大事。

后来，赵三手说，天宝，你知道吗？董头的驳壳枪被偷啦。他平时不佩枪的，这次带犯人们出去，特意佩了驳壳枪，显得威风，结果被偷走啦。天宝，你知道吗？没管好武器可是大罪啊，你的恩人董培根董政府这下麻烦大啦。天宝问，他有什么麻烦呢？赵三手说，可能同我们一样，会成为犯人。

杜天宝替董政府担心了。董政府要是成为犯人怎么办？天宝想象了一下董政府成为犯人的模样："他能在牢里找到乐子吗？他要是和我关在一起，我还可以照顾他，还可以教他玩小偷的游戏，要是他和别人关在一起，那我就没有办法了。"

赵三手突然被带走。赵三手虽然是小偷，可那天他没去呀，这事应同他没关系。不过同牢房的一个人说，傻瓜，你不懂，小偷和小偷都熟，他们是向他打听情报。太阳从西边下去的时候，赵三手回来了。大家围着他，他一脸不屑，居高临下地看着他们，好像他被带走了一回，就成了"政府"。好久，赵三手才把杜天宝叫到一边，说，我今晚打算带你去外面，明天一早回来。天宝问干吗去？赵三手说，哪来那么多废话。

果然，天暗下来后，杜天宝和赵三手被带到董政府那儿。董政府看了天宝一眼，拍拍他的肩，说：

"你们俩明天一早一定要回到这里，这是纪律，否则你们会以越狱论处，那可不是两年三年，而是无期徒刑，也可能会判死刑，懂吗？要是你们办成了事，按相关规定，可以给你们减刑。"

"报告政府，我们不会逃。"杜天宝响亮地回答。

杜天宝跟着赵三手出了监狱。他不明白要去干什么。赵三手出了监狱大门，就高兴起来，一路都在胡言乱语。天宝，你闻闻这空气，就是不一样。天宝，你看看，天地这么大，可我们待在这么小一个笼子里，猪狗不如。天宝，你知道我们去干什么吗？我们得想办法把董政委的枪弄回来。妈的，我可不知道哪里去找，根本找不到。可是这样的好事，傻瓜才会放过。妈的，外面多好。天宝，你得感谢我，是我要求带你出来办事的。董政府说，杜天宝不是小偷，带他出去干吗？我说，天宝虽然不会偷，可他是个傻瓜，傻瓜在一旁，大家都会注意他，容易下手。他哪里知道，你可是个神偷。天宝，老子待你是真的好，把你带出来，你瞧那边走来一个姑娘，我真想过去亲她一把。你很久没见女人了吧，所以你得感谢我。

夜已经很黑了，杜天宝搞不清时光，可能九点，可能十二点。街头很黑，路灯有的挂在电线杆上，有的装在墙上，相隔很远，街景不太看得清楚。天宝从前骑三轮车在永城大街小巷串，认得出每条路。一会儿，他们来到永城的一幢老宅。赵三手对天宝说，好不容易出来，我去见见我相好。天宝急了，我们不找枪了？赵三手说，你别急，在门口等着。

赵三手进去好半天也不见出来。天宝慢慢地觉得无聊了。他想起罗思甜和罗忆苦，想去看看她们。

天宝往西门街走。他怕碰到熟人。董政府告诉过他们，不能让熟人看见，否则会检举他们，会坏事。天宝只好鬼鬼祟祟来到罗家巷，站在窗口下，倾听罗忆苦和罗思甜的动静。里面没有动静。他想了个办法，朝窗里掷了一块小石头。只听得里面哐当一声，好像砸在铅皮面盆上，也可能是痰盂罐。一会儿，杨美丽伸出头，骂起娘来。

杜天宝拔腿就跑，跑着跑着发现自己来到布衣巷，到了肖俊杰家门口。天宝看到肖家有一个窗口开着，透出灯光，里面有两个人在打架。天宝定睛一看，是肖俊杰和罗忆苦在打架。由于天热，肖俊杰穿着短裤，光着上身，他的左耳朵已经不见，头发很长。罗忆苦也穿着短裤，上身什么也没穿。他们俩相互揪着头发。天宝有点疑惑，罗忆苦怎么会在肖俊杰家？肖俊杰不是不要她了吗？天宝看到肖家的台门上贴着一个大大的红双喜，窗玻璃上也贴着一个红双喜，想，看来罗忆苦还是嫁给了肖俊杰。天宝舒心地松了一口气，好像他因此坐牢也值了。

这时候，肖俊杰不知从哪儿摸出一支手枪，对准罗忆苦。这支枪，天宝熟悉，是肖俊杰爹的，肖俊杰经常私自带在身边玩。有一回，肖俊杰还给天宝看过。天宝问，有没有子弹？肖俊杰说，当然有。罗忆苦说，别听他吹牛，没子弹的。

罗忆苦看上去很伤心，瘫在地板上哭泣。看到罗忆苦被欺负，天宝很想冲进去揍肖俊杰。但他记得董政府的话，不能让熟人看到他在外面。再说肖俊杰的爹是公安局政委，天宝还是怕他的。正想到肖俊杰的爹，肖长春就从街对面走了过来。天宝赶紧溜，躲到街角。肖长春打开了台门进屋。肖俊杰和罗忆苦不再吵架，灯也关了。

杜天宝一直在观察他们的动静。四周很黑。永城人习惯于早睡，各家各户都关了灯。有一些民兵组成的巡逻队在街头巡逻，他们一边巡逻一边唱着战歌，他们的战歌在寂静的夜晚听起来倒有些抒情。

杜天宝一直很有耐心地躲在肖家门口。不知过了多久，天慢慢亮了。街头开始有了行人。有人去上班了。杜天宝一直盯着肖俊杰房间的窗子。那窗子终于开了，是罗忆苦开的。罗忆苦伸了一个懒腰，背心内衣里的胸胀胀的，天宝都不敢看。肖俊杰来到罗忆苦身边，抱住了她，亲了亲她。

肖俊杰和罗忆苦从出台门里走了出来。肖俊杰骑着自行车，罗忆苦坐在后座紧紧搂着他，脸贴在他的背上。天宝很奇怪，难道是我看错了吗？昨晚他们还打架呢，眨眼就这么亲热。天宝低着头向自行车靠近。自行车从天宝旁边飞驰而过。天宝差点被撞到。他听到罗忆苦的声音：

"刚才是谁？好像是天宝。天宝，是你吗？你从牢里放出来了吗？"

杜天宝握着驳壳枪，一溜烟消失了。

35

步入老年，睡眠变得断断续续。不可能像年轻的时候，一觉睡到天明。清晨你从纷乱的梦境中醒过来，脑子里还残留着梦的片段。大礼堂。报告厅。礼堂中央悬挂着一个上吊的裸体女人。人群寂静喧哗。你已不能完全回忆起梦境里究竟发生了什么。

你眼睁睁待在床上。天还暗，黎明还未真正到来。你听到潮汐的声音。从东边的窗口虽然看得见邮政大楼，但你家离永江还是有距离的。此刻，你觉得潮汐正涌向你，覆盖了你的身体，你仿佛嗅到潮水散发着白天吸入的阳光气息，亮晶晶的，犹如刚才梦中见到的上吊女人的身体。你听到河边的柳树在轻轻拂动，夜船在江面航行，马达和汽笛声幽暗。声音听起来那么逼真，好像这声音就在这屋子里。永江很久以前离这屋子很近，也许房子里一直存留着永江的鱼腥味，就像海螺永远散发着海洋的气息。

你又听到走道上的动静。这些天，走道上的动静没有消停过。

你起床。身上的棉质睡衣由于身体的压迫而有深深的皱褶，透着某种疲惫的气息。你推开门，看到一个白色的影子一闪而过。消失在儿子房间的门口，好像那影子变成一缕烟，从木质房门渗了进去。

周兰正熟睡着。她的房间无声无息。楼下楼道间，传来保姆响亮的鼾声。即使在睡梦中，保姆的动静也带着纺织车间的气息。职业是多么可怕，会影响你整个身心。

你站在儿子房间门前，屏息凝神，仿佛在倾听里面的动静。少顷，你把钥匙伸进司毕灵锁，推开房门。你动作轻缓，仿佛怕吵醒里面熟睡的人。

当然里面没有任何人在睡觉。这房间已空了十多年了。

房间朝南，面对着布衣巷。房间里的一切保持着原样。保姆隔一天会进房间打扫一次。有时候，保姆会自说自话按自己的方式摆放房间里的陈设，你耐心地一样一样恢复原样。

肖俊杰和罗忆苦结婚时的"囍"字还贴在墙上，只是有小半边早几年脱落，是重新粘上去的，残缺了右下部的"口"字。当然，红色的"囍"字在岁月中已褪成霉迹斑斑的浅绛色。当年结婚都很节俭，房间里那只大衣柜算是奢侈品了，婚床是木制的，材质倒相当不错，是乌木。靠窗是一张写字台。墙角则摆放着一张梳妆台。所有的家具都漆成棕红色，上面还描有图画。你记得当年那个油漆匠最擅长画毛主席，曾问你要不要在家具上画主席像。你说，你画点花鸟就好了。那油漆匠于是画了一对鸳鸯，还画了玫瑰。画得还真不错，时光越久，越显出光彩来。

以前那降落伞是放在梳妆台下的，周兰总是惦记降落伞，老是要闯进来，你索性把降落伞取出来，放到周兰的房间里。周兰这才安心。

有时候，你在儿子的房间里一坐就是半天，脑子一片空白，好像时光停止了一样。你也曾试图找回儿子，儿子总也不出现。

你打开抽屉。抽屉里有一只精致的金属盒子，是肖俊杰在803厂精工车间时自己做的，每一颗螺丝、螺栓、凸凹槽都扣得严丝合缝，肖俊杰还在盒子上雕刻了一幅领袖肖像。肖俊杰的手真是巧。

你打开盒子，里面放着一把用黑布包着的驳壳枪。你取出来，握在手中掂量。枪沉甸甸的。你的头脑中出现隆隆巨响，好像一场战争正在你的脑中打响。

有一股暖流划过你的脸颊。你的视线变得模糊。你擦了擦眼睛，又一次看到那道白光从窗口一闪而过。

36

　　我冰冷的身体依旧藏在警局的冷库里。我的灵魂再也回不到身体里，就像活着的人回不到他们的过去。人要是能回到从前，所有的悲剧都可以避免吗？

　　那天我下班回家，看到肖俊杰坐在床边，失魂落魄，房间的衣柜和写字台的抽屉打开着，杂物堆得满地都是。显然肖俊杰刚才翻箱倒柜了一番。

　　我的心提了起来。肖俊杰有时候是很敏感的，难道他听说我和须南国的事了？他这是在寻找我背叛他的证物吗？我虽心虚，但还是装作很生气。我问你又怎么了？怎么弄成这样？他双目失神，并不回答我，仿佛没听到我的问话。

　　后来我才知道肖俊杰碰到了大问题，他把手枪丢了。这事很严重。丢枪这事将会影响他父亲的政治生命。如果组织上知道公安局政委的枪丢了，就会处分他，也许还会被打倒。我知道这事要是公公知道一定会揍死他。

　　肖俊杰的精神处于一种既无助又迷狂的状态。丢枪这事把他吓坏了。他目光贪婪地看着我，一次次问我，想得到他要的答案。

"我昨晚真的拿枪对着你吗？你没记错。"

昨天我们吵架时，他确实用枪吓唬我，把我吓哭了。我点点头。

"你一定记错了，我昨晚已把枪丢了。"

我迷惑不解。肖俊杰真的吓晕了，吓得神志不清了。他怎么可以这么健忘？丢枪把他的魂也丢了吗？

肖俊杰如此焦虑，我觉得他很可怜，我把他搂在怀里，试图安慰他。

他伏在我怀里，对我说，他前几天去过须南国家了，当时他用枪抵着须南国的脑袋，要他老实点，离我远一点。他说，他怀疑把枪落在须南国家了，是须南国把枪偷藏起来了。

我愣住了。我不敢问肖俊杰为何要拿枪抵着须南国。毕竟我做贼心虚。这世上没不透风的墙。

他还在天真地问我，你说有没有可能我在须南国那儿把枪丢了？我说，昨晚上你真的拿枪对着我，枪不可能丢在须南国那儿。

他喃喃地说，他仿制的枪快完成了。这个可以充数的。说话的时候，他的手里拿着几颗子弹，他说，如果他不交还我，我会毙了他。

肖俊杰是个钻牛角尖的人。他们家的血液里多多少少有这种令人不安的疯狂劲头。他的父亲肖长春何尝不是这样的人呢？肖俊杰被自己的想象裹挟了，他偏执地认定那天他一定把枪落在了须南国家里。这种想象导致他的失控。

三天后，震惊永城的血案发生了。

他没把须南国杀死，却误杀了胡可。我相信肖俊杰最初并不想杀须南国，他只想把枪找回来。也许肖俊杰为了要回手枪，和须南国有过激烈争执，须南国当时一定没意识到危险，或许还嘲笑了肖俊杰一通，肖俊杰因此恼羞成怒，一时失控才掏出他仿制的手枪。就在肖俊杰扣动扳机时，胡可挺身而出，结果子弹击中了胡可的脑袋，出了命案。当然这只是我的猜测，后来我也没问过须南国当天究竟发生了什么。须南国一直不愿谈这事，警察询问他，他都一言不发。

我相信当年的血案纯粹是偶然，绝不会是肖俊杰蓄谋已久。肖俊杰没有这样的深谋远虑。

和须南国一样，肖俊杰被抓起来后沉默不语，对自己杀人动机讳莫如深。他没有说出他的嫉妒，也没交代他丢枪一事，因此无人知道他何以杀人。人们只知道肖长春的儿子把一个跳高健将、一个为国家争得荣誉的亚洲冠军的老婆给杀死了。须南国可是永城人民的骄傲啊。民愤像永江的潮水滚滚而来，都落在肖长春那里。杀人偿命。肖俊杰的生死落在了肖长春的手上。整个永城都看着肖长春如何处置他的儿子。

当时，我还没有意识到肖俊杰会死，我觉得肖长春不至于把儿子杀死。肖俊杰要坐牢是一定的。也许得坐一辈子牢。

夜深人静的时候，我有一种深深的负罪感。我安慰自己，肖俊杰杀死须南国与我无关。但我知道一定是有关的，我难咎罪责。我因此相当悔恨和自责。

永城的舆论开始对肖俊杰不利。在人们茶余饭后的闲谈中，肖俊杰成了一个十恶不赦的公子哥，沾染上很多资产阶级毛病，而须南国老婆胡可十分可怜，出身平民，家中有个生病的老母需要照顾。我不禁对肖俊杰的命运暗自担心。

没人同我交流。那段日子，肖家出奇地安静。我观察我的公公肖长春，他一下子苍老了，目光里有一种深远的忧虑。我知道他讨厌我，事发后他没和我说一句话。我的婆婆周兰，脸色苍白。半夜时分，我听到周兰的哭泣声从隔壁房间传来，幽幽的，像永江的水在黑夜中流淌。在肖家，我几乎被排斥在外，对肖俊杰的命运一无所知。

我试图去看望肖俊杰，但没人理我，我见不到他。

直到有一天，我接到通知，肖俊杰要见我一面，让我马上去看守所。

我永远记得那天肖俊杰脸上的微笑。那天，他们带着我来到一间封闭的房间，叫我在指定的位置坐下。一会儿，肖俊杰被人押着走了进来。他见到我，脸上浮出一丝带着嘲讽的笑意。他的长发被剪掉，那只被杜天宝咬掉的耳朵像一只被摘除了伞的蘑菇，只留下丑陋的根部。他看上去非常消瘦，目光平静。他平静的目光里有一种拒人千里的决绝，让我备感陌生。这更令我心痛。

他在我对面坐下。他们退了出去。我不知说什么。他的双手铐着一副旧镣铐，搁在桌上。我伸手握住他，他的手冰凉。一会儿，传来肖俊杰平静的声音：

"我时间不多了，后天我会接受公审，然后被毙掉。"

我吃了一惊，说：

"你别胡思乱想了，怎么会。"

他的脸颊抖动了一下，说：

"是我爸亲自批的。他在我的卷宗上批了个'杀'。"

到那时我还不相信这是真的。我以为肖俊杰在开玩笑，过去肖俊杰经常开这种玩笑的。我说：

"都什么时候了，还乱说。"

"我没开玩笑。他的部下想保我的命，甚至替我找了很多不死的借口，可我爸还是批了个'杀'。你知道他们这些革命者，都喜欢在私事上高风亮节，表现他们的阶级风骨。"

"他只有你一个儿子，他怎么会？他一定会保你的。"与其说我在劝肖俊杰，不如说在为自己找借口。我无法接受这个结果。

肖俊杰瞥了我一眼，继续说：

"其实我喜欢被毙掉，这样干脆。坐一辈子牢还不如毙掉。这对你也好。我死了，你马上可嫁人。如果我在牢里关一辈子，你即使不和我离婚，你也非得给我戴一百顶绿帽子。"

听了这话，我忍不住号啕大哭，仿佛肖俊杰这话令我无比委屈。不是的，那一刻，我真的感到对不起肖俊杰，真的感到肖俊杰可怜。他其实是个被惯坏了的孩子，思想幼稚，行为鲁莽，但并无坏心眼。也许我和他的结合一开始就是错的。我们不应该走在一起，是我害了他。我欠着他。他今天的悲剧我是永远也脱不了干系的。

我记得那天我一直在哭，肖俊杰却非常冷漠，无动于衷地坐在我面前，像是在审判我。

会见的时间到了。他们把肖俊杰带出了小屋。我不让肖俊杰走，使劲拉住他。他们就把我拖走了。

我那天回家时，肖长春和周兰正在吵架。周兰显然已经知道儿子的命运。我听到肖长春骂周兰，事到如今，还有个屁用。俊杰这样都是你惯的，他迟早会有这一天。周兰跪在肖长春面前哭泣。周兰说，都是我不好，你救救他，不要让他死。他在牢里会改造好的。我们可只有一个儿子啊。

我禁不住又哭出声来。肖长春见到我，瞪了我一眼。他的眼中有刀子。我扑通跪在肖长春面前，我说：

"爸，俊杰是我害死的，你要杀就杀我，不要杀俊杰。"

肖长春脸色铁青，骂道：

"你说什么混账话？你们俩都给我起来！他出了人命，不杀他还能怎样？他要是好好的，不触犯国法，谁能奈何得了他？他这都是自找的。"

"他是你儿子啊，你怎么可以把他杀掉，你还有没有一点儿人性？"我不服。

肖长春眼睛通红，如雷般吼道：

"你给我闭嘴，你再说，老子毙了你。"

他的声音把我镇住了，家里一下子安静下来。这时，我看到我的婆婆周兰已擦干了眼泪，她一脸正气地回敬我：

"你也不要胡说，你怎么能理解一个革命者的情怀？"

我永远忘不了肖俊杰被毙的那个下午。他们通知我们，肖俊杰枪毙后即可认尸。那天，是我和婆婆周兰去刑场的。肖长春照常上班去了。我们根本不敢去现场看。他们安排我们在一间平房里面休息。

这是山谷间的一块平地，四周非常安静，远处的湖水泛着白光。我感到身心麻木。时光仿佛停止，气氛令人窒息。

大约过了一个小时，我听到几声响枪。这枪声像是击中了我的心脏，我顿时清醒过来。我看到周兰目光深邃而惊恐，好像她已坠入深渊之中。

又过了好一会儿，他们把我们叫到停尸间。停尸间放着五具尸体。尸体边围着死者的家属，他们的表情麻木而隐忍。没人哭泣，仿佛哭泣是件极端不正确的事。

有人让周兰去付用来枪决肖俊杰的子弹费。周兰的脸暗了一下，目光里有晶莹的东西涌出。她赶紧擦了一把，匆匆赶去办相关领尸手续。

肖俊杰的尸体用白布包裹着。我不敢打开白布去看他一眼。周兰也是如此。直到肖俊杰火化时，周兰才忍不住打开白布。肖俊杰没有脑袋。这情形令人惊骇。

那天我们回到家，肖长春没问我们一句话，好像今天什么事也没有发生。

37

杜天宝提前一年出了狱。他在牢里关过禁闭，被犯人打过，饿过肚子，后来在董政府的照应下，日子还算好过，两年一晃就过去了。

杜天宝出来后，803厂的工作丢了。他们说，坐过牢的人自动开除公职。董政府介绍天宝去了一家街道工厂，是做肥皂的，天宝去主要是把做好的肥皂用三轮车运送到仓库里。天宝喜欢干这活。装肥皂的盒子有三种颜色，原来他们把各种颜色混在一块堆放。天宝不喜欢乱，他把所有的盒子按颜色重新堆放，仓库一下子变得整洁，令他心情舒畅。

杜天宝听说罗忆苦的丈夫肖俊杰被枪毙了。他搞不清肖俊杰为何被毙。天宝有些可怜罗忆苦，她像她娘一样也成了寡妇。罗忆苦已没有快乐，眼睛里满是悲哀和挑剔。天宝叫她，她也不理，好像她已不认识天宝了。

罗思甜还没有出嫁。她没有断奶，像过去一样，见到婴儿就端出奶子喂，一脸满足。天宝听他们说，罗思甜脑子坏了，不太正常。

罗思甜看上去比从前要快乐。天宝出狱后，她来支使天宝，让天宝骑三轮车带她去看电影或哪家小吃店吃小吃。有很多男人请她看电影或吃小吃。她看电影或吃小吃时让天宝在外面等着。天宝看到她和那些男人打情骂俏，样子酷似她娘杨美丽。

罗思甜有时候会来天宝家，她斜倚在门框上，嗑着瓜子。她说，天宝，都是忆苦害了你，这丫头是个害人精，你以后千万别理她，不要再上她的当。天宝直愣愣看着罗思甜。罗思甜说，天宝，你为什么这样看着我？天宝说，罗忆苦为什么不生孩子？她告诉我她怀孕了的。罗思甜说，她是骗你的，她根本不会生。天宝说，生孩子很难吗？罗思甜说，也不难。

天宝从牢里出来后，觉得世界变得同原来不一样了，陌生了。他一个人在西门街晃荡，没人再同他玩，他感到很寂寞。

夏天快要过去了，正是一年中最炎热的时候，西门街法国梧桐树上知了们声嘶力竭地叫着，石板路被太阳照得像被火烧红了的铁板，能烫伤天宝的光脚板。杨美丽还在西门街卖她的麦芽糖。

夏天，大家都喜欢吃冰棍，不喜欢吃麦芽糖，杨美丽的生意不太好。天宝向杨美丽走去时，杨美丽正在打盹，有一只苍蝇在她的脸上飞来飞去。天宝本来不喜欢杨美丽的，但看到她现在这么孤单，就不怎么讨厌她了。天宝仔细看了看杨美丽，觉得罗忆苦和罗思甜真的很像她。

天宝在杨美丽身边坐了会儿，见她不醒，就回到了自己屋里，睡了一觉。天宝做了一个长长的梦。梦里，爹和陈庆茹阿姨来向天宝道贺。他们穿得很奇怪，爹穿了件戏服，戏服上都是祥云、海浪和太阳的图案，陈庆茹阿姨穿着大红的棉袄。天宝不明白他们为什么穿成这样，陈庆茹阿姨倒还可以理解，但爹这样就让人笑掉大牙。天宝知道爹从前喜欢看戏，难道他在阴间变成了一个戏子？这时候，天上下来一班吹鼓手，后面跟着一座八抬大轿，这队伍熙熙攘攘挤进了西门街，一个像杨美丽一样的女人，牵着一个胖姑娘的手，从八抬大轿里出来，一脸羞怯。杨美丽对天宝说，这是我的女儿罗忆苦，嫁给你啦……

他在睡梦中乐不可支。这时梦变了方向，董政府带着一帮警察，在敲牢房的门，让牢友们都起来，说有人私藏了违禁品。天宝吓醒啦，才知道刚才接连做了两个梦。

却又不是梦，真的有人在敲门，门外果然是董政府。

董政府问，今天厂休吧？天宝说，报告政府，是的。董政府说，你别再像牢里一样，你叫我老董就是了。天宝嘿嘿笑了。董政府说，天宝，今天来同你商量个事，你也老大不小了，应该娶媳妇了。天宝听了这话，吓了一跳，以为自己还在梦里，掐了自己一把，痛得叫了起来。不是在梦里。

"天宝，你怎么啦？"

"报告政府，没啥。"

"你愿意吗？"

"报告……愿……意。"

"好。"

这以后的事，天宝觉得自己走进了一个深长的梦境里。他被董政府领着去了鼓楼，进了一个台门，有很多看热闹的人。看到一下子挤进来那么多陌生人，天宝的脑子乱了，就好像脑子里有花朵在一簇一簇开放，令人晕眩。天宝见了那个姑娘，那个姑娘果然比较胖，但很端庄，像观音娘娘。她一直笑着，眼睛亮亮的。天宝觉得姑娘的眼睛像孩子的眼睛，充满了好奇。姑娘的娘看起来十分严厉，打扮得倒是干净利索，头发用头油搽得锃亮，衣服也比一般女人讲究，很有点儿大户人家女人的模样。董政府让天宝叫娘，天宝怯生生叫了，声音低得只有自己听见。天宝有点怕这个女人。这女人难得地露出了笑容，点点头说，好，很好，以后就是一家人了。

这事儿就这样说定了。过了几天，董政府对天宝说，你娘的意思是婚事早点办了吧。天宝点了点头。董政府说，你娘挑了个日子，中秋节你们成婚。天宝不好意思地笑了。

这事虽然定了下来，天宝仍旧觉得像做梦一样。因为没有人再提起这件事，好像这件事根本不存在。这几天，那姑娘的脸一直在眼前晃动，天宝喜欢上了这张脸。

这件事反而让天宝更加孤单了。有一天，天宝远远看到杨美丽在卖麦芽糖就走了过去。杨美丽问，天宝，听说那姑娘是傻的，是不是？天宝说，我不知道。杨美丽说，天宝，傻姑娘也挺好的，总比你一个人做光棍强啊。天宝点点头。杨美丽问，天宝，你以后要搬过去住吗？天宝说，是的，我搬过去住。杨美丽给了天宝一块麦芽糖，那你以后多来西门街玩。天宝说，好的。

38

周兰出现在你面前，脸色苍白。她手中拿着一张纸片，浑身不住颤抖。

"罗忆苦死了？"周兰问。

你吃惊地看着周兰。此刻周兰的神情仿佛回到了多年以前，好像"神志"又回到了她身上。

她手上的纸片是你昨晚上胡乱涂写的。你习惯于把想法随手记在纸片上。你记得你把这纸片扔到废纸篓里了，怎么会在周兰的手上？难道周兰在废纸篓里找什么吗？

周兰的行为或多或少是偏离常规的。

你从周兰手中接过那纸片。上面潦草地写着几行字：

罗忆苦死于谁手？

劫色？仇家？还是因情生恨？

在纸片的右下角，你写了两个字：

熟人。

这两字外面你涂了几个圆圈，并注了三个惊叹号。

你不知道如何对周兰解释。这么多年来，周兰从未提起过罗忆苦，好像这个家庭从来没有过罗忆苦这个人。你知道二十多年来，时间对周兰已失去意义，她一直生活在自己的空间和时间里。这二十多年外面世界发生的一切对周兰来说是白纸一张。

你看到周兰流下眼泪。你猜想往事正从四面八方涌向她的脑袋。你不清楚这是好事还是坏事。

"她被人杀死了吗？"

你点点头。

"什么时候？"

"接你出来的那天。"

"为什么要杀她？"

你摇了摇头。

"她为什么不待在家里？我很久没看见她了。"

周兰若有所思，她的目光变得遥远了。她好像突然意识到了什么，匆匆上楼，来到肖俊杰的房间。室外的光线从南边的窗子射入，纱帐窗帘在迎风飞扬。

你跟着上了楼。周兰指了指床说：

"昨天晚上，我半夜起来，看见罗忆苦躺在床上。她穿着结婚那天穿的红衣服，她的头发像浸泡在水中，水草一样向上浮着。后来，我看到她变成一阵烟，从窗口飘走了。"

周兰说这话时，脸色潮红，语速极快。

周兰的身体如一根绷得越来越紧的弦，你担心她会断裂。你觉得自己太不当心了，不该让周兰找到那纸片。

"我想去看看杨美丽。"周兰看着你，目光明亮。

39

像娘一样，我终于成了一个年轻的寡妇。

肖俊杰死后的一段日子，肖家仿佛什么事也没有发生，至少公公和婆婆在我眼里表现得如此。婆婆周兰依旧高高兴兴地去上班。她在妇联工作，接待的都是一些家庭出问题的妇女，调解别人家夫妇之间的矛盾是她最大的爱好。

但是悲剧早已藏在某个角落里，它在等待时机，在人最软弱的时候乘虚而入。

其实没有那么多有问题的妇女需要妇联调解。那时候，家庭矛盾会上升到政治层面，一个妇女去妇联反映丈夫的问题等于在政治上宣判了丈夫的死刑，所以来反映问题的妇女越来越少，除非是那些家庭濒于破裂的女人。周兰的工作甚是轻松。也许就是这轻松惹了祸，让她整日胡思乱想。她从一个解决别人问题的人变成了一个自己有问题的人。

最先的征兆是睡眠不好。在肖家，他们几乎不和我说话。可有一天清晨，周兰来到我的房间，对我说，她已有三天三夜没合眼了，睡不着，昨天晚上，她独自在客厅里坐了一夜，她一点也不感到疲劳。说到这儿，她脸上露出神秘的微笑。她接着说：

"我看见俊杰了，他昨天晚上回来了，在客厅里和我聊了一夜。你知道他是怎么来的吗？他是从天上飞下来的，是乘着降落伞下来的。"

我那时候正睡眼蒙眬，听了这话，顿然清醒，毛骨悚然。我这才意识到周兰不对头，脑子似乎出了问题。

"他还像原来一样，是个捣蛋鬼。不过，我告诉你，他的耳朵长出来了，和原来一模一样。"

这时，肖长春过来，把周兰从我房间里拉了出去。我猜想肖长知道周兰精神状况堪忧。

有一天，食堂的付师傅从菜市场回来，告诉我，我的婆婆周兰正站在永江边的邮政大楼上准备往下跳，身上缠着一只降落伞，看上去像鸟儿的翅膀。我心头一紧，起身赶去。机械厂离邮政大楼不远，我是跑过去的。我老远看到了周兰，她在大楼顶层，在顶层边缘的挡水栏上来回走着。我能想象她脸上的表情，这会儿一定天真而迷乱。

我看到我的公公肖长春已在那儿了。他抬头看着周兰。他在吼叫，在骂娘，他让周兰下来，别丢人现眼。周兰停下来，朝他张望，并没理他。她在傻笑吗？

肖长春从邮政大楼西洋式的楼梯往上跑。一会儿，肖长春出现在露台上。他没有惊动周兰，他悄悄地、慢慢地向周兰靠近。周兰仿佛知道背后有人，回头笑了一下，然后纵身一跃，像一只鸟儿飞向永江。

　　我看到缠在周兰身上的降落伞竟然打开了。降落伞随风飘荡，在天空，看上去真的像一只远逝的鸟。那一刻，我的灵魂好像随她而去。我盼望周兰能安全着地。可这时刮来一阵来历不明的风，风把她身上的降落伞卷成一团。周兰迅速坠向永江。我看到降落伞浮在水面，像一朵洁白的莲花。肖长春在顶楼声嘶力竭地喊，快去救她，快。他转身向楼下跑。

　　那天，肖长春带着人打捞起了降落伞，伞的末端却不见了周兰。他派人潜到水下去找，没有周兰的踪影。我意识到我的婆婆周兰已离开了这个世界，她存活的可能性微乎其微。

　　肖长春却不放弃任何希望。一天后，希望周兰活着的愿望变成希望找到周兰的尸体。我们盼望尸体最终会从水中浮起来，可等了好几天，找遍了上流下流，不见周兰的影子，好像周兰真的像一只鸟一样飞走了。

　　我嫁到肖家的这些日子里，我和婆婆的关系一直很好。现在一个暖烘烘的活人，突然之间消失无踪，我怎么也不能接受，我的心头感到空荡荡的。我的婆婆周兰去哪里了呢？她去了另一个世界了吗？在那个世界她会找到儿子吗？我知道肖俊杰是所有一切的起因。儿子走了，把她的魂儿也带走了。这些日子，她虽然每天高高兴兴上班，她的魂儿其实早已先于她的肉体到了那个世界。

　　这世上有些事是奇怪的。有一天，我下班回家，一个女人坐在家门口。仔细一看，竟然是周兰。我以为见到了鬼，退后几步，不敢靠近。周兰在那儿傻笑。

　　她只会傻笑了，她完全疯了。

40

中秋节那大晚上，董政府把天宝领到了鼓楼的一个台门里。台门里张灯结彩。这次，天宝看清楚了，那台门挺考究的，台门外还有两只石狮子。台门里面有棵高大的香樟树。现在天宝知道了丈母娘的名字，叫蕊萌——这名字像电影里的资产阶级小姐。天宝进去时，她站在左边东厢房门口笑眯眯迎候他们。那儿是他们的住处，有两间房，在围墙边隔了一个厨房。天宝嘴巴甜，亲亲热热地叫了一声"娘"，蕊萌像是没听见，和董培根握手，好像董培根才是新郎。

周围照例是嘻嘻哈哈看热闹的人。他们把头探向东厢房，指指点点。有人爬到香樟树上往里看，好像里面正在发生惊天动地的大事。蕊萌是个讲规矩的人，婚礼是新式旧式混合。天宝参加过别人的婚礼，新社会了，都不戴红头盖了，可是他的新娘还戴着红头盖。天宝牵着新娘，在董培根的主持下，向毛主席他老人家像鞠躬，向丈母娘鞠躬，夫妻对拜。然后，丈母娘就推着天宝和新娘，让他们进了洞房，把门锁死了。洞房里红彤彤的，贴满了红双喜。天宝看到红双喜心里涌出幸福来，做梦似的。

新娘坐在床上，天宝不知怎么办？那红布头还盖在她头上，她也不取下来。天宝很想看看她的脸，又不好意思把红头盖揭掉，天宝只好同她说话。

"娘告诉我，你叫碧玉。我还不认识你，我们只见过一面，你很好看，你没和我说过一句话。我叫杜天宝，我今年二十二岁了。我爹已经死了，我一个人生活，所以我才来你家。你家很好，比我家好，我家小，台门也没你家大，娘也比我爹能干，我爹可是个糊涂虫，只要一喝上酒，就骂我。我坐过牢，你一定晓得了，不过我真的没干过坏事。娘说，你二十了……"

天宝说了老半天，碧玉坐在那儿一动不动，没说一句话，问她也不言语。天宝有些奇怪。窗外看热闹的人还在，他在说话的时候，他们哈哈笑个不停。天宝弄不清楚他们为什么笑，很紧张。

天宝想去问问娘，碧玉为什么不同他说话，是不是不喜欢他。但门关死了，他从里面敲了敲门。原来娘正把耳朵贴在房门上听，娘说，天宝，你干什么？天宝吓了一跳，说，我有话同你说。门开了，天宝走出房间。

"娘，我和碧玉说话，她不答应。娘，碧玉不会说话吗？她是不是一个哑巴？"

蕊萌皱了皱眉头，把天宝推进门去，说：

"天宝，你别同她说话了，早点睡，和她圆房吧。"

天宝知道圆房的意思。前几天罗思甜笑嘻嘻对他说，天宝，你马上要和别的女人圆房了，你会吗？天宝脸红了。西门街有几户人家养狗，天宝经常见到公狗母狗交媾。看狗儿交媾是西门街孩子们的乐子，只要看见了，就用石子棒子去打狗。交媾着的狗你再打它们，它们的生殖器还是交缠着。后来天宝在牢里学会了手淫，明白男人和女人是怎么回事了。罗思甜见天宝脸红，知道天宝懂圆房的意思，她逗天宝，天宝，你要是不明白，我可教你。天宝说，我懂。罗思甜来劲了，懂啥？天宝说，就是像狗儿那样。罗思甜听了笑得喘不过气来，站起来走了，走的时候把屁股扭得让天宝眼红。

碧玉没有反应，天宝也不说话了，呆呆地坐着。后来，窗外的人渐渐少了，外面安静了下来。这时，房间响起敲门声，接着传来一个声音：

"天宝，你还不上床？快和你媳妇睡吧。"

天宝应了一声。窗早已关了。窗子的玻璃上糊着报纸，缝隙间投射进来中秋明亮的月色，落在地板上，像一根一根明晃晃的银条。天宝摸到碧玉身边，摸到软软的一堆，发觉碧玉已和衣躺床上睡着了。那红头盖缠着她的脸，使她呼吸都有点困难。天宝不知该怎么办。他想钻进被窝里，可碧玉压着，钻不进去。他想移开碧玉，碧玉翻了个身，反而把天宝压住了。一股浓重的香喷喷的女性气息传到天宝鼻子里。天宝觉得这气味很像罗思甜和罗忆苦。天宝的脑子里出现"圆房"两个字，一时有些激动。

这时门外又响起娘的声音，天宝，睡了吗？天宝吓了一跳，说，碧玉睡着了。门打开了，丈母娘进来，在黑暗中，她揭去了碧玉的红盖头，又剥去碧玉的衣衫。碧玉好像昏了过去，毫无反应。一会儿，碧玉白白的身子呈现在天宝面前。天宝的血都涌到了头顶。娘用毛毯盖住碧玉，出了门。

天宝钻进被窝，一动也不敢动。想起身边躺着一个暖烘烘的身体，天宝有些异样，他很想伸出手去摸一下，又有点紧张，像是那身体会把他吃了。他感到欲念升腾，很想像牢里一样自己快活一会儿，可身边有人，加上娘可能在门外听着，不敢动。结果这样熬着，怎么也睡不着。

半夜，娘又进来了，似乎很生气，问道，天宝，没人教过你圆房吗？天宝说，我懂，可碧玉睡着了。娘说，你别管她，你爬到她身上去，早点把房圆了，明天还要上班呢。天宝点点头。娘不走，好像没见天宝动作她不甘心。天宝可怜巴巴地看着娘，小心地爬到碧玉身上。下面早有了反应。天宝掩饰着不让娘知道。他觉得自己太下流了。他的手碰到了碧玉的乳房，很想亲它们，又不敢。丈母娘隔着被子在天宝的背上按了一下，出了门。

碧玉是在一声尖叫后醒来的。那时候天宝意乱情迷，什么都迷糊了。他只觉得温暖和快乐。他似乎听到了窗子外孩子们在模仿碧玉的尖叫声。

第二天，天宝一早就醒了。他的精神状态特别好，碧玉还在酣睡中，他掀开被子，就着窗外射入的光线，仔细看碧玉的身子。昨晚太黑，他没好好看过。想起昨晚的感受，他想再来一次，又怕娘来，忍住了。他觉得新的一天开始了，他有了一个老婆，有了一个新家，心里油然生出充盈的快乐。他听到门外的响动声，知道娘已经起来了。他觉得自己应该去帮忙。

娘已把早点做好了。娘很能干，屋子里收拾得干干净净，根本不需要天宝做什么。天宝吃完早点，娘就让天宝上班去了。

天宝走在公园路，听到孩子们在学昨晚碧玉的叫声。他们一边学一边笑个不停。天宝觉得孩子们不学好，很想去教育一下他们，但不知道怎么的，自己倒笑了。

天宝后来和鼓楼街巷邻居闲聊，才弄清楚蕊萌和碧玉的情况。丈母娘蕊萌解放前是个舞女。解放后，被政府改造教育后，从了良。她没工作，靠解放前攒下的一些细软过活。但他们说碧玉是傻的。

"娘，碧玉是傻的吗？"

娘叹了口气，说：

"天宝，说来话长啊……天宝，碧玉是个苦命人，我是从雪地里把她捡回来的。那年，我在鼓楼边的雪地里看到一个小孩躺在那儿，没有哭，双手在动，我不知道是谁遗弃了这孩子，想自己没有小孩，觉得这是老天赐给我的，就捡了回来。等到养大，方才发觉这孩子不会说话只会笑，乖是乖，几乎没脑子……大宝，你一定要对碧玉好，娘总有一天要死的，不能照顾你们一辈子的。碧玉是可怜的人，你也是。"

说到这儿，娘脸上已挂满泪水。

天宝见不得人哭，他的心酸酸的，也想哭。他就哭了。哭够了，天宝问：

"娘，碧玉会生孩子吗？"

"当然会生的。"

天宝疑惑地看了看蕊萌，似乎有点不相信。

41

罗家的门关着。你轻轻敲了敲门，仿佛怕惊动什么。

杨美丽通过门缝往外瞧，见是你和周兰，就开了门。杨美丽对周兰的到来有些吃惊。她了解周兰的情况，看周兰的目光里闪过疑惑与探询的光亮。她努力露出笑意，不过瞬间整张脸被悲伤占据。

"亲家母来了，快进来，快进来。"

周兰突然有些胆怯，抬头看着你，好像她拿不定主意是不是该走进台门。保姆想搀扶周兰，周兰坚定地挣脱了保姆的手。

"周兰想来看看你。我也是。"你不知道说什么，毕竟关于罗忆苦的死，你和杨美丽没有交流过。"你都还好吧？"你说。

"都挺好的。"

杨美丽把你们带入客厅。周兰僵硬地坐在桌边，想表达什么，但只是努了努嘴。

"你好久没来了。"杨美丽说。

"这阵子忙。"你说。

你紧张。你不知道今天会发生什么。周兰是不可预测的。

也许不应该答应周兰到罗家来。可又有谁能阻拦周兰呢？阻拦的话可能会刺激她的疾病。

"我刚做了糕点，你们尝尝。"

杨美丽逃也似的走向厨房。

你看着她的背影，这些年，杨美丽的脸虽然一下子变得苍老，但她的身材保持得很好。有些女人就是这么奇怪，即使岁月施加给她们无尽的磨难和打击，她的身体却依旧保持着少见的韧性和圆润。

你想起年轻时曾把杨美丽抓到筑路大队劳动，那时候你认为自己完全是纯洁的，具有高尚的道德感，现在你承认，这其中的动机也是相当复杂的。那时候你看到杨美丽，不知怎么的身体就热热的，眼睛不由自主地朝她那儿看。当年你见那些男人围着杨美丽，你心里就恨恨的，备受折磨，你一生气就把她抓了起来。

她热好糕点，端到你们前面。杨美丽是做糕点的能手，一股香味跟着飘进鼻腔。周兰像在掩饰什么，埋头吃起来。她使劲往嘴里塞糕点。一会儿，两颊鼓囊起来，再也嚼不动了。

周兰无助地看着你，眼泪哗啦哗啦地流了下来。几乎同时，周兰在杨美丽面前跪了下来：

"对不起，是我们害死了罗忆苦。"

杨美丽有一瞬间的惊愕，然后去扶周兰。周兰跪着，端着碗。在和周兰的拉扯中，碗掉落在地，脆声碎裂，其中的一块割破了杨美丽的手，鲜血从指缝里渗了出来。杨美丽就是这时发出哀号的，仿佛她是因为受伤而哭泣。她的哭声干燥，从嗓门深处拉出来，却又卡在那儿，好像只有把她整个喉部抠出来，才能让哭声舒展。

你坐在那里一动不动。保姆想要劝慰她们，你拉住了她。让她们哭吧。哭一哭可以放松一些。

整个哭泣的过程杨美丽没说一句话，也没提起罗忆苦的名字。

周兰除了哭，不知道说什么。你怕周兰失控，过了约十分钟，你把周兰拉起来，叮嘱保姆，让保姆带周兰回家。

"我和忆苦妈有话说。"你对保姆说。

保姆点点头。

周兰和保姆离去后，杨美丽才止住哭泣。她在等着你说话。你像是下了很大的决心，开口道：

"小蒋让我问问你，什么时候处理罗忆苦尸体？"

"我没有这个女儿。"杨美丽面容决绝。

"忆苦也是个可怜的孩子，早点让她入土为安吧。"

杨美丽没吭声。好一会儿，一串泪珠又从眼眶中无声滑下。她说：

"我昨天梦到她了。她跪在我面前。她跪又有什么用？她这样丧尽天良，害死了罗思甜，老天也不会原谅她，她死后一定要下地狱。"

你叹了一口气。你了解杨美丽，虽然诅咒得这般恶毒，可哪个母亲会舍得自己的骨肉。

"这个死鬼，为什么要到我的梦里来，让我不安，你是死是活管我什么事？你要到梦里来也可以，你为什么要这样跪着，你这样跪着以为我就会原谅你？你为什么不放过我，到我梦里来让我担惊受怕，我也不知道我为什么还要牵挂这个死鬼？"

你眼眶泛红，你怕忍不住，转过身。你看到厅堂上的搁几上放着一尊观音像，像前一支香冒着一缕若隐若现的青烟。

"我不想再见到这个死鬼。你要是愿意，你去处理吧，名分上说起来她还是你家媳妇。"杨美丽说。

42

我听到娘在诅咒我。我理解她对我的失望。她说得对，此刻我的灵魂游荡在永城的上空，居无定所。那浩渺的远方是通向地狱的路吗？

还是继续我的故事吧。一九七三年，婆婆周兰在失踪一星期后回到了布衣巷的家，但完全疯了。我公公肖长春只好把婆婆送到了康宁医院。

现在家里只有肖长春和我，更安静了。我们俩一天说不上一句话。

我觉得我再在肖家待下去实在无趣，加上别的我不想说出来的原因，我回到了西门街罗家巷。

我事先没告诉娘。娘一下子变得苍老了。我和罗思甜的悲剧撕碎了她的心。她曾对我们的人生满怀期盼，但我们姐妹俩残忍地毁灭了她的希望。

我回到家，她几乎不同我说话。她对我恨之入骨，认为我毁掉了自己大好前程。

那是我生命中最低落的时光。肖俊杰的死让我万念俱灰。

我经常做梦，梦见自己深溺水底，奄奄一息。但我从未梦见过肖俊杰。肖俊杰在我生命中消失后，我失去了生活的根底，未来一片虚空。我多么盼望梦见肖俊杰，想知道他在另一个世界生活得好不好，我总是不能如愿。每次从噩梦中醒来，我都泪流满面。

我下班就回到罗家巷。吃完晚饭，罗思甜就出门了，我则回房间。罗思甜要很晚才回来。我知道，她在和各种各样的男人鬼混。娘揪着她的头发打过她几次，骂她会永远嫁不出去，成为一个老姑娘。但罗思甜不知悔改。

当然也有男人缠我。我成了一个寡妇，还有姿色，一个有姿色的寡妇门前必定是有是非的。在罗家巷窗口，总是有轻浮的男人试图送我东西，他们的目的无非是占有我。

我谁也不理。我对任何男人没有兴趣。这让所有的人大跌眼镜。他们一直以为罗家最淫荡的女人是我，到头来我成了一个可以立贞节牌坊的可歌可泣的寡妇。

我当然也寂寞，这倒不是出于对未来的忧心。我还年轻，也不是找不到男人，未来没有什么好担忧的。我的寂寞纯粹来自身体。

有一天晚上，我梦见了夏小恽，他赤裸着身体，爬到我的身上，吻遍我的身体。在梦里，他那巨大的性器插入了我，我竟然出现了久违的高潮。我在高潮中醒来，无比怅然。想起夏小恽囚禁在广东的牢房里，想起夏小恽的父亲死于肖长春的枪口，我感到命运的无常与残忍，我产生了很深的自我怀疑，为何与我有过亲密关系的男人从来没有好下场？

我决定南下广州去看夏小恽。

我请了年休假，在厂办打了一张出差证明，坐上了开往广州的火车。

那是冬天，永城已经很寒冷了，前几天下过一场中雪，大街小巷的屋顶上积着残雪，屋檐下挂着冰柱子。广州却很热，我下火车时，只觉一阵热浪扑来。我喜欢炎热，我喜欢让自己的身体裸露在空气里，而不喜欢被衣衫所包裹。在夏天，不管是做姑娘时还是嫁给了肖俊杰，在房间里，我都喜欢赤裸身体。我脱掉了冬装。在冬天都可以穿单衫是多么好。

我并不知道夏小恽关在哪儿。我问过罗思甜，她语焉不详，说夏小恽关在东莞附近的一座监狱里。我换长途汽车到了东莞。我在车站打听到监狱的位置。他们告诉我在石龙镇和石碣镇交界的地方。

就这样，我在三年后见到了夏小恽。

一开始，夏小恽把我当成了罗思甜。不过他马上认出是我。我看到他脸上失望的表情。不过，看得出来，我来看他，他还是高兴的。

"罗思甜呢？她都好吗？她为什么不来看我？"

我不知道如何回答他。

"我的儿子好吗？他应该会喊爸爸了吧？"

我很吃惊。后来，我才知道这些年罗思甜一直在和夏小恽通信。在信里，罗思甜虚构了关于儿子的一切。罗思甜在每一封信里都在谈论着那个不存在的儿子。"孩子吃奶可有劲了……""孩子有牙齿了，儿子今天差点咬掉我的奶头……"，信里都是这些内容。

夏小恽几乎背得出罗思甜给他的每一封信,他一脸幸福地复述给我听。他从口袋里拿出一张照片,递给我。照片里,罗思甜正用自己的乳汁喂养不知哪家孩子。看着夏小恽满足的表情,我感到心酸。我强忍住泪水,不知如何回答他。

我告诉夏小恽,他父亲夏泽宗死了。夏小恽说,他知道,肖长春来看过他了。这之后,夏小恽绝口不提自己的父亲。

夏小恽告诉我,他很想看一眼自己的儿子。他曾试图越狱,从高墙上爬出去,结果被抓了。他指了指边上一个矮小的看守说,就是被他抓住的,抓起来后被打丢一颗牙齿(我早已发现了,他的门牙缺了一颗),腿也差点打断。

听到这儿,我再也忍不住,眼泪滂沱。

夏小恽警觉了,问:

"你为什么哭?是不是罗思甜出了什么事?"

"她一切都好。"

"那她为何不来看我?她有半年没给我写信了。"

"我不是来看你了吗?"

……

时间到了。我和夏小恽告别。我让他好好改造,把身上资产阶级毛病全改正过来。我走出监狱,浑身没有一点力气,靠在监狱的大门上,大口喘息。

我想起罗思甜生孩子的那个晚上,我拿着那只夏家的洗澡桶,走在永城的夜色中……

那个孩子还活着吗?他如今在哪儿?

43

有一天，娘告诉天宝：

"天宝，你媳妇停了红，肚子里有孩子啦，从今后，你不可以再同你媳妇睡在一起，你睡到阁楼上去。"

天宝不清楚停了红是什么意思，但肚子里有孩子他是懂的，只是他一时有点不敢相信。

"娘，你没骗我吧？"

"我骗你干吗。"

天宝就傻笑起来，这么说自己要当爹了？他觉得像做梦一样。

娘很能干，生活很讲究，她每个星期都要炖一只鸡给碧玉吃。碧玉吃得白白胖胖的。天宝看着碧玉吃鸡汤，馋得流口水。他很想尝一口，但看到娘没尝，不敢伸筷子。碧玉当仁不让，吃得津津有味。天宝不停地咽口水。娘看在眼里，给天宝舀了点汤，天宝贪婪地喝了一口。太好喝了，过去爹从来没做过这么好喝的汤。

天宝老是想着鸡汤。他下班回家，见娘不在，很想再尝口鸡汤，一番内心挣扎，他打开橱门，端起盛鸡汤的砂锅，喝了一口。已是十一月，天已微凉，汤已结成冻，天宝这一喝，冻破了。天宝怕娘发现，加了些水，希望水也能冻住。

天宝对自己很不满意，自打两个耳光。天宝结婚，娘要求他把每月的工资都交给她，天宝身上一分钱也没有，有时候见到街头香喷喷的大饼油条，也不能像过去那样解馋。天宝来到碧玉的房间，碧玉坐在椅子上，看着窗外，一动不动，见天宝进来，对天宝笑。现在碧玉即使穿着衣服，天宝也知道她身体的样子。她的身子很白，很软。天宝突然有了欲望，很想亲近她。他已经五个月没亲近她了。她的肚子很大了，就好像她的衣服里装着一只巨大的气球。天宝抚摸那只气球，又用耳朵听。碧玉咯咯咯地笑出声来。天宝听不出肚子里孩子的声音。这时，娘回来了，她声音尖利，喝道：

"天宝，你在干什么？"

天宝吓了一跳，以为自己犯了大错，赶紧放开碧玉。

"你这样会把肚子里的孩子弄伤的。"

天宝觉得很沮丧。碧玉怀孕后，家里就没有他的事了，什么都插不进手，连碧玉都不能碰一下。慢慢地，他觉得肚子里的孩子同他没关系。他就有点想念西门街，想念罗忆苦和罗思甜了。

天宝来到西门街，杨美丽在街头卖麦芽糖。罗思甜正在喂不知谁家的孩子。那孩子正牙牙学语，流着口水，在罗思甜怀里蹿，他的大腿又白又嫩。罗思甜看见天宝，招手让他过去。罗思甜笑着说，天宝，要当爹了？天宝不好意思地笑了。天宝看见罗思甜的奶子，浑身紧张起来，眼光不知往哪儿放。

罗思甜喂完奶，孩子安详了。天宝过去逗孩子。孩子灿烂地笑，天宝说，这孩子真可爱。罗思甜说，天宝，你抱抱看，你快要当爹了，你得学会抱孩子。天宝小心地从罗思甜怀里接过孩子，紧紧搂住，唯恐孩子从手中滑落。罗思甜说，天宝，你放松些，没事。孩子像是认识天宝，一直在对天宝笑。罗思甜说，你瞧，这孩子，和你很亲呢。天宝幸福地点点头。这时，孩子突然叫了声"爸爸"。天宝惊呆了。这是天宝第一次听到有人叫他"爸爸"。不知怎么的，天宝心里暖和得要命，眼泪都要流下来了。

这天，天宝回家，又想到鸡汤。他忍不住又想打开橱柜。看一眼解解馋也好啊。但娘今天把橱柜锁起来了。

那年秋天，西门街的两棵银杏满树黄色碎叶，在阳光下发出金子一样的光泽，简直把简陋的街都照亮了。就在这个季节，碧玉生下了一个女儿，取名叫银杏。名字是娘起的，大概是受那两棵银杏的启发。

碧玉生孩子那晚，娘把天宝叫醒，要天宝赶紧送碧玉去医院。当时天宝睡在阁楼，正做着一个奇怪的梦。梦里，他变成了戏文里的孙悟空，而娘成了一个老妖婆，想吃唐僧肉。他举起金箍棒，向娘砸去，娘变成了一股烟……这时，他听到娘在叫他，说，天宝，快，碧玉快生了。

后来，一个婴儿从手术室里抱了出来，躺在育婴床上，哇哇地哭。娘拿了一只面盆，对着婴儿砰砰砰地敲，婴儿停止了哭，眼睛露出一条缝，侧着看娘。娘长长地松了一口气，对天宝说，天宝，你瞧，她多聪明，我一敲，她就有反应，这说明她耳不聋，将来一定会说话。我当年从雪地上把碧玉捡回来，你再敲，她都没反应。天宝，这孩子比你俩都聪明。

天宝站在一边，连连点头，咧着嘴，傻呵呵地笑。他觉得女儿很难看，脸皱得像树皮。不过，他很想在树皮上啃一口。

碧玉满月后，娘和天宝谈了一次话。

娘说："天宝，你现在有了孩子，你是当爹的人了，你要有责任了。现在这家是娘在当家，但娘不能一辈子都当你们的家，娘总有死的一天，你和碧玉都不聪明，娘要为你们以后的日子盘算。我们得省吃俭用。天宝，你的饭量太大，每天要吃三大碗白花花的米饭，我们家又没什么收入，这样吃下去，我们会变成穷光蛋。天宝，从今起，你每天少吃一碗。"

天宝点点头。

碧玉坐完月子，天宝就想着从阁楼搬下来，到碧玉的房间里睡。但娘一直没有让他搬的意思，他有点急。想起碧玉的身体，他很想搂着她睡。有一天，天宝红着脸问娘，可不可以和碧玉睡一起。

娘说："天宝，你有了银杏，不能再要孩子了，再要孩子我们家养不起了。你们俩什么都不懂，要是再生出一个孩子，我们只能喝西北风去了。我们家只有你一份工资，你工资又少，现在日子已经紧巴巴的了。"

天宝很失望。

娘又说：

"天宝，你平时还是睡阁楼，娘让你每个月和碧玉睡一次，娘给你挑一个碧玉不会怀孕的日子，好不好？"

天宝的眼睛放出光芒来。

天宝终于等到了娘让他和碧玉睡觉。天宝太久没碰过女人了，躺在碧玉的怀里，他都想哭。碧玉虽然没脑子，这事她倒是愿意。那天晚上，天宝一气做了五回。第二天，碧玉走路像螃蟹一样，撇着腿。娘警觉地看了眼天宝，天宝感到很难为情，觉得自己很下流。

44

天气很热。

你一早起来坐在院子里喝茶。南方的天空在夏天变得比往日高远。院子里西墙的蔷薇经过一夜露水的滋润，显得格外饱满，刚才你还用水浇灌了一遍，墨绿色的叶子上滴着水珠。你有时候觉得自己像一棵植物，如果不用茶水浇灌会枯萎而死。

周兰突然清醒了。她记起了所有的往事。昨晚她和你谈起儿子。

"俊杰的手巧，小时候他把家里的闹钟拆了，再装回去，钟还能走。"周兰指了指搁几边的落地摆钟，"你记不记得，这钟他也拆过，你很生气，还打了他一顿。你下手重，把他的屁股都打烂了。"

你记不得这事了。你打儿子的次数太多。俊杰太闹腾，没让你省心过。

"他都会在天上飞。"

周兰看了看天，脸上露出梦幻般的笑容。你的心揪了一下。

早上，周兰起得比你早。保姆去菜市场，她一定要跟着去。她原本怕人多的地方，不爱出门。你不知道这是周兰病好的征兆，还是潜伏着新一轮的风暴。你难免忧心忡忡。

大约七点钟，周兰和保姆从菜市场买菜回来了。周兰脸色苍白，紧紧跟着保姆，好像害怕保姆会把她抛弃。保姆脸上有一层健康的红晕，跟着她进来的是一股热烈的气息，仿佛她把整个菜市场带到了院子里。

"周兰阿姨可能干了，她今天挑了豆腐和雷笋。"

保姆像是在哄小孩。周兰瞬间黑了脸，她说：

"我又不是幼儿园孩子。"

说完，疾步往屋里走。

保姆愣住了，有些惶惑，又有些委屈。你装着没看见。

保姆似乎对你有话讲。你疑惑地看了看她。保姆靠近过来，尽量压低她高亢的嗓门，仿佛在传递一个机密。

"周阿姨昨晚睡在那房间里。"

"什么？"

"你儿子的房间。我一早起来，她不在自己房里，吓了一跳，后来见她在儿子房里睡着了。"

你一点也不知道。也许这几天太累了，你昨晚睡得很死。

"我觉得周兰阿姨这里还没好。"保姆指了指自己的脑子。

你讨厌保姆的这个动作。你皱了下眉，问：

"刚才菜市场没出什么事吧？"

"倒没有。只是一直拉着我的手，掐我，把我手都掐紫了。"

保姆说完，给你看手上的淤青。

你瞥了那手一眼。保姆的手比脸上的皮肤嫩。你说：

"我知道了。我等会要出去办点事，得一整天，你照顾好周兰，一定要让她按时吃药。"

保姆点点头。

你向西门街方向走去。在望京路的一个巷口，你看见杜天宝飞速从西门桥奔跑而过。他穿着白色衬衣，衬衣没系扣子，向后飘了起来，就好像他的身上长出了一对白翅膀。

45

多年以后，我成为一个成熟的女人，历尽沧桑，我观察周围的朋友和熟人，他们每个人都有一肚子辛酸往事。所谓的故事，其实是难以捉摸的命运作用在人身上的一本糊涂账。

转眼到了一九七六年。

这一年，毛泽东去世。接着发生了许多事。在中国，政治涉及每个人的命运。政治是奇异人生的发动机。

夏泽宗以投诚义士身份被平反了，而肖长春因为杀死夏泽宗被审查（据说审查的原因远比这复杂，肖长春在任上作为安保人员曾负责接待过"文革"时风光一时的大人物，并得到他们的赞赏，被视为那条线上的一只蚂蚱）。历史总是开这种滑稽的玩笑。

肖长春就这样成了政治失意者，被关在永江闸门的泵房里隔离审查。在肖长春被关押的日子，永城县学街发生了一次空前的火灾。县学街住着永城的大人物，虽然那些房子总是更换主人，但总是这些人主宰着永城的命运。火灾发生在一九七九年春天的晚上，那些房子同时蹿起了火苗，火光顷刻映红了整个永城的上空。火势发出狂风似的声音，仿佛狮子的怒吼。这声音里还有爆炸声，那是木头在高温爆裂的声音。县学街的火灾使永城陷入恐怖之中。

大火烧了一天一夜才被扑灭。不幸的是因于永江泵房的肖长春被认为是纵火者。他们认为只有肖长春这样的人才能干出这么惊天动地的事。他们于是把他投进了监狱。

我不相信肖长春会干这种事，他不是那样的人，他想要报复也一定是明着来，不会暗地里使手段。事实上人们都在议论泵房的铁门没有任何撬门的痕迹，连锁都完好无损，怎么可能是肖长春？

布衣巷终于成了空屋。名义上，我还是这屋子的主人之一。我有钥匙。有一天晚上，我独坐在这屋子里，想起我生活其间的短短两年多时光，恍若隔世。其间发生的事想来依旧惊心动魄，令我唏嘘不已。一个好好的家庭就像婆婆周兰的神经，就这样绷裂了。在绷裂之前毫无预兆。谁能想到肖俊杰会干出那样的事？谁又能想到肖长春会有如此凄惨的下场？

我去康宁医院看望周兰。她依旧神志不清，对世事的变迁浑然不觉。

几家欢乐几家愁。一年以后，夏小恽从牢里放了出来。他是满怀希望回永城的吧？但等待他的结果是残忍的，他十多年来的希望注定要破灭。

我先是从罗思甜那里得知夏小恽回来的。有一天晚上，罗思甜回家时，泪眼婆娑。我以为她受了哪个男人的欺负。我想，在男人堆里混，吃点苦头是难免的，何况罗思甜那么笨，在男人那里除了伤害还能得到什么呢。我懒得理她。

她一直在哭，影响我的睡眠。我怒火从心底涌起，猛地从床上坐起，吼道：

"哭什么哭，你烦不烦人？这屋子里没有死人。"

罗思甜哭得更猛了。她一脸茫然和无辜。某些方面，她的性情和杜天宝有点像，我虽然对她一直没好脸色，但她从来不恨我。她说：

"罗忆苦，夏小恽回来了。他找过我，他现在知道儿子不在了，知道我的信都是谎言。"

我的心收缩了一下。原来夏小恽出来了。我能想象他知道真相后的绝望。他在牢里还可以有盼望，现在都落空了。对他来说也许还不如囚禁在牢里，就像我的婆婆周兰住在康宁医院，见不到烦人的世事。

我知道夏小恽一定会来找我。果然第二天下班时，他在机械厂门口等着我。我骑自行车出来，远远看到夏小恽神色消沉，眼眶深陷，目光迷乱。显然他没睡好觉。他见到我，脸上布满了杀机。他责问我，是你杀了我儿子？

我正从自行车下来，还没停稳，听他这么说，心一惊，自行车晃了晃，倒下了。我重重摔倒在地。他也不来扶我一把，冷漠地看着我。

我站起来，为了掩饰自己的心虚，低头扶起自行车。一会儿，我说，我没杀你儿子。

夏小恽没放过我，拖住我的自行车，说，罗思甜都告诉我了，是你和你娘把我儿子杀死的。你们把我儿子放在永江上。我儿子在哪里？告诉我！

夏小恽表情愤怒，仿佛恨不得掐死我。

我无法告诉他那孩子现在在哪里。但愿他还在人间。我辩驳道，我们又不知道你哪天出来，罗思甜还是个姑娘啊，她也要为自己将来着想啊……要是有了孩子，她还怎么嫁得出去啊？

夏小恽说，可是孩子已生下来了啊，你们怎么可以做这样的事？你们怎么可以这样杀死我儿子，天哪，我这辈子算是死在你们手里了。

说完，他泪流满面。看到他如此悲伤，我拉了拉他的手，试图安慰他，我说，你出来了就好，你还年轻，有的是时间，找一个好姑娘结婚吧，孩子迟早会有的。

他凄惨地笑了一下，几乎自言自语，是的，这事也怪不得你，要怪都怪我。罗思甜也不是个有心肝的女人，她还不如你，你还算有良心，至少来牢里看过我，她连看都没来看我一次。

他的眼睛红红的，孩子气地看着我。我的心被他弄得酸酸的。

那是我和夏小恽那年春天仅有的一次见面，不久，夏小恽就从永城消失了。关于夏小恽的消失，有各种传言。因为社会慢慢开放，经常有台湾和香港的同胞来大陆寻亲，有人说，夏小恽在香港的母亲找到了他，把他接走了。也有人说，夏小恽的母亲早已不在人世，是夏小恽香港同母异父的弟弟把他接走的。

对夏小恽的消失最失望最悲伤的是罗思甜和我娘。我娘不无遗憾地对罗思甜说，思甜你是个没有福气的姑娘，你瞧，如今夏小恽发达了，就抛下你远走高飞了。

46

女儿银杏转眼长到了五岁。银杏很漂亮，从图片里走出来
似的。用娘的话说长得如花似玉。杜天宝很满意有这样一个女
儿，唯一让天宝遗憾的是银杏叫蕊萌外婆，却不肯叫他爹。银
杏对天宝不亲。天宝很伤心。不过银杏平时不太喜欢说话，嘴
不甜，也不叫街坊邻居阿姨或叔叔，见到他们只会笑。他们以
为银杏是哑巴。天宝就原谅了银杏。

在家里，天宝像过去一样是个局外人。家里的事都是娘蕊
萌在操心。银杏一天到晚都黏在蕊萌身边，好像蕊萌不是她的
外婆而是她的娘。天宝因此不太想回家，回家他感到拘谨，觉
得自己的双手双脚被绳子绑了似的。娘变得越来越严肃，常常
一整天不和天宝说一句话，也不让银杏和他玩一会儿。天宝认
为银杏对他不亲是娘教的，他因此有点恨蕊萌。

休息天，他宁可待在火葬场也不喜欢回家。不过火葬场没
有以前好玩了。现在火葬场，他们雇人去哭丧。他们也花钱雇
天宝去哭，但这样一来，天宝不再觉得可怜，流不出泪水来。
他们骂了他一通，把他驱逐出送殡的行列。

蕊萌还像过去那样，控制着天宝的房事（一月一次），还控制着天宝的饭量。自从娘控制天宝的饭量，天宝总觉得肚子空空荡荡的，好像肚子成了一个无底洞，恨不得随便拿什么东西塞到里面，哪怕是粪坑里的一块石头。

由于肚子饿，天宝满脑子都是食物。天宝的鼻子变得相当灵敏，走在街头，就能闻到包子店、面条店、牛杂店传来的气味。闻到这种气味，天宝顿时没了力气。

永城的街头充满了各种各样的气味，只要竖起耳朵，闭上眼睛，气味像一条一条的蛇在街头蹿来蹿去，最后会从四面八方涌向天宝的鼻子。天宝对着永江，永江水面上就会刮来鱼腥味。天宝对着西门街，西门街就会飘来杨美丽的麦芽糖香气。天宝对着火葬场，火葬场就会传来烟尘气，那烟尘里夹杂一种咸鱼干一样的刺鼻的酸气。永城的气味很丰富，天宝每闻到一种气味，头脑中迅速浮现出一幅图画，好像气味和图像之间存在一一对应的关系。他一闻到地下道的臭气就看见地下水流的颜色，绿油油的，红彤彤的，很好看；他闻菜市场的霉气，眼前就会浮现他们讨价还价的面孔；他闻到街头行人的汗味就能看见他们身体的每个部位。对天宝来说，这是有趣的游戏，却不能用来抵抗饥饿。

这天清晨，在千万种气味中，天宝闻到了大饼油条的气味。他看到一个比银杏大不了几岁的男孩手拿着一副大饼油条从巷子里走过，当时四下无人，长长的巷子里只有天宝和小男孩。天宝想都没想就冲了过去，一把夺走小男孩手中的食物，逃窜至附近的一座石桥上。他实在太饿了，狼吞虎咽，把大饼油条装进肚中。当他咽下最后一口，耳边传来小男孩的哭声，这哭声像闪电一样击中了天宝，让他头皮发麻。他的心一沉，本能地向巷子深处走。小男孩早已不在了，奇怪的是哭声依旧在。这哭声在天宝听来比火葬场的哭声还来得惊心动魄。那一刻，天宝恨透了自己，他觉得自己太下作了，竟抢一个小孩的食品。他狠狠抽了自己几个耳光。

整整一天，这哭声一直在天宝的耳边缠绕。现在，这哭声已不再是闪电，而像电波，天宝走到哪，电波跟到哪。这让天宝非常烦躁。

肥皂厂另一位管仓库的师傅问天宝，是不是有心事？天宝摇头。那男人很瘦小，经常和天宝谈论肥皂厂的是非。他总是说，天宝，你发现没，厂长和女会计有一腿，他俩今天又是一起来上班的。或者，天宝，我们厂迟早会倒闭，不信你等着瞧。

这天，天宝实在憋不住和那人讲了抢孩子大饼油条的事。那人听得一脸不屑，口中啧啧称奇。后来，那人对天宝说："天宝，你为什么不能吃饱？你是家里唯一一挣钱的人，你丈母娘却不让你吃饱，她凭什么？你应该当家。"

天宝觉得那人讲得有理。对啊，我才是一家之主，家里三个女人都是靠我养活呢，娘却不让我吃饱，没天理啊。他越想越气。天宝原来压抑着的对蕊萌的仇恨到了顶点。

傍晚，天宝下班回家。家里没人，碧玉被娘关在楼上，正使劲叫喊着。娘不在，娘大概带着银杏串门去了。天宝知道碧玉叫喊的原因，她想男人了。她尝过男人的味道，就想要，得不到就会叫，叫起来像一只发情的野猫。但娘让碧玉一月只和天宝来一次。天宝听到碧玉叫，血直往脑门上冲。他满腔不平，毫不犹豫地拿出橱柜里的一碗肉，像大爷一样坐在堂屋的八仙桌上，埋头吃起来。这事他在厂里已想好了。在厂里，他满脑子都是橱柜里的那碗肉。肉是娘昨天烧的，娘烧肉时满屋飘香，晚饭却没摆到桌上。天宝瞥见肉放在橱柜里面。

一会儿，天宝就把这碗肉吞进肚中。碧玉还在叫。天宝感到力气在体内滋滋生长。他疾步上楼，用脚踹开碧玉的房门，冲进去，几乎是撕掉碧玉的衣服，进入了碧玉。碧玉大呼小叫，紧紧地搂着天宝。一会儿碧玉哭了起来，结束后碧玉又笑，好像占了天大的便宜。

发泄过后，天宝回到厅堂，看着放在八仙桌上那只空荡荡的碗，一下子茫然起来。

蕊萌带着银杏回家了。蕊萌见到天宝面前一只空碗，跑进厨房检查，如她所料，那碗肉不见了。蕊萌非常愤怒，骂天宝：

"你还像不像一个男人？这是给银杏吃的，你怎么能偷吃了？你怎么这么不要脸？"

蕊萌的骂声不高，但掷地有声。天宝吃惊地看着蕊萌。他和她生活了七年，可他还是感到陌生。这会儿，她穿着一件蓝布做的对襟长袄，裤子是竹筒式的粗布。裤子是娘自己做的，用一块原来做窗帘的布裁剪而成。她总把自己弄得很干净。从衣着上，看不出这个家里正缺钱用，无论碧玉、银杏还是她自己都穿得清清爽爽。

蕊萌越说越气愤，她见天宝在傻笑，端起桌上的碗，把碗里的肉汤泼到天宝的脸上。

　　天宝完全失控了，只觉得一股热血往脑门上蹿，他狠狠推了蕊萌一把，蕊萌一个趔趄，仰面躺倒在地。见蕊萌狼狈地跌倒在地，天宝激发的不是同情，而是由来已久的厌恶。他用脚踢蕊萌，踢蕊萌的头，踢蕊萌的身体。他看到蕊萌蜷缩成一团，用手护着头颅。这时候，他听到银杏的哭喊声："爹，不要打外婆，外婆会死的。"天宝一下子愣住了，这可是银杏第一次叫他爹。他都不敢相信。他的神志慢慢清醒，他看到女儿银杏抱着外婆在哭，蕊萌的嘴角流着血，多到可怕，把她的衣襟都染红了。

　　天宝的心头突然涌出深深的内疚。他试图把哭得死去活来的银杏抱开，银杏根本不听话，反而在他的手臂上狠狠咬了一口，目光里都是仇恨。天宝痛得打了个哆嗦。他顾不得痛，把蕊萌扶起来，蕊萌却给了他一耳光，骂道：

　　"算我看走了眼，养了一只白眼狼。你给我滚！有种你不要再踏进这个家。"

47

到局里，小蒋已派了车等着你。是那种运尸车，外表像一只巨大的黑色棺木。那天罗忆苦就是装进这车送到公安局冷库的。

"她母亲不来？"

你叹了口气："见到总归伤心，毕竟亲生闺女。"

小蒋严肃地点点头，和你一起上了车。

"你也去吗？你忙你的去吧，我自己可以解决的。"

"没事。"

车子向火葬场方向开。小蒋一直没有说话，阳光从东边射入车窗，车道两边树丛的影子投影在小蒋的脸上，沉思中的小蒋脸上暗影浮动，好像在极深的思虑中。也许他什么也没想，或者小蒋有话同你说，但他不说你也不想主动问及。

通向火葬场的路车辆不多，非常安静。是否预示着死者要去的世界也是如此寂静。

"我这辈子去得最多的地方就是火葬场、追悼会，干我们这行，见惯了死人。有一次缉毒，死了三个战友。"

你看了一眼小蒋。小蒋今天似乎有些伤感。

"从前这里都是农田，你瞧，现在造了这么多房子。人越来越多了，我都担心，人这么多，这样下去，以后会不会找块墓地都难。"小蒋说。

"会有办法的。以后改革，直接海葬，喂鱼。"

"这倒是个法子。"

年纪大了后，你自然会想到死亡。比起年轻时，你反而害怕起死亡来。死亡离得越近，你越害怕。你偶尔会想象自己被火葬的情形，你的身体产生灼痛感。你觉得抛入大海喂鱼也比火葬要好。

一会儿，车子到了火葬场。显然早有安排，没有排队，尸体直接送往焚化炉。火葬场的工作人员熟练地打开运尸车，把罗忆苦抬了出来。你吃惊地发现，他们事先给罗忆苦化了妆，整了容。他们应该是根据罗忆苦的照片整的，略有几分像，但也是面目全非了。

没有仪式。罗忆苦直接放入焚化炉的轨道上。罗忆苦缓缓进入焚化炉的口子，就好像把她关入了地狱之火。焚化炉里面的火焰总是让你想起地狱的景象。

罗忆苦被火苗瞬间吞噬，仿佛金属在高温下瞬间熔化成液体，罗忆苦缩成一团，原本蓝色的火苗又一会儿变成红色。然后，炉子的门关闭了。

你觉得双眼被火苗灼伤了。有一阵子，你几乎什么也看不见，好像瞎了。你闻到了一股南方空气中常有的水草味，你的脑子里跟着浮现大批水草，在茫茫的水中荡漾。水草散发着鱼腥味，好像这会儿有鱼群在水草边嬉戏。

48

若问我尸体被焚烧时有痛感吗？有的。当我的尸体被焚化炉吞噬时，我一刹那像是到了地狱的最深处，我看到刀山火海在我面前，他们像怪兽的獠牙，给我一种万劫不复的感觉。幸好只是一瞬间，我又浮了上来，重新回到永城的上空。好像我又死了一次，同时又活了一次。

夏小恽走后，罗思甜更疯狂地和男人们纠缠不清。我则迷上了麻将。是厂里的几个人一起玩，赌资当然也很小。现在，回忆刚开始赌博那会儿，我有一种解放了的感觉。尽管我的身体无比敏感，尽管很多男人见我就会变成没头苍蝇，但我似乎更喜欢赌博带给我的刺激。这种刺激把我的身体完全地打开了。当一副好牌在手，我感到身体的每个细胞都会张开巨大的嘴巴，异常贪婪，仿佛想吞噬世间万物，我全身紧绷，如高潮即将来临。当最后赢了的时候，紧张感突然消失，整个身体的血液会欢畅地流淌，身心被一种强烈的幸福感笼罩。和性爱不同的是，赌博的紧张感来得无比漫长，它压抑、刺激，令人窒息，因此最后的释放也来得更为强烈。

对我来说，这种小赌是对抗寂寞的好办法。男女之间的游戏确实也可以对抗寂寞，但我已经厌倦了。对男人我已有足够的了解。你只要给男人一些暗示，给他们一些想象的空间，他们便会屁颠颠地黏着你，愿意为你干任何事。男人也并非对所有漂亮女人都这样，他们好像只对我娘和我这类女人特别感兴趣，总会有人前赴后继地追逐。我有时候疑惑我身上是不是有什么特别的东西，为什么男人见到我都变成了苍蝇，难道我是一堆狗屎吗？有时候，洗完澡，站在镜子面前，看着自己的身体，我也没有觉出我有多么性感。我的乳房也不见得比别的姑娘大。我自己还算满意的是我的屁股。我的屁股浑圆紧凑。我的疑虑是我其实不太需要男人，可是男人们总是认为我风骚。这世界就是这么奇怪。

须南国是我的牌友之一。不过，他几乎不黏我。

这是可以理解的。我的丈夫肖俊杰杀死了他老婆，还差点杀死了他。虽说肖俊杰为此付出了生命代价，但显然会在我和须南国之间留下深刻的印记。我们在同一个厂里，刚开始几年，我害怕见到他。我们彼此都会勾起不愉快的回忆。可人是容易麻木的动物，时间可以把最初触目惊心难以面对的人事磨平。毕竟是抬头不见低头见的，慢慢地，我们恢复了同事间那种日常交往，不算热情，要说仇恨也谈不上，反倒彼此因为存在一些共同记忆，心里面似乎有一些若即若离的联系。

自胡可死后，须南国的性情大变。他的目光里有一种锐利的对人的不信任，身上那暖烘烘的气息也随着胡可的死而消失了，仿佛那热量被胡可带走了。我知道须南国是个好色的男人，但这几年倒没见他闹出什么桃色新闻。难道他的命根子也被胡可带走了吗？

他和他的儿子一起生活。我听说肖俊杰击毙胡可那天，那孩子目睹了一切。那时候他才一岁多。这件事会对那孩子产生什么影响呢？我从没听须南国说起。须南国也不带孩子来厂里。我听同事说，须南国的儿子特别聪明，现在已经读小学了，因为读书好，连跳了两级。

打麻将时，须南国喜欢坐在我的上家。他打牌时表现出来的对我的冷酷令我非常恼火。他经常捂着我听的牌，宁可自己不和，也决不放炮。他好像掐准了我的脉，令我想抽他几个耳光。毕竟我和他是有过身体交流的人，他竟然这样对待我，难道他的仇恨至今还深埋于心吗？几乎是本能，我施展一些女性魅力，打牌时故意用大腿靠着他。男人就是这种德性，我见他摸牌时手颤抖了。那天，他开始喂我牌了。我赢得很开心。

有一天，我在公园路碰到了须南国和他的儿子。他的儿子背着书包，应该刚放学。那小孩站在高大的须南国身边，像一个玩具娃娃。那孩子真是白，那种苍白的白，眼睛很大（眼睛很像胡可），目光平淡得出奇，好像这世上没有一样事物是可以引起他惊奇的，但也不是那种成熟的眼神，不是，依旧透着童真的底色。

我被这孩子吸引了。现在我回忆起来，我觉得那会儿唯有这孩子是我内心的出口。我也曾经有个孩子，不幸流产了。我还对罗思甜孩子的消失怀有愧疚之感。也许是因为这种感情，让我对这个孩子充满热情。不过，不要以为我的愧疚有多么强烈，我的热情有多么持久。我算不得一个好人。现在，我的灵魂在辽阔的天际游荡，回望过去，我看到的只是我生命的不堪和丑陋。我不乞求人们的原谅。

那天，我母性大发。我带着这个男孩去附近的商店，我实在是喜欢他，给他买了一套男装，还给他买了一支玩具手枪（我真是糊涂，他的母亲死于枪杀啊，可见我有多么马大哈）。男孩对枪没兴趣，服装他喜欢。我看到他穿上衣服后有点害羞，像个女孩。不过目光还是平淡，看不出什么兴奋劲。即使这样也没有打消我对孩子的热情。

我偶尔去须南国家看他的儿子。可能是我的行为激发了须南国的热情，我又从他身上嗅到了热烘烘的气息。不过，他那暖洋洋的目光再也回不来了，他的目光是冷的，有一种从冰冷的黑暗中投射出来的光亮。我甚至不太敢看这种眼神。

须南国开始对我小恩小惠。他不再像过去那样变戏法似的变出异国的洋玩意儿。现在他给我的东西实惠多了。有一天，他给我一对玉镯，看上去质地透亮、润泽。大概我有点见钱眼开吧，我接受了。我娘看了后认为是老玉，很值钱。娘说，须南国对你有意思了，但这怎么可以呢？你老公肖俊杰杀过他老婆，你如果和他在一起不会瘆得慌吗？

我不是一个容易动情的女人，某种程度上称得上冷酷。我没打算再和须南国上床。但须南国有一件事感动了我。有一天，他把我带到他的房间，深情地对我说，我喜欢你，想死你了。我听了当即笑出声来，我说，你算了吧，这怎么可能。你们男人说得好听，口是心非。他依旧很严肃，眼眶眨红，仿佛我的笑污辱了他。他说，你不相信吗？说着，他脱掉了长裤。我吓了一跳，说，你想干什么？你耍什么流氓。他说，你看，这是什么？我看到须南国的大腿上有伤痕，仔细一看是我的名字：罗忆苦。须南国说，罗忆苦，我想死你了，想得睡不着，我没办法，只好把你刻在大腿上。我吓了一跳，说实在的还是很感动。我毕竟是女人，这种时候心肠容易软，我无法抵抗一个男人用这样的方式表白。因为感动，我流泪了。

就这样我和须南国上了床。须南国在床上表现得很好，我比任何时候都有感觉，竟然高潮了。也许是好久没和男人做的缘故，也许是我现在比从前更像个女人了。

然后就是对须南国的失望。他和我上床后从没提结婚的事。其实提了我也未必会答应，但不提还是让我不爽。须南国唯一感兴趣的事就是在我身上孜孜不倦地开垦，在过程中一遍一遍地问我，你快不快乐，你快不快乐。在他的观念里，好像这是对我最大的奖赏。也许因为对须南国心怀不满，我和他在一起时性爱的快乐慢慢平淡了。我不清楚为什么第一次那么动情，难道是因为他大腿上用刀子刻出我的名字吗？难道是那血腥气让我产生一种非人间的气息吗？难道我喜欢这样的血腥？我不知道。

我三十岁以后，内心开始恐慌起来，我得对后半生有所交代，因此心里面也想找个男人嫁了算了。须南国在这件事上的暧昧不明，让我越来越生气。有一天，我一气之下，把他从我身上踢了下来。他狼狈地滚到床下，一副惊慌失措的样子。他大概并不明白我何以如此。

就在那年秋天，夏小恽又回到了永城。

秋天是南方最舒适的季节。一直绿油油的植物开始出现斑斓的色彩。西门街的银杏树叶开始向金色转变，路边的枫叶渐红。还不需要穿厚衣，身体可以和空气充分接触。我的身体依旧敏感，空气流经我的乳房，仿佛有人在爱抚它们。我喜欢这种感觉。我身体的敏感是上天赐予我最好的礼物。男人对我来说可有可无。

一九八一年夏小恽的归来是永城的一个传奇。在我还没有见到他以前，关于他的故事已塞满我的耳朵。像从前传说的那样，他们说夏小恽在台湾的母亲（母亲已从香港迁居到台湾）找到了他，把他接到了香港（在香港有公司），现在夏小恽已成了一个富家公子。那个时候，社会刚刚开放，人们最感兴趣的就是一夜暴富的故事。社会上经常传说，某某某挖老宅地基时挖到金条或珠宝，某某某继承了多年前逃到海外的父母一大笔遗产……关于夏小恽的传说就是在这样的背景中诞生的，这个背景让夏小恽更富传奇色彩。

罗思甜确认夏小恽至今单身，就去找他了。我不清楚夏小恽是怎么对待她的，总之，那天晚上罗思甜从夏小恽那儿回来时有点沮丧。她沉不住气，一点点事都要喋喋不休。她说："我问夏小恽回来了为什么不来找我？他没回答我，只是笑。他也没有骂我，坐在那儿抽烟，抽的是雪茄，他一声不响，也没动我。我是他爱人啊，可他的样子好像并不认识我。我想，他一定不再原谅我。罗忆苦，我该怎么办？我这么多年一直在等着他啊。"

这话我听了就生气，我骂道：

"你这叫一直等着夏小恽？你找了多少男人寻开心，还叫等着他？"

罗思甜无辜地说：

"那你叫我怎么办？日子总要过的啊。"

典型我娘的思维。我懒得再理她，我说：

"早点睡吧。"

自从夏小恽再次回来后，罗思甜断绝了和男人的纠缠，很快和夏小恽恢复了从前的关系。有时候她住在夏小恽家里，夜不归宿。我娘不再管束她，并为她高兴。娘认为夏小恽今非昔比，罗思甜终于苦尽甘来，咸鱼翻身，麻雀变成了凤凰。

每天，罗思甜回家，总是异常兴奋，她那一惊一乍的样子，就好像她发现了一个宝藏。她满嘴都是"夏小恽"。她说，罗忆苦，你知不知道，夏小恽的妈妈在香港和台湾有五家公司呢，是个大资本家。她说，罗忆苦，夏小恽说，她妈妈手上戴的蓝宝石戒指是克什米尔产的，值一千万港币。她说，罗忆苦，夏小恽说，那蓝宝石戒指以后就是我的。她说，罗忆苦，永城很多人把钱送到夏小恽那儿，托夏小恽买香港货，买三洋牌收录机……

我听烦了，从床上爬起来，指着罗思甜说，你烦不烦人，还让不让人睡觉？罗思甜脸上露出惯常的孩子式的白痴表情，不甘心地钻进被窝。一会儿，她实在忍不住给我看她手上戴着的一只翡翠戒指，说，夏小恽送的。她的脸上满是幸福。我狠狠地白了她一眼。

我一直没有去找夏小恽。当然，我也"偶然"见过他。我路过法院巷，远远看到夏小恽站在那儿抽他的传说中的雪茄。

一群人围着他，他则像个大人物在和众人谈笑。他打扮得像个港商，穿着金利来 T 恤，头发梳得锃亮。难怪他们都说，夏小恽像是从电影里走出来的小开。他正在变戏法，他把正抽着的雪茄变没了。周围一阵惊呼。我从他身边走过，他没有看我一眼。我心里有些恼怒。我觉得夏小恽这家伙真是个忘恩负义的人，他落难时我还去牢里看过他，发达了就把我忘了。

那天晚上躺在床上，我辗转反侧。我承认我嫉妒罗思甜，当罗思甜把手上的翡翠展示给我看时，我自然想到须南国。同夏小恽比，须南国简直太寒酸了。我再次对我的后半生忧心忡忡。我怎么办？嫁给须南国我不甘心，我长长的未来该怎么打发呢？我难道像娘一样做一辈子寡妇？娘还有我和罗思甜陪着她，可我呢？难道就此孤独地过上一辈子？我心里对罗思甜很不服气，她何德何能，只不过是个白痴而已，可是她眼看要飞进金窝窝里，享受荣华富贵了。而这份所谓的"荣华富贵"竟然是我白白送给她的。

我们打麻将有一个固定的地方，在公园路林家宅子。有一天，须南国竟带了夏小恽来。也许是我当时坐着，我感到夏小恽进来时比以往更高大，好像和跳高健将须南国身高不相上下。还是秋季，夏小恽穿着单衫，胸前有一颗纽扣没有扣住，我看到他的胸肌相当健硕，比少年时要健硕得多。他的头发依旧梳得一丝不乱，皮肤白净。见到他，我或多或少有些紧张。他倒没什么异样，大大咧咧坐到我边上，对我说，罗忆苦，你也在？我说，你还认识我？他大笑起来，拿出一支雪茄，点上。然后意味深长地说，你烧成灰我都认识。我说，你这是咒我死吗？

他好脾气地拍了拍我的肩说，你还是从前的脾气，刁蛮。

那天打牌，我或多或少有点谄媚夏小恽，不停地喂牌给他。他心领神会，用眼睛表示感谢。他凑在我耳边说，等会儿请你吃饭。我不自觉地施展所谓的魅功，说，赢了那么多，请吃饭就够了？夏小恽说，那好吧，我请你上床。我轻浮地打了他一下。

这话须南国听见了，脸色一下子变得阴郁。我没理他。我对他给我脸色看很反感。后来，夏小恽不小心碰到我的大腿，须南国将一把牌摔到桌上，麻将牌弹起来，击中我的胸脯，令我疼痛难忍。我当即就火了，我说，须南国，你他妈什么意思？你输不起是不是？输不起别赌啊？夏小恽有点尴尬，在一旁劝，怎么发脾气了呢？有话好好说嘛。我说，没你什么事。须南国浑身颤抖，掀翻了桌子，走了。

这事让我越来越看不起须南国，我觉得和这样的人上床真是丢人。那天晚上，罗思甜问我今天是不是和夏小恽吵架了？我生气地说，没有。她说，夏小恽说你生他气了，还说你非常有魅力。

这话让我很疑惑，但我的心还是动了一下。

罗思甜接着说，夏小恽说，我们家你最像娘了，站在那儿就有股热辣辣的劲儿，让人受不了。

我说，他这是在骂我，告诉你他是个流氓。

那天晚上，我想起我的少女时代。我和同桌夏小恽逃到河边，夏小恽吻遍了我的全身，他巨大的性器把他的裤裆撑成一把小伞……我想得浑身燥热。那是我一生中最美好的时光，韶华已逝，一去不返。

那晚，有一个念头在我的心里蠢蠢欲动。也许我应该把夏小恽从罗思甜的手中夺回来。要做到这一点对我来说并不困难，但我明白这样做会伤害罗思甜。我想我得把这个念头压下去。

念头是可怕的东西，它一旦在大脑里诞生，就像种子落入泥土，会慢慢发芽，即使有一块巨石压着，它总是会找到破土而出的路径。是的，我心里那一点点障碍将在后来的时光中灰飞烟灭。

这以后，夏小恽经常来林家宅子打麻将。他还带来两个陌生人，说是他的朋友。他们加入，赌博的数额比从前大多了。那两个陌生人显然对我有兴趣，我捕捉到他们看我时明亮目光背后的肉欲。像我这样的女人知道如何声东击西，知道如何刺激男人的征服欲。我的目标当然是夏小恽，我挑逗的却是那两个陌生人。女人的性感是一种什么样的东西呢？其实是一种气氛，一种让男人幻想可以占到便宜的气氛，一种让男人以为可以得到却又难以得到的痒。如何达成这效果，无非是语言的暗示和身体不经意的接触。有时候可以把身体靠过去在他们耳边轻轻说几句毫无意义的话——话不重要，重要的是动作本身。

我这样做显然让夏小恽吃味了，那天他输了不少。

生活有自己的惯性。我心里虽然已经讨厌须南国，但还是会去他家，去看看他的孩子，或和他上床。上床于我只不过是一种习惯，一种该死的一段时间就需要那儿被充满的习惯，谈不上有什么快乐。有一天，我到须南国家。须家没人。我有一些换洗的衣服留在须家，我想拿回家去。这天，我无意中打开了须家衣柜上的一只樟木箱子（当年很多人家都有樟木箱子），我首先闻到一股恶臭，然后我大吃一惊，里面竟堆满了各式各样女人的胸罩和内裤。我想起多年前，须南国曾偷过我的内裤。我还想起他大腿上用刀刻的我的名字。我毛骨悚然。我想，须南国是个变态，而我竟然同一个变态睡在一起。

我没把我的发现告诉任何人。我就此打定主意不再和须南国来往。须南国纠缠了几次，也放手了。不过，从此后他注视我的目光一直有股杀气。

夏小恽来打牌时，罗思甜也跟过来。我们通常要打到凌晨，罗思甜熬不了夜，过了十一点就回家睡觉去了。我还是像往日那样挑逗夏小恽的两位朋友。有一天深夜，在回家的路上，夏小恽说，你为何勾引那两个白痴？我说，没有啊，什么乱七八糟的，说得那么难听。夏小恽说，你这还不叫勾引？我想讽刺他几句，他却涎着脸抱住了我。我说，你想干什么？夏小恽说，我又不是没有抱过你，你干吗啊。我说，过去是过去，现在是现在。夏小恽不罢休，对我说，我这辈子只喜欢你。我知道你是个坏女人，但我只喜欢你。他说这话时，显得非常认真。我说，好了，你别闹了，送我回家吧。

他还是不放我，执意要亲我。我挺起胸膛让他亲了几下。他得寸进尺，想解开我的纽扣。我制止了他。我说，我困死了，你别折腾了。

在夏小恽送我回家的路上，我其实已经动心了。我知道这会引起什么后果。我娘会骂我，街坊邻居会闲言碎语，我们家会成为整个永城的笑谈。可我不在乎，我觉得这是我应得的。从前夏小恽就是我的，是我让给了罗思甜。现在，我只是把送出去的东西要回来。

听故事的人，你们骂我吧。我知道恶毒的言辞就在你们的舌头边打转。可是你们哪个又不是势利鬼呢？你们哪个又不是为了人世间的那点残羹剩饭争得头破血流？我知道你们的咒骂只针对别人，你们从来也没有问过自己是不是和我是一路货。

我们还是经常打牌。夏小恽那次表白后，我们之间有了默契。因为白天要上班，打牌通常是在晚上。在昏暗的灯光下，坐在我右边的夏小恽常常把腿靠过来。有时候捡掉到桌下的牌时还会摸一下我的大腿。我假装浑然不觉。夏小恽伏在我耳边，对我说，对男人来说，你是一剂迷幻药，你能把男人迷得五迷三道。你瞧，你坐在这儿，他俩根本就没了心思，目光老往你身上扎。我白了他一眼。我发现夏小恽有做老千的本领，他会突然变出一张我需要的牌塞到我的手里。他在讨好我。

没多久，我和夏小恽上了床。上床对我来说从来不是件困难的事，但这是我和夏小恽第一次上床，第一次真刀真枪。我竟然有点害羞，没主动脱衣服，我害怕我的身材大不如前，让夏小恽失望。夏小恽疯狂地亲我。夏小恽不再是从前那个纯情的小伙子，他已是个风月老手，这从他取悦女人的方式上可见端倪。他亲吻得我浑身酥软。后来夏小恽毫不犹豫地把我剥了个精光。当我一丝不挂站在夏小恽面前时，他不再动我，似乎有点吃惊。我以为他对我失望了。赶紧护住身体。这时，我听到他由衷地叹息，天哪，你的身体怎么还像个少女。

这句话像一把钥匙，把我的身体完全打开了。是的，对女人来说，有时候语言比动作更令人动情。动作只不过是作用在感官上，它激起的快感瞬间就消失了，语言却不一样，它会在心里、身体里停留，它会长久地发酵，激发出一种带着爱意的自我满足感，语言就像一面随身携带的镜子，随时可以拿出来照见自我。女人一向对甜言蜜语如饥似渴。可是我经历过的男人无论是肖俊杰还是须南国，都不会甜言蜜语，而夏小恽一向会。我的少女时代就是在他的情诗中度过的。

事后，我想起了罗思甜，我不无担心地问，罗思甜怎么办？

夏小恽沉默不语。我看到他眼中残忍的光芒。我想，夏小恽已经变了，他不再是从前那个善良的甚至稍显软弱的男人。也许以前只是伪装，他身上有夏泽宗的血液，夏泽宗就是在失意时身上也透出一股力量。

我没把我和夏小恽的事告诉罗思甜。我们有时候三个人一起去看电影或看戏。那时候戏剧刚刚解禁，戏剧成了那个时代最流行的艺术式样。在剧院经常有戏剧演出。有一次，夏小恽在他家的大房子里搞舞会。当时社会上还没有盛行交谊舞，所以舞会难免让人想起"资产阶级""腐朽生活"这样的词，然而这些词给我一种说不出来的罗曼蒂克的感觉。夏小恽总是和我跳，把罗思甜晾在一边。我跳舞很好，在学生时代穿着布拉吉跳过圆舞曲，所以一曲跳罢常引得同伴赞叹。罗思甜也跟着傻傻鼓掌。我不好意思独占夏小恽，把机会让给罗思甜。但罗思甜是多么傻，她说，你和夏小恽跳吧，你们跳得太好了，我喜欢看你们跳。所有的人都看出来我和夏小恽的关系不一般，只有罗思甜这个傻瓜看不出来。

有一天，我和夏小恽在他的屋子里做爱，被罗思甜撞见了。

罗思甜显然毫无准备，愣在那里，一脸茫然。继而脸色苍白，浑身颤抖。罗思甜说：

"罗忆苦，你怎么能干出这种事，你是我姐姐啊，你怎么能抢我的男人？"

我不屑地说：

"罗思甜，没人抢你的男人。"

罗思甜几乎歇斯底里地吼道：

"你都光着身子让夏小恽操，还说没抢我男人。"

"你不要讲得那么难听。他本来就是我的男人。你不信，叫夏小恽选择吧，我们姐妹俩，他选哪个？"

夏小恽沉默了一会儿，然后残忍地说：

"罗思甜，我从来没有喜欢过你，你走吧，你以后不要来了。"

我看到罗思甜停止了哭，脸色一下子变得苍白而破碎。一会儿，她像幽灵一样从这屋子里飘了出去，融入南方飘着枯荷残香的夜色中。

49

杜天宝听杨美丽说，他打落了娘两颗牙齿。怪不得娘流了那么多血。他觉得自己再也没有脸回家了，只能流落街头了。幸好，西门街老屋在，晚上他可住在那儿。

一天，赵三手找到他，对他说，我在你身后跟了一天一夜了，以为你这个傻瓜想寻死。原来你不想寻死，而是想做小偷。你别抵赖，我看到你偷杨美丽家的麦芽糖，你不是小偷你是什么？天宝，你天生是做小偷的料，你要做小偷不能这样没风度，索性跟我干。

天宝没答应。怎么能做小偷！赵三手拿出三只包子，引诱天宝，天宝闻到包子的香味，抵挡不住了，他已经有一天没吃正经食物了。他不由自主地点头，赵三手才把包子给他。

赵三手把天宝带到一个院落。天宝记起来了，当年董培根让他们偷枪，赵三手进了这屋子和女人偷情。天宝进去时，屋子里一帮人光着膀子在打牌，年龄都很小，有些嘴上还没毛。赵三手对这些人说，大家安静一下，我有话讲。站在我边上的叫杜天宝，是个神偷，在局子里面，我们关一块儿，他是局子里面偷技最高的。他不但偷技高，品德也好，比雷锋叔叔还好，那几年要是没有天宝，我都不知道怎么过。你们要多向杜天宝学习，从此后天宝就是我们有难同当有福共享的生死兄弟了，你们要叫他哥。

他们一个个晃着膀子，来到天宝前面，双手一拱，叫天宝哥。天宝被叫得坐立不安，感动莫名。长这么大没人叫他哥，相反街坊邻居都叫他傻瓜。他们叫一声哥，天宝的心就热辣辣地跳跃几下，到后来，天宝眼泪涟涟了。赵三手拍了拍天宝的肩，说：

"现在开始，我们是生死兄弟。"

从此后杜天宝白天去单位上班，晚上就和赵三手混在一块。他们常去的地方是电影院。那地方人多，小贩也多（有一天，杜天宝还在电影院广场看到杨美丽在卖麦芽糖），电影售票处门口经常排着长龙，比较容易下手。

第一次偷东西，杜天宝深感罪恶。他偷的是一对恋人。当时，这对男女正在一个角落亲嘴，天宝就把男的口袋里的钱偷走啦。

不一会儿，天宝看到那对恋人在吵架，女的讥讽男的不带钱就来看电影，难道想让她请客。男的很狼狈，不停地摸口袋。天宝觉得这男的实在可怜，于心不忍了，于是他偷偷回到男的身边，把钱塞还给他。那男的摸到钱，松了一口气。电影已开演，那男的兴冲冲去窗口买票。女的看着小伙子的背影，冷笑道，知道他在做鬼，这人真他妈小气。那女的转身离开广场，离去时背影还是怒气冲冲的。

一段日子下来，杜天宝偷了不少东西。手表五只，钱加起来有几十块（也许几百块，天宝从来没搞清楚过），还偷到一只金戒指。天宝偷了金戒指让那些小兄弟佩服得五体投地，这可不是一般的偷技啊，如果他们要偷，只能把那人的手指砍断。这就不叫偷，而叫抢了。赵三手对天宝十分满意，单独请天宝喝了酒，喝酒时还偷偷塞给天宝一沓五角的钱。赵三手嘱咐天宝，不要告诉小兄弟们，他们会眼红的。天宝很满意，现在他不但肚子吃饱了，还能吃上酒呢。

到了月底，天宝去厂劳资科领工资。劳资科的人告诉他，工资已让丈母娘蕊萌领走啦。

天宝说不出来的高兴，就像当年罗忆苦把他放在蜂窝煤饼上的钱拿走时的心情一样。娘在用他的钱，他们还是一家人。

天宝想起赵三手给了他一沓钱，想给娘蕊萌。晚上，他偷偷来到鼓楼，摸进自家院子。想起自己把蕊萌打得满脸是血，打落了她两颗牙齿，觉得无脸见她。

他爬到窗口，看到女儿银杏和蕊萌睡在一块儿。银杏睡得很香，那张小脸在月光下显得很苍白，也很可爱，左边的眉毛一直在跳动。天宝的心揪了一下，眼泪掉落下来。女儿虽然在他手臂上咬了一口，但女儿终于叫他爹了，他想再听她叫一次。天宝想起以前他想和女儿一起玩，见肥皂厂有一只鼓，就拿到家里，敲给银杏听。银杏听到鼓声，跳起忠字舞，屁股一扭一扭的，很可爱。没人教银杏跳忠字舞，银杏也没见过忠字舞，她居然会跳。银杏跳时，邻家的孩子们都来看，大人也来凑热闹，他们把银杏跳忠字舞当成一件奇事。蕊萌对邻居的围观很不高兴。有一次还把天宝的鼓扔到街上。

天宝看了会儿女儿，从窗口爬了下来。这时他看到院子里垒着一堆蜂窝煤，脸上露出灿烂的笑容。他从口袋里掏出钱来，把钱一张一张插在煤饼上。插上钱的煤饼变成了一朵一朵的大红花，天宝感到心满意足。

那天晚上，天宝没睡觉，一直躲在暗处看守着那些钱。他怕赵三手那些小兄弟把钱偷走。第二天一早，蕊萌起床，看到院子里的钱，有点吃惊。她转身往四下瞧了瞧，然后把钱一一从煤饼里拔出来，放入口袋。天宝才放心去肥皂厂上班。天宝发现娘的牙齿都在，一颗没缺。不过，杨美丽告诉他，牙是可以补的。他搞不明白自己究竟有没有打落娘的牙齿。

这以后，只要赵三手给天宝钱，天宝就把钱塞到煤饼里。他发现院子里煤饼越堆越多啦。

有一天晚上，天宝和赵三手分手，回西门街老家睡觉。罗思甜在巷口拦住了他。

罗思甜的脸上挂着奇怪的笑容，看上去既疯癫又轻佻。她问：

"天宝，你做小偷啦？"

天宝听了很紧张，面红耳赤地低下头。但是罗思甜没有再问下去，她竟然骂起罗忆苦来：

"天宝，罗忆苦不是东西，她把夏小恽抢走了，她怎么能这样，她还是人吗？"

没说几句，罗思甜就泣不成声了。

天宝很想安慰罗思甜，但不知说什么好。他伸出手在罗思甜手臂上拍了拍。罗思甜哭得更厉害了。

"天宝，你说我的命怎么这么苦？天宝，我不怪夏小恽，只怪罗忆苦。是我对不起夏小恽，我把夏小恽的儿子丢掉了。我怎么这么命苦啊，天宝……"

天宝想起多前年的那个晚上，杨美丽抱着罗思甜的孩子去永江边的情形。罗思甜曾对他说，那孩子是多么白净啊，像一团面粉。

"天宝，你帮我一个忙，你帮我拿洗澡桶去永江。"

天宝不知道罗思甜想干什么，不过他愿意帮罗思甜的忙。罗思甜让他干任何事他都愿意。

夜已经很深了，整个永城都进入梦境，街头空无一人，静得犹如一座监狱（天宝对狱中的安静深有感触）。永江传来汽笛声，听上去很遥远，显得很不真实。杜天宝进入罗家院子，背起那只洗澡桶，往永江走去。他走得很快，罗思甜一路小跑跟着他。

来到江边，罗思甜要他把洗澡桶放到水中。

洗澡桶在水中晃荡，罗思甜要天宝扶稳了，自己爬到洗澡桶里。天宝不知罗思甜想干什么，觉得罗思甜这样很危险，怀疑罗思甜是不是想寻死。罗思甜让天宝把洗澡桶推到水中央，天宝就是不放手。罗思甜就说，天宝，你推啊，我这是去找我的儿子。我儿子昨天托梦给我，说他当年是坐着洗澡桶走的，我只有坐着洗澡桶才能找到他。罗思甜这么说时，天宝头脑中出现银杏熟睡中的样子，他也想念女儿。天宝的心软了，他希望罗思甜找到她儿子。天宝狠狠地推了洗澡桶一把。

洗澡桶在水流中打了个转，向下游漂去。月色清凉，江面上雾气弥漫，像一间冒着蒸汽的巨大的浴室。一会儿洗澡桶就消失在南方夜晚的浓雾之中。天宝拼命叫罗思甜，罗思甜没有回音。

50

　　骨灰冷却并装到盒子里还需要一段时间。你和小蒋坐在火葬场大厅前的台阶上等候。

　　这会儿，你的视力恢复了。你抬头看了看天空，天空蓝得出奇，就好像大海倒映在了天空上。你想起刚才脑子里出现的念头，这会儿，你似乎看到天上长满了水草，不过，你没见到罗忆苦的影子。

　　"那天没认出你来，我可能态度不好。"小蒋没有看你，仿佛在自言自语。

　　你知道他在表达歉意。你没回应。没认出来很正常。

　　"局里很多人讲起你，都竖大拇指，说你什么案都破得了。"

　　"别听他们瞎吹。人们总是怀念过去，神化你们不认识的人。"

　　小将不再吭声，一副欲言又止的样子。

　　现在你认定小蒋确实有话同你说。这也是他今天陪你一起来的原因。

　　火葬场像平常那样热闹。有死者的家属请了仪仗队敲锣打鼓，亲人们哭出哀怨的调子。死亡是一桩多么寂静的事，但中国人受不了寂静，他们需要弄出点声音来抵抗死亡，抵抗对死亡的恐惧。不过，离你们这儿尚远，倒也不是很烦。

"罗忆苦可能犯了案。"小蒋终于说出了口。

"什么？"

"她杀了人。"

"谁？"

"夏小恽。"

你不敢相信，看着小蒋："夏小恽死了？"

小蒋点点头："一个月前被人杀了。广东警方怀疑和罗忆苦有关，一直在追踪罗忆苦，没想到她也被杀了。"

"事情很复杂？"

"没有头绪，"小蒋有点沮丧，"一点头绪都没有。"

"她什么时候到永城没查到吗？"

"没有。宾馆没有她开房记录。她母亲说，她也没回家。"

你把目光拉开，望向天边。天空深蓝，水草的幻影消失了，几朵云一动不动，好像是蓝天吹出的气泡。你闭了一下眼，眼睛涩涩的，有些酸痛。

"会破的。"小蒋说，像是在给自己打气。

"破不了也正常。我们不是电影里的神探，无所不能。"你说。

"干我们这行的，常会有失败感，破不了的案子太多。"

"时代不同了，他们什么方法都想得出来。不像从前，人都单纯，犯了案子也无处可逃。"

"真羡慕你们那时候。"

"我们也有我们的麻烦，你们年轻人不懂。"

"我懂。"

一会儿，领到了骨灰盒。盒子是你刚才买的，你挑了一个小小的乌木盒子，上面工匠用贝壳镶嵌了一蓬水草，有一种陈旧的气息，一种类似肖俊杰房间特有的那种被定格在过去时光的气息。你希望罗忆苦会喜欢。你接过盒子，比你预想的要轻得多，好像盒子里没盛放任何东西。

小蒋请你上车，送你回去。你改变了主意。你说：

"你先回吧，我还有点事，你别管我了。"

小蒋疑惑地看你一眼，自个儿上了车。一会儿，那运尸车就开走了。

51

就这样，罗思甜在这个世界消失了。

杜天宝真是个傻瓜，他高兴地对我和娘说：

"罗思甜坐着洗澡桶找她儿子去啦。"

我没想到罗思甜竟然会用如此决绝的方式。

对此，娘没有说一句话。她的目光里有一种凛冽的亮晶晶的寒冷。她从永城出发，沿着永江寻找罗思甜。我们没有找到尸体。想起婆婆周兰曾经发生过的奇迹，我对娘说，罗思甜一定还活着。娘连看都不看我一眼。我想，我伤透了她的心，她不会原谅我了。三天后，有人跑到我家告诉我们，在永江的出海口，有一个渔民在打鱼时捞到了一具女尸，现存放在海边的沙滩上，让我们去看看是不是罗思甜。

是罗思甜。罗思甜躺在沙滩上，边上放着那只娘从夏泽宗家拿来的巨大的洗澡桶。罗思甜身穿她最中意的天蓝色裙子，无名指上戴着夏小恽送她的翡翠戒指。她穿戴整齐，面容安详，仿佛只是熟睡了一般。几天海水的浸泡也不见身体的松垮，依旧饱满圆润。罗思甜确实是少见的美人。

此刻，我的灵魂正飘荡在永城的上空。我死于四天前的那个晚上。那天早上，我的尸体被警察们拖到岸边。我衣衫不整，面容被毁，完好的部分则扭曲而苍老，整个身体已浮肿不堪。我和罗思甜同样死于水中，罗思甜却像一朵玫瑰，而我像随意丢在水里的一张废纸，被水浸泡得极其肮脏。

见到罗思甜的尸体，我大哭起来。那一刻我深怀愧疚，虽然我内心深处不肯承认是我害死了罗思甜，但我知道罗思甜的死和我是有关的。我只能用哭泣表达内心的不安。

娘却没有一滴眼泪。也许她早没有眼泪了。她的泪水已为两个不争气的女儿流光了。她反感我哭得死去活来的样子，恶狠狠地骂道：

"你别这样假心假意了。要是没有你，思甜不会死。"

我很惊骇。我知道这是所有人的看法。我知道在人们眼里，罗思甜的死完全归咎于我。但我不能承受这样的指责。我感到绝望，哭得更厉害了。我在娘前面跪下来，也不辩白，希望娘原谅我。娘不肯原谅我，她说：

"你给我滚，我这辈子再也不想见到你。你害死了你妹妹，你不会再有好日子过了。"

你害死了妹妹，你不会再有好日子过了。从此后，这句话像咒语一样跟着我。总是在我欢乐的时刻，像利剑一样刺中我。

我和娘埋葬了罗思甜。在这过程中，娘不停地用最恶毒的语言挖苦我。"你还好意思在我面前晃荡，我都替你感到羞耻……"她说。"……罗思甜死得太冤了，她会跟着你，向你索命……"她说。我忍受着娘的羞辱，我决心已下，埋葬罗思甜后，不会再踏进娘家了。

我在整理东西的时候，意外发现了罗思甜的一本日记。我从未见过罗思甜平时有动笔的习惯，当年去监狱看望夏小恽，得知罗思甜给他写了这么多信，我也略有惊异，我怀疑是罗思甜让一个高人写的，因为那些信写得很有文采。我后来没问过她这事。

她什么时候又记起了日记呢？

那是一本当年各单位常见的简易的工作笔记，小32开，封面是黄色牛皮纸，上面印着"西门街道面粉厂工作笔记"。里面密密麻麻写着罗思甜特有的幼稚的字迹，没有太多的涂改，说明写的时候思维连贯而顺畅。日记里除了一些语焉不详的标记，记述的内容大多和夏小恽有关。

日记里的罗思甜是我陌生的，不那么无心无肝，相反，显得敏感、脆弱、无助，有着女人特有的小心眼。罗思甜没我想的那么傻，她其实早知道我和夏小恽有关系。两个月前，她追问过夏小恽，他是不是和我上床了。夏小恽没有承认。"我知道夏小恽在撒谎。他怎么能抵挡得了罗忆苦的勾引呢。是男人都抵挡不了她。从前那些和我鬼混的男人，常把我当成罗忆苦。他们亲着我身子，脑子里想的是罗忆苦……"她在日记中这么记述。

我想起夏小恽家的舞会，当我把夏小恽让给罗思甜时，罗思甜一定要让我和夏小恽跳。那天，我其实见到她偷偷地在角落流泪。我问她为什么，她说，忆苦，真好，夏小恽回来了，我们仨在一起，我感到很幸福。

罗思甜把全部的希望寄托在怀孕这件事上。"罗忆苦是不会生孩子的，我要给夏小恽生一个。我怀上了孩子，夏小恽就会对我死心塌地了。他那么喜欢孩子，我伤透了他的心。"

她一度以为自己怀上了，把好消息告诉了夏小恽。当然是空欢喜一场。夏小恽非常生气，认定罗思甜像当年那些信件一样再次愚弄了他——至少再一次揭开了他的伤口。"你不要再来找我，你只会一次次伤了我的心。"夏小恽说。"但那孩子是罗忆苦杀死的啊。"她辩解。夏小恽不响。"夏小恽，我知道你喜欢罗忆苦，只要你要我，我和罗忆苦都嫁给你也没关系。但这是违法的，你只能娶一个女人。"

要到这时，我才明白为何我和夏小恽在床上欢娱时会被罗思甜撞见。罗思甜早就知道，她只是忍着。"我实在受不了，我要发疯了，我想起罗忆苦和夏小恽背着我在亲热，我真想杀了她。罗忆苦你为什么要把我唯一的好东西夺走呢，你真是残忍。"她在日记中说。

她出现在我们面前只是孤注一掷。她希望夏小恽做出选择。显然她错估了形势。夏小恽冷酷地拒绝了她，选择了我。

我泪流满面。我意识到我把罗思甜伤得有多深。我就是那个凶手。

我唯一能做的是把日记烧掉，让它变成一撮灰。但我知道记忆永远不会成为灰烬。

我没和夏小恽说起日记的事。我想夏小恽一定了解得比我多。他对我说，我们离开这个鬼地方吧。

我说，去哪儿呢？我要上班啊？

　　夏小恽说，我们去广州吧，这样我随时可以带你去香港。你辞了得了，那破工作有什么好留恋的。

　　我动心了。在永城，我有太多悲伤的记忆，我无法面对。我没有辞职，我留了后路。我从认识的医生那儿打了一张病假条，请了长假。然而这只不过是自欺欺人，其实再也没有回头路了。没有。

52

杜天宝记不清是哪年了，南方遍地闹灾，永城下了一个月的瓢泼大雨，永江水位迅速上升，加上潮水倒灌，江堤溃决，永江两岸泛滥成灾，死了很多人。

杜天宝白天上班，晚上跟赵三手做小偷。他做小偷快两年了。这两年，他偷到的最满意的一样东西是一部三洋牌录放机。他把录放机偷偷放到家门口。后来，他看到女儿在跟着录放机里播的舞曲扭腰弄臀，跳迪斯科。没有人教过她跳迪斯科，可女儿会跳。

除了做小偷，他在休息天也去火葬场看看。他发现最近死人很多。

开始天宝不知道这些死人是从哪里来的。这些人没有葬礼，没有亲人为他们哭泣，火葬场的工人们把尸体扔进焚化炉烧掉了事。后来，杜大宝听火葬场的人说，这些死人都是从永江上游漂来的，都是农民。

杜天宝这才注意起水灾来。

永城一下子挤进了很多难民。他们在永城北面的江边搭起了简陋的棚子，有的是草棚，有的是塑料棚，他们靠乞讨过日子。杜天宝去那儿看过，那儿的人瘦得皮包骨头，他们除了吃点稀饭，什么都吃不上。女人奶子瘪瘪的，没有奶水，小孩贪婪地叼着奶头却什么也吸不出来。小孩大哭。棚子里到处都是小孩的哭声。那里也饿死人，有些送火葬场的尸体就是从那儿搬去的。杜天宝觉得他们很可怜。

杜天宝想帮他们。

最近风声很紧。肖长春从牢里放出来了。肖长春出狱后专找小偷的麻烦。肖长春，杜天宝知道，曾经是个大领导。杜天宝糊里糊涂地听赵三手说有个老干部给上面写了封信，说肖长春是个老革命，有功劳，不应关在牢里。还说肖长春没承认他纵火，证据明显不足，政治上也没查出有什么问题，应该恢复公职。

"你知道吗？天宝，肖长春在牢里发现董政府的驳壳枪是他的，后来他才弄清楚怎么回事，很气愤，他出来后就专找我们麻烦。我们这行得罪他了。天宝，都是因为你，你偷了肖长春的手枪。"赵三手说。

肖长春从牢里出来后，没再做大官，而是暂时安排在西门派出所做普通民警，他所有的精力都放在抓小偷上，简直成了他们的克星。他们到某地，刚要动手，肖长春就会出现。很多小偷都栽在他手里。他经常坐在中巴上，小偷一动手，他就牢牢里薅住他们，用一副锃亮的手铐把小偷铐住。这段日子，小偷们手头很紧，杜天宝手头也很紧。

杜天宝发现肖长春最近特别关注他，一直跟着他。这让他无法偷到东西。他着急，想起江北棚子里的难民就要饿死，而他偷不到东西，没法帮他们，觉得肖长春很没人性。他有点恨这个人了。出于报复，他想把肖长春的钱包偷来。一次在公交车上，肖长春在后面盯着他。天宝慢慢靠近他。肖长春比一般人警觉，不容易下手，天宝趁公交车刹车引起的晃动，飞速偷了肖长春的钱包。在跳下公交车时他顺手牵羊，偷了公交车门边一个男人，从他口袋里偷到一只像是节日用的瘪了的白色气球（多年后杜天宝才在罗忆苦那里弄明白那其实是一只避孕套）。

当天晚上，杜天宝跑到难民住的棚户区，把钱插在棚子的门缝里。他还吹大了那只避孕套，让它像节日的气球那样飘在棚户区上空。干完了这一切，杜天宝心情畅快，笑得都合不拢嘴。

杜天宝看到肖长春手上戴着一块上海牌手表，想把那手表也偷来。他觉得在棚户区的门上挂一只金表会很好看，上海牌手表会把那个肮脏的地方照亮。但这次没得逞，肖长春早有准备。当天宝伸手时，肖长春迅速用手铐把杜天宝手腕铐住了。杜天宝一下子失去了神气，变成了木偶。

肖长春拉着杜天宝进了一条巷子。肖长春和杜天宝坐在巷子里一户人家的台阶上。肖长春问：

"听说当年我的枪是你偷的？"

天宝直愣愣看着肖长春，目光茫然，好像自己是一只无辜羔羊。肖长春黑着脸说：

"我知道你，你是个老实人，从前你抓过很多小偷，可你不学好，反倒做起小偷来了。我得让你学好。"

天宝低着头。"小偷"这个词还是让他感到刺耳的。

肖长春从腰间抽出一把匕首,让杜天宝伸出中指,把中指放到一块石板上。

天宝不知肖长春要做什么,听话地把中指放在一块石板上。肖长春举起匕首,狠狠向天宝的中指砍去。中指像一条泥鳅那样落在地上,蹦跳了几下。

天宝觉得眼前的世界变红了。他仿佛回到了过去的时光,红旗如海,耳朵里也传来了高亢的歌声。一会儿,他开始疼痛。他看得到疼痛的模样。他看到中指那儿长出一棵红色的树,那根须在向身体里快速生长,根须长到哪里,疼就到达哪里。根须越来越缠绕不清,在身体里扩张,好像它们以他的身体为食,要把他的身体吞噬光。他还想起自己喜欢的红色的火车轮子,觉得这会儿,那火车轮子碾压在他的身上。

就这样,杜天宝彻底地废了,不能再做小偷了。

杜天宝一点也不为自己的中指可惜。他似乎盼望着有人把他的手指砍断。他已尝到了偷窃的乐趣,偷窃是有瘾的,时候一到就要发作,他的脑袋根本控制不了他的手指。现在手指没有了,虽然很疼,奇怪的是,疼很快转变成快乐。他甚至觉得疼痛过后自己变成了一个崭新的杜天宝。

他想回家了。他早想回家了。在离家出走后的每个晚上,他都去看银杏。蕊萌喜欢旧戏,她在教银杏学戏里的动作,让银杏两只手盘成兰花指。银杏的手真是好看,手指细长,手臂匀称,银杏翘着的兰花指像开放的莲花(这让他想起观世音菩萨)。她们在里边玩,天宝在外边学。天宝总是学不会。他没回家是因为不知道怎么回家。他是被娘赶出来的，娘不来叫他，他觉得不能回去。

现在没有办法了，他只能厚着脸回去求娘了。要踏进家门不是件容易的事。那天晚上，他一直待在家门口，不敢进去。他从窗子里看着蕊萌和银杏睡在一张床上，心里怦怦地跳，他从来没有像今天那样想回家。家里的灯熄灭了，他没敢敲门，也不想去西门街睡觉，就这样坐在自家的台门边，想着心事。他记得从前没有心事的，自从有了银杏，有了这个家，他的心事越来越多，心事像永江水一样在他的身体里晃荡。后来，他靠在门板上，在晃荡的心事中，像婴儿一样睡着了。他做了一个长长的梦，梦里，他看到银杏踮着脚像一只陀螺一样在他眼前转动。

陀螺转了一个晚上，转得天宝眼花缭乱。梦里有人在推他，可他醒不过来。后来，他梦见肖俊杰用小便尿他。梦里的肖俊杰耳朵完好无损。天宝突然害怕，难道碰见肖俊杰的鬼魂了？我怎么和鬼魂在一块？是不是我也成了鬼魂？天宝惊醒了过来。女儿银杏正抓着他的头发，在使劲摇晃。娘站在一旁。

见他醒来，娘让他进了屋。娘端来热水让他洗脸，然后又端出热腾腾的饭菜，让他吃。天宝看着饭菜都不敢下筷子。蕊萌说，趁热吃吧。天宝这才埋头吃起来。女儿一直在边上好奇地看着他。女儿的食指和中指合成一个"丫"字，伸向口袋。杜天宝忽然明白，女儿在问他是不是做了小偷。杜天宝高兴地把右手举起来，给银杏看那只砍断的中指。银杏那双小手抚摸着天宝的大手，眼神既惊恐又怜惜。"爹，痛不痛？"天宝都不敢相信自己的耳朵，这是银杏第二次叫他爹了。天宝心里既感动又暖和。银杏真懂事，这么小的孩子都懂得怜惜了。

从此后，蕊萌就让天宝吃得饱饱的。蕊萌说，是娘不对。男人要吃饱才有力气。天宝听了，心里一热，傻笑起来。他没发现自己在流泪，是银杏默默地把毛巾递给他，他才发现的。银杏一直在对他笑。

53

多年以前，在夏泽宗的请求下，你把夏泽宗毙了。事后，你亲自给他找了块墓地，偷偷埋葬了他。你后来告诉过夏小恽墓地的位置，想带他去看看。夏小恽表面上答应，一直没去过。

你刚刚得知夏小恽也死了。同肖家一样，夏家也是家破人亡。

这天，你坐在夏泽宗的墓地前，脑子一片空白。罗忆苦的骨灰盒放在坟墓的右边，阳光照在那贝壳做的水草上，发出银色光泽。一会儿，你点了一支烟，放在夏泽宗墓前。权作香火吧。

你几乎没去看过肖俊杰，倒是常到夏泽宗的墓地来坐一会儿，同他聊聊天。他会从墓地出来，穿着那套已摘掉徽章的旧时代警服。你知道这只是你的幻象，你的意愿而已。

你一个下午都坐在墓地上，夏泽宗一直没有出来。也许他不能原谅你。你自己都不能原谅你自己，何况夏泽宗。你的双眼被南方灼烈的阳光刺得生痛。

这么多年来，你从来都不回忆往事。你不想回忆，就好像你的记忆里关着一些罪不可赦的犯人，你必须大门紧锁，这些

"犯人"才不至于逃出来。你甚至不让它们哪怕透一口气。往事对你来说，不堪回首，无法面对。但这天，往事变成了巴士底监狱的义士，它们越狱起义了。

那时候，你真的以为一个新世界降临了，以为从此后天天阳光灿烂，再也不会有雷鸣电闪，大地上铺满鲜花，河流里全是牛奶。一切焕然一新。到处是高楼、工厂和人民的笑脸。如今你知道从来不会有一个新世界，一切只不过是幻觉，这世上的人是不会改变的，不会更好，也坏不到哪里去。人怎么能改造成为一个新人呢？多年的警察生涯让你知道，凡有人的地方，总会有各种各样的肮脏和丑恶，永远不会断根。历来如此，太阳底下无新事。你曾经相信的只不过是一场荒唐大梦。这世界不可能变得干干净净，要是干干净净也许更没意思。可你为这场荒唐大梦毁掉了一切——别人的和自己的。你害死了夏泽宗，夏家家破人亡全是你的缘故。你还杀死了儿子，周兰因此疯了，如今罗忆苦又死于非命。是你把罗忆苦这辈子毁掉了。你觉得自己真的是罪恶之源。

直到傍晚，夏泽宗一直没有出现。

天边挂满了晚霞，一片一片的，状似随水起伏的水草。又是水草。仿佛罗忆苦真变成了水草在天上看着你。你长吁一口气，起身准备回家。出来一天了，你不知道周兰今天的状况怎样。

你拿起罗忆苦的骨灰盒向永城走去。远处的永城被傍晚的光芒笼罩，看起来像地球上一盏明灯。

54

就这样我和夏小恽来到广州。

夏小恽的那只公文包里装满了钱。我知道这些钱并非是夏小恽的，而是永城乡亲让夏小恽从香港给他们带诸如收录机、邓丽君的磁带、黑白电视机、服装（包括旧西服）、金戒指等永城紧俏商品的。

但夏小恽把这些钱当成他自己的了，他在流花路找了家当年最昂贵的饭店东方宾馆住下来。我们挑了最高层的房间。我和夏小恽进入房间，打开窗，看到我们的房间正对着流花湖，看到周围一片低矮的粤式木结构旧屋，东方宾馆显得鹤立鸡群，我的心中也生出一种鹤立鸡群俯视众生的感觉。安顿毕，夏小恽带着我去一家据说是香港人开的绿袖子食屋吃了一顿法国牛排。看到夏小恽这种一掷千金的做派和豪情，我有一种生活在幻景里的不真实感。我是个现实的人，但此刻，我不得不说身上诞生出要命的诗意，这种诗意和诸如"丑小鸭变成白天鹅""灰姑娘变成公主"之类的想象联系在一起，我有种苦尽甘来的感觉。我不再回想罗思甜死亡带给我的负罪感。我一直是个容易愈合伤痛的人。我不再想太多，也乐得享受，至于这样的生活是不是太奢侈太浪费，似乎也用不着担忧，反正夏小恽在香港的娘有钱。

"小恽，你什么时候带我去见你娘？"

夏小恽笑着搂住我，然后把手伸进我的胸口。多么好，在更南的南方，在异地，没有人认识我，永城的烦恼远离了我，我像重新出生了一样，宛若处子。我从对面写字台上的镜子里看到自己的身体，饱满，浑圆，洁白。与其说是夏小恽的身体令我亢奋，不如说是我自己的身体令我迷醉。我对自己的身体充满了自恋。我的情欲往往不是来自男人，而是自己的身体。我喜欢看到镜子里的自己，这会儿我的乳房在微微颤动，犹如在呼吸一般，乳头像桑葚那样精巧，我自己都想咬它一口。在高潮来临时，我感到自己整个成了一个巨大的空洞，下面张得很大，想吞噬一切，夏小恽巨大的性器仿佛也不能填满它。

完事后夏小恽带我去美容店。我从美容店的镜子里，看到自己慢慢变得陌生。我的发式变成街头随处可见的画片上的香港明星们的样子。当年，港星们的发式基本有两种：一种是卷成爆炸式；一种是长发如水，不过微微有点卷曲。我选择了爆炸式——不，应该是夏小恽替我选择了爆炸式。然后，夏小恽又带我去商场买了最新式的裙子。裙子面质如丝，非常贴身，把我的身体曲线完全地展露出来，我感到难为情，一遍遍问夏小恽，这样合适吗？这样合适吗？夏小恽笑而不答。

夏小恽在广州似乎认识很多人。我们到广州的第二天，他不停地给人打电话，其中还夹杂着一些广州俚语，当然以粗话居多。

我听懂的第一句粤语是"丢你老母"。我觉得夏小恽吐出这句话时，他的舌头变成了一块大石头，塞在嘴巴里，让他的话语含混不清，又充满气势。

然后我们离开东方宾馆，往盘福路走。当年，盘福路上的一间小招待所的阁楼是赌徒们聚集的地方。进入阁楼需要经过一道隐蔽而狭长的楼梯，迎面而来的一股浓重的香烟味令我喘不过气来。整个阁楼弥漫着类似山谷的雾气，那聚在一起的头颅则像一个一个圆形的山峰。灯光在烟雾中折射出一种既热烈又惨淡的光芒。我靠近他们，才看到一张张兴奋的沉着的扭曲的舒坦的热烈的惨白的脸。

他们玩的是一种叫"梭哈"的赌博游戏，赌具是扑克。和我在永城玩的麻将不同，它的赌资十分庞大。起初我并未参与，只是看他们玩。夏小恽已坐在牌桌前。他的样子很优雅。我注意到他那双细长的秀手，那原本应该是用来弹钢琴的，现在却用来摸牌。他摸牌的样子非常特别，每摸一张牌都是用手紧紧地压着，然后慢慢地掀开一角，慢得令人窒息，仿佛那儿埋着一个巨大的人生秘密，不可以轻易地窥破它。当他瞥见后，又迅速压住。在这个过程中，他通常是毫无表情的，仿佛那牌和他没任何关系。

那一夜，我终生难忘。我站在夏小恽边上，紧张得要晕过去，好像有一条绳索紧紧缠住我的身体，令我窒息。这让我想起少年时代，在上课时因为紧张而不停地摩擦自己的大腿，迎来意想不到的快感——当年夏小恽这个傻小子根本不懂得我的把戏。那晚，在阁楼，我一直有尿意，不停地上厕所，却怎么也尿不出来。因为太紧张，我想逃离那儿，然而我迈不开步子，我被深深吸引了。我的身体迎来阵阵快意。快天亮时，夏小恽因为赢了一大把钱，建议我替他玩一会儿。

我记得第一次赢钱的感觉。它和性爱的刺激完全相反。当性爱的高潮来临时，身体会膨胀，会成为光亮的碎片，飞向空中。赌钱却是聚合的，它会让你身体越聚越紧，让你所有的毛孔都紧闭，然后只听得到自己的血液像黄河之水，像壶口瀑布一样奔腾，仿佛你身体已不存在，只留下一个巨大的心脏。在赢钱的那一刻，有一种难以置信的幻觉，心脏在那一刻消融，比销魂更销魂。好像有一种神秘的力量降临到自己身上，仿佛我成了上帝最宠爱的孩子。那一刻上帝和我同在。

我的广东生活就这样开始了。本地人把这里当成唯一的南方，他们把别的地方都叫成北方。夏小恽在广州依旧是一个传说，他在赌徒中声名远扬。所有的人都说夏小恽有钱，他在香港继承了一大笔钱，但他是个不务正业的浪子。

奇怪的是当年我没反对夏小恽玩这种游戏——从世俗的眼光看这无论如何是一种自甘堕落的恶习。后来，我想，我之所以如此，并且热衷于参与，是因为我毕竟背负着罗思甜之死的负罪感，我不能让自己空下来，而这种刺激的游戏无疑是对抗往事的好方法。那段日子，夏小恽的运气出奇地好。在盘福路的那个阁楼里，夏小恽赢了很多很多的钱，多到让我产生幻觉，认为我们可以在东方宾馆住一辈子。

55

女儿银杏喜欢模仿各种各样的动作。天宝咧着嘴傻笑，银杏也咧着嘴傻笑。天宝像是从镜子里看到自己，知道咧嘴傻笑不好看，于是严肃起来。没一会儿，他又傻笑，银杏跟着傻笑。银杏虽然在笑话天宝，但天宝很幸福，他觉得银杏真聪明，活到如今，他可没见过这么聪明的孩子。

有一天，天宝家门口走过一个瘸子，银杏忍不住，就开始模仿瘸子。那瘸子是西门街杂货店的老陆，以前是杂货店的经理，据说和杨美丽有一腿。天宝还听说此人好色，他的脚是因为偷情折断的。天宝问过娘，娘狠狠地白了他一眼，说，没有的事，是小儿麻痹症留下的后遗症。银杏跟了那人一路，银杏学得惟妙惟肖。

开始天宝没在意。天宝觉得这很有趣。那个瘸子每天上班都要从天宝家的巷子走过，只要见到老陆，银杏就来劲了。天宝忍不住，跟着银杏学瘸子走路。老陆觉得天宝和银杏在羞辱他，拿起一根棍子追打他俩。天宝和银杏就逃。银杏逃的时候还是一瘸一拐的。看热闹的人都笑翻了天。老陆很生气，一状告到蕊萌那儿。

蕊萌让父女俩站着，当着老陆的面训斥他们。天宝咧着嘴傻笑。银杏也咧着嘴傻笑。蕊萌骂，你们还笑！

过了几天，天宝就担心起来，因为银杏一直在模仿瘸子，不会正常走路了。她喜欢有人看着她，街坊们看到她这样走路高兴得不得了，他们高兴，银杏也高兴。蕊萌不喜欢银杏不学好，喝令她好好走路，她不听。蕊萌要打她，银杏很固执，反抗蕊萌。蕊萌气得发抖。她骂道，你这个样子以后会嫁不出去。

天宝很担忧银杏变成一个真正的瘸子。难道银杏也得了小儿麻痹症了吗？他把这个担心同娘说。娘啐了他一口，说，银杏没生病不发烧，怎么会是小儿麻痹症！她这是成心气我，总有一天我要被她气死。这个小姑娘，心肠坏，什么事只要她知道我不喜欢，她就来劲。

天宝不同意娘说的。银杏心肠很好，活到如今，天宝可没见过心肠这么好的孩子。

天宝有一天上班回家，看到银杏一个人在院子里玩"跳房子"的游戏。娘不在，去菜市场买菜去了。银杏这会儿看上去完全正常，腿也不瘸了。天宝这才放下心来，银杏没事，她瘸是自己在玩游戏罢了。银杏见到天宝，腿又瘸了，连"跳房子"都瘸，天宝想象老陆跳房子是不是银杏这样子。银杏瘸得很好看，"跳房子"像在跳舞。

那年秋天，天宝带着银杏去街头玩。秋天永城街头的梧桐叶开始大片大片地落下，天宝家门口那条公园路经常一夜之间积满厚厚的树叶，走在上面，沙沙作响。银杏喜欢走在落叶之上，她舞蹈而过，落叶就会在她身后纷扬，煞是好看。那天，路过永城剧院时，银杏站在宣传栏的橱窗旁不肯走了。橱窗里贴着一张苏联芭蕾舞演出的海报，原来苏联芭蕾舞团来永城演出了。画片上，那些芭蕾舞演员的脚踮得像陀螺。天宝想起自己梦见银杏像陀螺一样旋转，就是图画上的样子，心里热了一下。他知道银杏想看，但兜里没有钱，每月的工资都交给娘了。票价很贵，如果向娘要钱，娘一定舍不得。天宝就领着银杏回来了。银杏一脸失望，路上没和天宝说一句话。

天宝发誓一定要让银杏看一场芭蕾舞。演出还有两天，他得在两天之内弄到钱。他想到了偷。一想到偷，他的手就发痒，痒得直颤抖。但看到右手那只不存在的中指，天宝只好放弃这个念头。后来他想到去火葬场替人哭丧。

娘不让天宝吃饱肚子那些年，天宝去火葬场哭过。为了钱替人哭，他不再觉得死人可怜，很难流泪。没有泪，那些死人的家属不满意，他就拿不到哭钱。后来天宝想了个办法，他带着一串辣椒，打算在开哭前把自己眼泪辣出来。

天宝这样做了。但现场出了状况，辣椒实在太辣了，刺激得他什么也看不见，他就坐在通向葬礼厅的台阶上，不停地流泪。他担心自己赚不到哭钱而哭，也害怕自己因此瞎了。他努力睁开眼，世界模糊，一片红光。他想起自己的中指被砍时也是这样，满眼红光。那时候他幻觉里还出现飘飘红旗，现在是什么也看不见。天宝想起银杏的脸，她渴望看芭蕾舞的眼神，这张脸让他觉得自己很笨，很窝囊，他的眼泪流得更欢了。这次是真的哭，为银杏哭，为自己无能哭。慢慢地他就哭出声来。

他看上去比任何死了人的人家都要悲伤。

这时，他的耳边传来一个声音："可怜，可怜，实在太可怜了。"

他发现那个说话的人是从前的自己。那人在天宝身边坐下来和他一起哭泣起来。那人说：

"你家一定死人了，真是太可怜了。"

天宝说："我家没死人，我爹早死啦。"

"你爹早死了怎么还来火葬场哭呢，你哭，你爹也不会回来啦。可怜，真可怜……"

他听了心酸酸的，只想哭个够。他爹死的时候他都没有哭。

后来他的眼睛慢慢恢复了。他看清了周围的一切。那个同他说话的自己已经走了。葬礼也完成了，他的身后眼前一片清冷。这个和死亡最近的地方有时候很热闹，有时候很荒凉。这时，天宝发现手中握着一张十元大钞。他先是吓了一跳，不知这钱是哪里来的，难道是他在天堂的父亲给的吗？接着一阵狂喜，他可以带银杏去看芭蕾了。

他像一阵风一样跑回家，然后拉着银杏往剧院跑。

天宝看不懂芭蕾舞。台上那些外国女人露胳膊露腿，踮着脚，在舞台上跳来跳去，不知道在跳些啥。有时候还把大腿跷起来，光溜溜的大腿一览无遗，天宝看得面红耳赤，好些场景不敢看。连那些扮天鹅的娘们也一样，总是喜欢把大腿劈开。这容易让天宝陷入低级趣味。天宝都有点后悔带银杏来看这种表演了。

银杏十分专注，整个过程眼睛一眨也没眨，不错过任何一个细节。她目光贪婪，像是沉浸在一个白日梦里。银杏这么投入，天宝也安静下来，不再往下流的方面想。他发现只要把这些姑娘想象成天鹅，她们真的就会变成天鹅。天鹅他是见过的，每年冬天，天鹅就会从北方飞来，排成人字，从永城上空掠过。当台上的姑娘们排成人字时，天宝觉得这就对了，在他眼里她们都变成白天鹅。他独自乐起来。

芭蕾舞演出结束，演员一个个迈着天鹅步来谢幕。观众纷纷离席，银杏却坐在位子上一动不动，眼中依旧是那种亮晶晶的梦幻表情。天宝轻轻拍了拍银杏，让她走。银杏不肯走。等所有的人走光了，银杏还坐在那里。天宝的心揪了一下，问，银杏你是不是病了？银杏狠狠白了天宝一眼。

后来，舞台的灯熄灭了，演员下了台，离开了剧场。剧场里的观众也都走光了。剧场一片漆黑。这时，银杏像一只兔子一样迅速蹿到舞台上，开始跳苏联姑娘刚才的动作。天宝看到银杏在不停地转不停地转。像他曾经做过的梦一样，银杏真的能像一只陀螺一样踮着脚尖不停地转动。天宝惊呆了。他觉得和那些苏联姑娘比，银杏更像一只白天鹅。

那天，天宝回到家，把银杏会像天鹅一样跳舞的事告诉蕊萌。蕊萌当天宝在说疯话，没睬天宝。天宝不甘心，让银杏跳一曲给外婆看。但银杏死也不肯跳。

这之后银杏老是缠着天宝去剧院。不是去看戏，是在没有演出的时候偷偷从剧场后台那个破窗口爬进去玩。后台是演员们化装的地方，乱得一塌糊涂，地上到处都是女人们用过的口红、胭脂盒，还有零食袋。银杏觉得这里的一切很美，流连忘返，当然最让她流连的地方是舞台。她用那些残剩的胭脂和口红化妆，站在舞台上，脖子伸得老长，腰板挺直，变成了一只飞翔的天鹅，在台上跳个不停。

天宝喜欢看女儿在台上跳舞。为了增加舞台效果，他还带一只手电筒，照着跳舞的银杏。他觉得在手电筒的光照下，舞台上的银杏闪闪发光。天宝活到如今，从没见过有人跳舞跳得像银杏这么好看。

有一天，天宝带着银杏在舞台上玩。突然，剧院大门洞开，剧院里的人带着娘进来了。后来天宝才知道，这段日子他带着银杏神出鬼没的，蕊萌以为他在教银杏做小偷，他们这是抓贼来了。

银杏正在忘情地跳舞，根本不知道有人进来了。她在台上一直跳啊，转啊，满舞台都是银杏的影子，好像真的有一只小天鹅在舞台上飞来飞去。娘看呆了，她没想到银杏还有这一手。她在天宝身边坐下来，示意天宝打着手电，不要吭声，以免惊动银杏。

终于银杏满头大汗地结束了。蕊萌鼓起掌来。银杏这才知道外婆在看她跳，脸一下子绯红。

"银杏，你是哪儿学的？跳得真好。"蕊萌说。

这天晚上，蕊萌烧了一桌子菜。吃饭的时候，她讲起从前的事。那时候她还年轻，经常去百乐门舞厅跳舞。解放前，百乐门舞厅在城隍庙边上，那儿可是个热闹的地方，那些达官贵人、公子哥儿经常来舞厅跳舞，寻开心。蕊萌喜欢跳舞，她说，她经常一泡就是通宵。那时候可是夜夜笙歌啊。

蕊萌从前没讲起过这档子事，天宝听得晕晕的，也不太能想象百乐门舞厅是什么样子。电影里是看过的，那些资产阶级男人和小姐们搂在一起跳舞，很腐朽。天宝觉得这没什么好吹嘘的。

这天蕊萌特别兴奋，吃过晚饭，蕊萌从箱子里翻出一件旗袍，穿在身上，给全家人示范过去舞厅里跳过的舞。天宝不知道这是什么舞，蕊萌说这是探戈。家里灯光昏暗，蕊萌在灯光下独自舞动，如鬼魅一般，整张脸沉浸在往事之中，好像这会儿她回到了年轻时光。天宝从没见过娘这样打扮。他觉得娘这会儿妖里妖气的，像一个神经病。蕊萌让银杏和她一起跳。银杏拒绝。银杏说，我不想跳这种舞，我又不是舞女。脸上的表情很不屑。

蕊萌一曲跳罢，意犹未尽，她还从箱子里翻出一只金手镯。她近乎自言自语地说，从前有个军官，喜欢我，逃台湾前要带我走，他有老婆的人，我怎么可以跟他走。他临别时送我这件东西。蕊萌停了一下，又说，要是当年我跟着他走，现在也许是个阔太太。蕊萌显得很忧伤。

第二天，蕊萌去了当铺，把这只金手镯当掉了。蕊萌对天宝说，银杏这么喜欢跳舞，让她去少年宫学跳舞吧。

56

1995 年 8 月 3 日　　第五天

南方的夏季非常炎热，即使是早晨，太阳刚从东边升起，空气就像燃着了一样，院子里被晒焦的叶子像燃烧的余烬。整个永城如一个巨大的桑拿浴室，即使你这会儿坐着，还是被烤出汗水来。家里装了空调，但你不习惯空调。

你汗津津地进屋。周兰坐在客厅看电视。周兰穿着细花衬衫，最上面的扣子都系得紧紧的，可她脸上也没有热天常有的油脂，清清爽爽的，好像她的身体早已失去出汗的功能。电视正在播放一档军事节目。大约是配合刚刚过去的建军节。电视上出现一组飞机，一群空降兵像拉出的羊粪，从机尾掉了下来。在半空中，降落伞纷纷打开。镜头对准了其中一个全副武装的士兵的脸，那士兵被高空的风吹得脸部扭曲。

你看到周兰脸上露出白痴一样的笑容。你的心揪了一下。

到了楼上，保姆正在打扫房间。天气太热，加上她正在拖地板，汗水这会儿浸透了她的白色衬衣，背部的肌肤隐约可见。

她有点肥胖，屁股硕大，不过还能显出腰部来，屁股和腰之间隐约可见一道肉感的弧线。这是你第一次这么注视她。她的屁股不时晃动着，仿佛是故意做给你看的。

你注意到废纸篓，里面什么也没留下。周兰喜欢在废纸篓里乱翻，好像那儿藏着不为人知的秘密。不能再让周兰受到外界的刺激。

"闲着也是闲着，我今天把这屋子上上下下都整整。"

保姆的声音骤然响起，洪亮，刺耳，好像有人向寂静的天空开了一枪。说完，保姆才回头对你一笑。保姆衬衫的第二颗纽扣敞开着，巨大的胸脯露出白花花的一片。你赶紧把目光收回来，望着院子里的石榴树。

"周兰阿姨好像清醒了呢，"保姆压低了声音，看着你，"她昨晚睡得可好了，早上起来还同我说起以前的事。"

"说什么了？"你问。

"说罗忆苦给她织过一件红毛衣，不知放哪儿了，想找出来。"保姆看了我一眼，"过去的事都记起来了。"

你想不起来有这件毛衣。你从来没见周兰穿过红色的毛衣。也许那会儿你工作忙，不会注意这种小事。

保姆去周兰的房间打扫了。你换上长裤，准备出门。

路过客厅，周兰正在按着遥控器换台。大概刚才的军事节目结束了。周兰直愣愣地看着你，说：

"你出去？"

"嗯。"

"去杨美丽家？我能一起去吗？"

你愣了一下。你说：

"不，我不去杨美丽家。"

周兰脸上露出茫然的表情，好像某种自我怀疑迅速注入她的身心，让她迷失。

"你在家休息吧，我马上回来。"你说。

你又上楼，对保姆说：

"要有什么事，你打电话到老陆店里，我等会儿去他那儿，找他有事。"

保姆点点头。

　　如今，我已死去五天，这是我回望人间的最后时光。不，在灵魂的世界里，已不叫时光，时光已经停止了。我停止在此刻。之后，我也许下地狱，也许上天堂。我不知道，不敢想。我这辈子作恶多端。现在当我在天空瞭望这荒唐人间时，依旧能够闻到当年在广州的日子里透出来的一股虚假而疯狂的气息。那时我和夏小恽的生活主要由吃喝玩乐和赌博构成。那时候，我的目光就这么短，短到只能见到眼前的欲望和快乐。没有未来。我这辈子很少想未来。到了广州后更是如此，眼前的生活就是所有一切。

　　悲剧和真相就藏在我的短视里。

　　在夏小恽单独外出时，我留在东方饭店。

　　独自一人是多么无聊，我出门，满世界闲逛。广州比永城大得多，我谁都不认识。在陌生的环境里，人会产生幻觉，有一种类似在舞台上的美好感觉。我幻想自己是一个我愿意成为的人，一个像舞台上的主角一样美好的人。曾有一段日子我迷恋过戏剧，什么剧都喜欢，越剧、绍剧、京剧、锡剧……那是戏剧的黄金时代，人人都是戏迷。我喜欢祝英台，她对梁山伯的喜爱以及因为女扮男装而油然生出的两人之间的幽默感，让我觉得她是如此美好。

那时候广州的天空还是蓝的，日子是多么悠长。我把自己幻想成祝英台，穿行在广州的街头。我觉得我和夏小恽就是在杭州书院读书的那一对。人在此刻有完美意识，可以把现实的丑陋抹去。在幻想里，夏小恽不再是一个热衷于赌事的人。当年祝英台和梁山伯读书之余干些什么呢？是不是也像现在的我一样在闹市中闲逛？是不是也在街头的小吃店吃美食？要是那时候也有美容院，是不是也去里面做一个头发？或者在丝绸店为自己定做一套华服？

夏小恽的那只公文包留在饭店里。我理所当然地使用包里的钱。

永城的往事也并非全然在我心里湮灭，谁都难免触景生情，比如在街头见到活泼可爱的孩子，我会想起须南国那个聪明的儿子，当然更多想起的是被我和娘抛弃于永江的罗思甜的儿子。我不知道那孩子如今在哪儿，是否还活着。想起罗思甜以那样的方式离开人世，而我就是那个凶手，我深深自责。

我还要描写广州的天空。在珠江三角洲，在五月天，天空格外迷人，大团的白色积云一动不动停在天边，仿佛白云之上就是天堂。我觉得那儿就是罗思甜居住的地方。那天，我坐在越秀公园，望着西边的白云，坐了整整一天，我想着眼下自己过着的优渥生活，想着已不在人世的罗思甜，眼中一直噙满泪水。当然听故事的人也许会认为我流的只不过是鳄鱼的眼泪，可我也是人，并非如你们想的那样无心无肝。

那天晚上，夏小恽没有回来。这是常见的，喜欢"梭哈"的人哪有日夜。

夏小恽一连三天没有回来。第三天晚上，我失眠了。我有了一种不祥的预感，觉得夏小恽可能消失了。不过，我马上否定这一想法，夏小恽的包还在这里，这令我稍稍安心。

我再也没有心情逛街了。我在房间里等候夏小恽回来。又过去两天，夏小恽还是不见踪影。我心里掠过一丝恐慌。夏小恽究竟去哪里了呢？难道他已厌倦了我，早想着从我身边逃走了吗？他独自去香港了吗？我有点相信我的预感了，也许夏小恽真的在我的生活中消失了。

我出门寻找夏小恽。我去了盘福街的阁楼。是他们看起来像幽灵还是我更像幽灵？在那个昏暗的地方，没人理睬我，仿佛我和他们天人永隔。我无法获知夏小恽的消息。

那天，我回到宾馆，那只黑色的公文包消失了。我大吃一惊，公文包去哪儿了？是夏小恽拿走了吗？我去前台问夏小恽是否回来过，前台一脸茫然，不知所以。我只能想象夏小恽来过宾馆了。这至少说明夏小恽还在广州，可他去哪里了呢？他为什么避着我？

除了少了那只公文包，夏小恽换洗的衣服都还在。我记得夏小恽刚到广州时给朋友打过电话。我翻遍夏小恽的口袋，找到一张纸片，上面有几个数字。我猜这是电话号码，但不知道是谁的。我打了过去，对方听到我的声音就啪的一下挂了。我再次打过去，那人在电话里恶狠狠地说，你打错。

我的心情从云端跌入低谷,落入孤立无援的境地。我的脑子里各种各样的念头涌现,想得越来越复杂,总是一个念头否定另一个念头,每一个念头都无法找到任何依凭。除了想象夏小恽抛弃我去了香港,我甚至想到夏小恽也许已经死亡,被什么人杀死了。各种念头汇集成一个念头就是:我以为自己在幸福的生活中,原来所谓的幸福竟然如此不可靠。

想到夏小恽可能遭遇不测,我很想去报警,然而我又不敢这么做,我隐约感到如果报警,对夏小恽相当不利。他坐过一次牢,他不能再被关了。

就这样,我在焦虑中度过了十天。也许我前几天去总台问过夏小恽的消息,也许他们也看出我的境况。有一天,他们找到我,让我马上付清这十多天的住宿费用,仿佛认定我付不出这笔钱,口气强硬:"如果你不能付清,我们要送你去派出所。"到这时,我的梦想破灭了。我想,我不能再住在这里了,这里住宿费昂贵,如果夏小恽不再回来了,我压根儿住不起。我决定搬离。当然我得和他们清账才可以走。幸好,我还有一点私房钱,是我这么多年省吃俭用积攒下来的。我的工资除了上交给母亲一笔餐费、买些女人的衣服饰品,基本没动用过。当我把钱交给总台,心里一阵绞痛。不光是心痛这笔钱,也心痛我将成为一个失败者回到永城。我将在永城受尽嘲笑。我想,幸好我没有辞职,我只是请了个长病假,我总算还可以回去。

这时来了一个陌生人,让我跟他走。我迟疑了一下,还是怀着豁出去的心情随他而去。一会儿,我跟他来到白云机场附近,那儿有一个长满杂草的院子,院子里有一群鸭子在叫个不停。院子深处有一间废弃的仓库。仓库的外墙斑驳，西边部分墙壁倾秃成残垣。夏小恽被捆绑着关在仓库里，看上去垂头丧气，脸色灰暗而阴沉，一副倒霉相，与几天前那个神气活现的小开判若两人。

他见到我，脸上露出讪笑，不知道是自嘲还是歉疚。他沉闷地说，我被他们做了。

我问输了多少？

他说，已记不清输多少了。

我说那怎么办？

夏小恽目光如贼地左右前后看了看，见没人，迅速从口袋里取出一把钥匙，递给我。他悄悄地说，他在中国银行租用了一只小保险柜，里面还有首饰，很值钱。他让我把首饰变卖掉，把他赎出来。我接过钥匙，藏到口袋里。他不再同我多说什么，催促我快点去办。

我已死了五天，此刻我从天空看到从前的自己行色匆匆地离开了那个废园，身后刚刚有一架波音飞机降落在机场，飞机发出的巨大噪音把我的耳膜都震裂了。我的手捏着那把钥匙，仿佛握的不是夏小恽的命运，而是自己的命运。

多年后，有位信基督的朋友送过我一本《圣经》。我虽然最终无法信神，但有空时也会翻读几行。《圣经》说，太阳下面无新事。是的，人世间所有的事只不过是不断重复而已，就像我不断地重复自己的命运，自以为得计，其实只不过是机关算尽太聪明而已。

那天，我进了中国银行的地下室。我进去时，头上的白炽灯非常明亮，使地下室如同白昼。我看到一排金属的保险柜高高地耸立在眼前，犹如寺院的灵骨塔。我找到编号为 1989 的小抽屉，取出钥匙，打开。我看到一堆首饰存放其中，五颜六色，有金银和珠宝。在这堆首饰中，我认出了罗思甜的一对珍珠耳环，很大的珍珠，是某个男人送娘的，娘又转送给罗思甜的，娘说是天然老珍珠，很值钱；我还认出了曾经属于胡可的一枚红宝石戒指，她生前经常戴在手上……

我站在保险柜前，思维既迟钝又活跃。我感到窒息，仿佛我来到了真空地带。我猜不出夏小恽用什么方式从各色各样的人那里骗来了这堆首饰，夏小恽一定是利用了他们的贪婪才搞到手的。夏小恽也利用了我的贪婪。夏小恽是如此高明，他骗走罗思甜的珠宝可以理解，他竟然从须南国那里骗走胡可的戒指，还轻而易举地骗走了我。这会儿我脸上一定有僵硬的鬼魅般的笑意，只有灵魂出窍的人才有这样的笑意。

我想，我已经知道了夏小恽的真相。他根本没有找到他的母亲。他那个大富大贵的妈妈只不过是一个传说而已。在人世间总是有传说，但传说往往是靠不住的。事实是，夏小恽不但是个赌徒，还是个骗子。在看到这堆首饰时，我曾打算不顾夏小恽死活，携宝逃走。但我转而又想，我能逃到哪儿去呢？回永城我终究是个失败者。于是我决定留下来。我打定主意不揭穿夏小恽，我想，我们心照不宣就够了。

58

杜天宝说不出对生活的看法，但并不是说他对生活没有看法。看法一直在他的心里，在他的舌头上打转，只是他的语言有限，表达不出来。他的看法翻译成书面语是这样的：幸福的生活要有家可归，还要能吃饱，当然还需要有一个聪明的女儿。天宝觉得这世上他想要的他都拥有了。他因此感到自己的人生无比幸运。

在蕊萌的安排下，银杏去了少年宫舞蹈培训班。蕊萌给银杏置了件红色的舞衣。蕊萌说，银杏这丫头真了不起，她跳了一曲天鹅舞，老师就要她了。蕊萌这么说时，天宝骄傲极了，当爹的快乐无以言表。

每次都是天宝踏着三轮车送银杏去。他有一种在天空飞的感觉，比当年载着罗家姐妹的感觉还美妙。三轮车的轮子天宝重新刷了一遍红漆，这样三轮车飞驰的轮子看上去像银杏跳的舞蹈，很好看。银杏也喜欢。银杏在少年宫跳舞时，天宝扒在教室的窗口看。教室里有一面大镜子，天宝看到有两个银杏在跳，就像他的三轮车后面有两个红色轮子。

银杏在舞蹈班里交上了朋友。那姑娘是个哑巴，只会打手语，但耳朵听得见，所以能跳舞。银杏喜欢那姑娘，两人经常在一起玩。银杏还向那女孩学手语呢。银杏学得快，很快就能和那小姑娘交流了。银杏打起手语来真好看，像在跳舞一样。

可是一段日子后，银杏不肯去了，问她也不肯说原因。蕊萌劝了银杏几次，银杏脾气倔不听劝，蕊萌只好作罢，叹了口气说，随她吧。天宝心有不甘，他不喜欢银杏不跳舞，他说，银杏，你跳得比苏联人还好看，你为什么不想跳了呢？银杏突然发火了，说，烦死了，你懂个屁，不想跳就不想跳。天宝的身子缩了一下。

天宝看出银杏不高兴。银杏本来不爱说话，现在更沉默了。她完全变了个人，好像那个爱跳舞的小姑娘原本就不存在，只不过是天宝的一个臆想。

有一天，天宝路过中山公园凉亭，看到有一个女孩在树荫丛中跳舞。那是个隐蔽的角落，平常很少有人去那儿玩。天宝看到边上放着的书包，心跳了，那是银杏的书包啊。仔细一看，那忘情跳舞的果然是银杏。那一刻，天宝看懂了银杏舞蹈的意思，那是一只多么忧伤的天鹅啊，她的脖子挺得笔直，好像她的脖子受了重伤，她必须这样子，天鹅才不会从天上掉下来。看来银杏这只小天鹅受伤了。

那天，天宝没有叫银杏，一直在边上悄悄地看着。银杏跳完舞，擦了把汗，背着书包回家。天宝偷偷地跟着她，心里难受极了。

天宝把这事告诉娘。蕊萌流着泪说，我们还得送银杏去学跳舞，这孩子就喜欢跳。这次银杏倒没再倔，答应了。

就这样，银杏又去了少年宫。

不久银杏出了事，她用石块砸伤了舞蹈班一个男孩的脑袋，原因是那男孩经常嘲笑银杏有个傻爹爹，还取笑银杏的哑巴朋友。

银杏自知闯了大祸，从少年宫逃走了。她不敢回家，不知去向。蕊萌和天宝到处找银杏，找遍了永城的每一个角落，都找不到。"这孩子，就是脾气太倔。"蕊萌十分忧虑。

后来，还是西门派出所的肖长春找到的。肖长春说，银杏躲在西门街那座废弃的自来水塔上。天宝感到奇怪，他去自来水塔找过的呀，没有银杏啊？

肖长春走后，蕊萌说：

"天宝，你知道他是谁吗？解放初就是他把我从舞厅里带走去改造的。要是没解放，要是他不把我带走，我如今是什么样呢？……我想象不出来，也许更好，不会吃那么多苦。"

天宝当然知道肖长春，他还咬掉他儿子肖俊杰的耳朵呢。听罗思甜说，肖长春一枪把儿子毙了。

一会儿，蕊萌又说：

"不过，这个人也不容易，他是个大干部啊，白白地坐了牢，如今虽然恢复了公职，却只当了个派出所副所长。和他一起参加革命的人，有哪个不是大官儿。他家里也不幸，儿子死了，老婆发了疯。我算是想明白了，都是命。所以，我也不怨谁。"

59

"你把罗忆苦火化了？"老陆问。

你点点头。

小店偶尔有顾客进来，都是年长者，买一块肥皂，或一把木梳。木梳的木齿间隔很密，可以用来篦去头发上长出来的虱子。老年人舍不得用护发用品，头上易长虫子。

"盒子在我这儿，放在我屋子里。"

老陆瞥了你一眼，不吭声。

"她一直没出门？"

"没有。"

"你多劝劝她。"

"她不肯开门。那天我以为她也不肯见你，倒是见了。"

有几个孩子咿咿呀呀从小店门口跑过，像是去看什么热闹。老陆抓住了其中一个，问跑那么快干吗？那孩子踹了老陆一脚，说，死瘸子，你管得着。然后一阵烟一样地跑了。

"现在的孩子，一点礼貌都没有。"老陆说。

你朝罗家巷望了望。从这里可以看到西门桥，你看到杜天宝站在西门桥上，看着河水。

"你替我问问她，选个日子，把罗忆苦埋了吧。"

老陆"嗯"了一声，发给你一支烟，替你点上，再给自己点上。他深吸了一口，然后长长地吐出。你知道老陆吐出的是一声叹息。

你起身，向护城河走去。

杜天宝木木地站着。你远远叫了他一声。他惊慌地回头，一溜烟跑了。

已经是第二次了。早上，你在公园路迎面碰到杜天宝，天宝见到你，转身拐进了另一条巷子。你觉得杜天宝的行为有点奇怪。

你站在桥头。罗忆苦死后，你第三次来到这里。几天前被踩踏成泥的河岸，小草已长得非常整齐，色泽嫩绿饱满，曾经发生在这里的悲剧找不到一点影子。这段日子，南方干旱，已有半个月没下过雨了，河水比以前浅了许多，紧靠西门街的河岸是用石块垒成的，石坝上露出一道一道曾经的水岸线痕迹。

你决定返回到西门街。一会儿，你来到杜天宝老屋门口。

台门上布满了灰尘，两天前看到的台门上的划痕还很清晰。你断定这里不久前住过人。

太阳已经升到半空。阳光从东侧巷子的屋顶射入，照在台门的围墙上。围墙上有一些杂草和紫藤。紫藤从围墙上挂下来，一直拖到墙脚下。

你被一道金光刺了一下。

你寻找那道金光。它在墙角的泥土里。你走过去，手指深入泥土，把那东西挖了出来。是一枚圆形金戒指。

你拿着它，愣住了。你认出是夏泽宗当年交给你的那枚戒指。夏泽宗死后，你亲自把这戒指转交到了正坐监的夏小恽手里。

你断定罗忆苦死前住在这里。

60

我先要描述一条蛇。毒蛇。那是我此生见过的最神奇的蛇。从此后，我开始相信奇迹。

蛇是奇迹的源头。蛇这一形象似乎注定和神秘的事物紧紧相连。它看起来很可怕，似乎和我们内心的欲望、邪恶、恐惧及无助紧紧相连。

后来这条蛇进入我梦境。我经常梦见它。它立起来，头部像蝴蝶一样张开，吐着红色的芯子，它的眼睛细小，射出锐利的警觉的光芒，那光芒又是忧郁的绝望的。蛇有着双重气质。

大师说，它是眼镜蛇，是从印度带来的。

我此生最难忘的场景之一是初次见到大师，我看到大师飘浮在半空中。

大师住在密林丛中的一间村寨里，四周修筑了高墙，那宅子隐没在围墙内的树荫中。我在其中看到一棵形状特异的木瓜树，上面结满了乳房似的青色木瓜。抵达宅子有一条长长的通道，通道的梁上雕刻着印度神像以及蛇形图案。后来，我才知道那印度神像是毗湿奴和湿婆，它们的脖子和手臂上缠绕着眼镜蛇。传说中，蛇是他们的保护者。

那宅子非常幽暗。我们初入禅堂，看不清任何东西。后来，我看到一丝光从禅堂的东北角射入，那光细若游丝，仿佛不是从上而下，而是如一缕清香从地上升起，袅袅而上。透过雾一样的光线，我先看到一条蛇傲然立在光的那边，它一动不动，注视着我们，我最初以为如刚才梁上所见，仅是浮雕，然而它是活的，它吐着芯子。

夏小恽用肘部碰了碰我的身体，然后指了指高大禅堂的空中，让我细看。我不能形容见到大师一刹那的神奇感觉。我有一种不由自主跪下来的冲动。事实上我确实是早于夏小恽双膝着地的，只是我跪着的时候依旧仰视着他，而夏小恽双手趴在地上，头深埋在肩胛里。

和那缕如清香似的光线一样，他是从地上慢慢升起来的，然后，在半空中他入定了。他高高在上，悬浮着，双腿盘坐，身下无一物，却像有万物支撑，纹丝不动。他一头长发，头发如水生植物一样，随水流不停起伏，向四周伸展。

现在，我成了一个灵魂，已非存在之物，空无所有地注视着人间万物。你们若问我，这世上有没有神迹，我能告诉你的还是那句古老的话，如果你信，必是有的。对我而言，神迹是存在的，这世上确有一些天赋异禀的人，他们的身上存在奇迹。

也许是我们女人感性，天生相信奇迹，况且西双版纳本身就是神迹遍地的地方。

夏小恽告诉我，大师曾和夏小恽在同一个牢房待了八年。他先于夏小恽离开了监狱。据说，他先是去了西藏，然后又从西藏潜入印度。夏小恽强调，他在印度学会了瑜伽，然后就涅槃了。

大师收留了我们。不是大师亲口说出的。是带我们见大师的男孩告诉我们的。大师一直待在禅房，不开金口。那男孩在我们从禅房退出来不久也退了出来。他把我们安顿在宅子的一间客房里，对我们说，你们可以在这里休息一段日子。就这样西双版纳成了我和夏小恽暂时的避难所。不，说避难所并不准确，因为分明地，我感到安详，有一种来到圣地的被某种神迹保护的心灵满足，一种发自内心的被恩宠的感觉。

关于大师的灵修班我是后来在报纸上读到的。但我在西双版纳时未见到报上所说的那些年轻女人或贵妇。我当时的感觉里，那地方只住着大师和我们。甚至大师那些男童在我的感觉里也不存在，好像他们深藏在大师的阴影里，或者他们只不过是大师变出来的法身。其中一个法身有一天对我说，如果蒙大师召见，可以洗去一生的罪恶。

哦，罪恶，我看到它就在我的身体里，它黑暗如漫漫长夜，它浸入了我的血液，我看到我的血液不再是鲜红的，而是暗影重重。我尽量正视我的罪恶，此刻它却如一条奔腾的大河在我眼前流淌。我知道我罪孽深重，无法逃避。

我相信世上的神秘力量。我如今成为一个幽灵在永城上空就是某种神秘力量所致。我知道你们把这股力量叫命运。是的，当你们说出"命运"这个词，你们其实已经承认这世上存在一种超自然力，一种自身难以识别、难以掌控的力量。而那时候在大师面前，我觉得他就是那股力量的掌控者，他就是命运本身。他可以走进你的命运里赦免你的罪，令你清洁。

然而大师强暴了我。有一天，大师召见我。我独自去了大师那儿。我几乎看不清他，我想象他在黑暗的空中飘浮，感到他无处不在。我心里被一股暖流充满，我甚至希望他抚摸我。就在这时，他揪住了我的头发，然后撕掉了我的衣服。我本能地挣扎，想叫，但喊不出声，我的嗓门像是被什么掐住了。然后我感到一根坚硬巨大的东西侵入了我。我一阵刺痛，几乎昏晕过去。

后来我慢慢醒了过来。令我奇怪的是我有了快乐。快乐在疼痛的根部生长，慢慢地扩展，然后再集中到我的下体。我感到自己要炸裂了。同时，我的心里竟有一种隐秘的因受苦而生的感动。我命低贱，唯有在低贱中可以重生。这是一种奇怪的经验，强暴带给我的不是痛苦而是意外的满足，好像这样受苦可以洗去我过往的罪孽。我没有告诉夏小恽。我把这件事当作我的人生的秘密保存在心里。尽管我不承认自己的罪孽，但它一直在心里，我需要身体的疼痛去缓解它。

是大师看穿了我吗？他是在治疗我吗？

后来，我心甘情愿地献身给了他。我甚至没有考虑夏小恽的感受。我不知道他是否识破。我甚至连识破这桩事都不加考虑。那事后好久，大师又召我进入他黑暗的禅房，我很忐忑，同时心里有奇异的渴望。

他坐在那儿，那条蛇缠绕在他的手臂上。他身上披着一块白布，显出他魁伟的身躯，他的骨架非常大，身上似乎没有多少肉，但能够感受到他肌肉的韧度。他依旧盘腿坐着，像坐在莲花座上。我看不清他的脸。我也不想看清，神不是没有肉身和面容的吗？后来，我和他纠缠在一起时才第一次真切地看清了他。他的脸酷似眼镜蛇，脸上有着蝴蝶一样的伤痕，眼睛几无眼帘，使目光显得无比幽深，你分不清是忧郁、神秘还是残忍。

"不要害怕。它不可怕，"他在黑暗中说，说的是他臂上的蛇，"过来吧。"

我是飘移过去的吗？感觉中仿佛如此。感觉中我像是被他的声音牵引，即使想挣扎也挣不脱。这时，我看见他盘腿中间的另一条蛇。它昂首挺立，注视着我。

他握着我的手，手有些发颤，他说，你的身体浸透了悲伤。来吧。他说。然后他抱住我的腰，把我的身子安放在那蛇上。我发现我的下身润滑，花瓣结露，好像悲伤正从那儿流出。

想象过和神交媾的感觉吗？那是一种全身心的交付。完全的无助，完全的失控，完全地被对方控制，完全地把自己当成一只羔羊，完全地任人宰割，完全地小，完全地像尘埃然后开出花朵，完全地崇拜，完全地皈依，完全地依靠，完全地感动，完全地投入。

我感到我的身体消失了。我敏感的胸脯曾是我所有快乐的源泉，是我快感最集中的地方，但此刻也消失了。我感到自己只剩下一个器官，我的下体从未有过的饱满，接纳着他的巨大的"蛇"，他在托举我，缓缓上升。我感到他的蛇游遍我的内部，游入我的血液，游入我的痒，我听到我沸腾的血澎湃作响。我感到随着他的升空，我的身体里开出了莲花，那是从我血液的污秽中开出来的花朵。花朵带走了我血液中的黑暗。黑暗中开出的花朵是如此灿烂。我觉得我正在死去。我第一次意识到死亡的极乐。死亡可以如此的迷人，让人欲罢不能。那时候我脑子里唯一的念头是唯有死亡才可能重生。

如今我已体验过一次真正的死亡。我可以告诉你们，灵魂从身体里出来的一刹那就好像从污秽中开出的花朵，一下子变得清洁。与我多年前与大师的交媾中体验到的一模一样。我之所以用"交媾"这个污秽的词，是因为只有通过污秽才能真正抵达清洁。这是如今我成为灵魂的真切感受。

我回到我的住处。我看到夏小恽闭着双眼在打坐。那模样儿颇像大师，他是不是也梦想有朝一日从地上升腾而起？我不认为他会成功，除非他屁眼里装了个火箭。

窗外风声吹拂着茂密的树叶，沙沙作响。在更南的南方，在西双版纳，我身处苍翠的热带植物之中，安详如婴孩。我感到眼前的世界仿佛静止了一样，被一种"永恒"笼罩。我想天国大约也不过如此。我心满意足，感到身体清洁如初，犹若花瓣上的露珠。"一切有为法，如梦幻泡影，如雾亦如电，当作如是观。"这是我这几天学到的一句经文。我觉得这句经文真是奥妙无穷。

令我安心的是夏小恽对我和大师的媾合没有任何反应，好像毫无察觉。自逃亡至西双版纳，他似乎失去了性欲，没碰过我。我很高兴。如今我婴儿一般的洁体已容不得夏小恽的污浊。夏小恽似乎全身心地学习着瑜伽，渴望着有一天像大师一样从地上飘起来。

这正中我下怀。我经常偷偷来到大师那儿，并在大师身上获得一生中最多的高潮。

　　然后就事发了。这世上没有"永恒"，永恒只存在于心里。在尘世间，"永恒"非常容易被世俗的力量侵入。有一天，警察包围了宅子，好像宅子里隐藏着一个不可告人的秘密。

　　我和夏小恽在慌乱中逃走了。夏小恽逃走时肩上背着一只小小的蛇皮袋。他像护命一样保护着蛇皮袋，不让我碰一下。我猜测他一定偷了大师的某件宝物。我想，也好，如果真是宝物，我俩至少可以过上一段安稳的日子。我们逃回了广州。

　　后来，我看报纸，我了解到发生在那个深宅里的事。那儿其实是个灵修班，大师收了很多贵妇人的钱，让贵妇人得到解脱。报纸用"骗子"形容大师，说大师装神弄鬼，利用宗教迷信，骗财骗色。不过大师逃过一劫，至今没被抓住。在我的想象里，大师化成了一缕青烟，升上了天空。

　　难道我是被大师迷幻了吗？我不相信有此事。在我的感觉里，我是大师唯一的宠儿。那儿植物疯长，万物有灵，我经常觉得自己只是一棵树，或者那些植物也是人的化身。在大师那儿，一切只剩下灵，而没了形。我怀疑，那些日子我的形体并不存在，变成了一只蝴蝶或一棵不起眼的长在大师身边的小草。

　　我和夏小恽在广州待了下来。我一直对蛇皮袋里的东西好奇，趁夏小恽不在时，我偷偷打开来看，原来是大师的眼镜蛇。它正吐着芯子，面容忧郁。我像是见到了大师本人，被吓着了。它是不是大师的化身呢？

　　有一天，夏小恽带我去广州白云机场附近的那间破败的农舍。当年，他曾被他们囚禁在这儿。我不明白他带我来这儿干什么？夏小恽说，他把这儿租下来了，以后，我们就住在这儿。我当时想，他是不是疯了，这儿前不着村后不着店的。不过我又想，也许夏小恽是对的，我们已没钱住在东方宾馆了，先安顿下来再说吧。但我心里还是不甘的。天哪，我如今落到这般田地。不过，我都是自找的。

有一天，我从外面回来，回到白云机场附近那简陋的农舍。厚厚的窗帘都拉了起来，室内昏暗，只有一丝淡如尘烟的光线从天而降，我看到光线对面那条蛇昂首而立，接着，我看到夏小恽盘腿坐在半空中。我大吃一惊，仿佛回到西双版纳初次见到大师的时光。

61

一九九四年，银杏也已经长大成人了。

银杏没有成为一个舞蹈家。一九九四年，没有人再对芭蕾感兴趣，大城市的芭蕾舞团纷纷改换门庭，成了以歌手为主的歌舞团。即便退而求其次，银杏想为那些歌手们伴舞，但学跳舞的人太多，竞争激烈，没人想要她。

银杏的脾气变得越来越暴戾。在家里，好像所有人都欠了她，整天黑着脸。蕊萌知道银杏心情不好，想着给银杏找份工作，可如今工厂都在裁员，有工作的人都下了岗，又没有门路，找份工作谈何容易。

蕊萌觉得对不起银杏。银杏出生在这家里，天宝和碧玉又是这样没用的父母，银杏从小受歧视，有自卑感也是难免的。有自卑感的人在外面脾气好，在家里脾气就差。这也可以理解。

有一天晚上，蕊萌和银杏一起看电视，当时本地电视台正重播《红楼梦》，看到薛宝钗讥讽贾宝玉和林黛玉。宝玉问："宝姐姐看的什么戏？"薛宝钗说："我看的是李逵骂了宋江，后来又赔不是……"以此笑话贾宝玉经常对林黛玉"负荆请罪"。

看到这出，蕊萌和银杏开了个玩笑，说，我们银杏要是演这出，会比她演得更好，我们银杏天生说话带刺，根本不用演。又说，论长相，我们家银杏比大观园的姑娘都标致。

不料，银杏翻脸了，说："做梦去吧？这破屋，这破人，还大观园，连吃饭的钱也犯愁还大观园。大观园在哪儿？还真会往自己脸上贴金。"

蕊萌被银杏噎住了，想都没想，就给了银杏一记耳光。银杏这段日子确实过分，老刺激蕊萌。银杏不服，把一把椅子踢翻在地，然后走进了夜色。

杜天宝在一边急得不知如何是好。银杏长大后就亲蕊萌，都不太理他的，看他的目光也满是鄙夷。杜天宝要把银杏追回来，被蕊萌喝住：

"这死丫头，越来越没良心了，随她去。"

杜天宝着急。天这么黑，银杏要是遇到坏人怎么办？见娘不再阻拦他，他倒退着溜出台门，满世界找。

一找就找到西门街。天宝见到自己的老屋透出昏暗的灯光，不知出了什么状况。难道是爹的灵魂回家了吗？爹正开着灯喝酒吗？天宝有点胆怯，爹喝醉了酒可会骂人的。他小心走进屋子。他看到老屋一尘不染，银杏正躺在天宝睡过的床上，在哭泣。

天宝心中一酸，忍不住哇啦哇啦呜咽起来。银杏背对着他，不理他。见天宝越哭越伤心，回身骂道：

"你个傻瓜，哭什么啊，我没死呢，你哭什么！这里不是火葬场。"

天宝依旧哭。银杏已有半年没和他说一句话了，即使现在是骂他，他都觉得好。银杏终于和他说话了。天宝很感动，他哭得更欢了。

这时银杏突然抱住了天宝，说："你这个傻瓜，哭有个什么用。傻瓜，傻瓜。"说着，她自己又哭出声来。

杜天宝已有很久没抱过银杏的身体了。他想，银杏平常不理他，心里面还是对他亲的，瞧，她都抱住他。杜天宝瞬间觉得幸福，他说：

"银杏，爹是个傻瓜，爹对不起你。"

银杏搂得更紧了，只是抽泣，没说话。

有一段时间，银杏总是早早出门，要到傍晚才回家。有时候连中饭也不回来吃。蕊萌不知道银杏在忙什么，问银杏，银杏不肯说。蕊萌有点担心，怕银杏遇到骗子，让天宝跟踪银杏，弄清楚她究竟干什么去了。

原来银杏和一群哑巴聚在一起，当年在少年宫跳舞的哑巴姑娘又和银杏联系上了。那姑娘有一群哑巴朋友，经常聚在一起。哑巴姑娘个个皮肤白净，比银杏白很多。天宝奇怪，为什么哑巴皮肤会比一般姑娘嫩。是不是因为人一旦成了哑巴就不愿出门，不愿出门就晒不着太阳，晒不着太阳皮肤就嫩了呢？天宝想不太明白。杜天宝第一次见到这么多年轻的哑巴，感到蛮稀奇的，不过也很高兴，银杏终于有了这么多朋友，有朋友就不孤单了。

那群姑娘躲在树丛里，天宝听到姑娘们发出呀呀呀的声音，看到她们的手在不停地舞蹈。银杏也用手语和她们交流。天宝想，不说话也蛮美好的啊，要是人都不会说话，用手交流，那这世界岂不人人像在用手跳舞?

天宝屁颠颠跑回家,把银杏和一群哑巴姑娘交朋友的事告诉娘。

蕊萌知道此事还是高兴的。因为自卑,这么多年来银杏一直没有交上什么朋友。她们虽是哑巴,但总归有朋友了。人以群分,物以类聚,银杏和哑巴玩也好,不会受歧视。蕊萌放下心来。

现在,天宝最愿意去的地方就是中山公园。他偷偷躲在张苍水旧居边上,看姑娘们在树丛中无声地比画,彼此交流。她们的眼睛多么明亮,好像因为嘴巴不会说,她们的眼睛就会说话。天宝躲在那儿,就像当年看银杏在树丛中跳芭蕾,心里面有说不出的辛酸和疼爱。

银杏的脾气突然变好了。蕊萌的生日是四月三十日。在这个家只有银杏记得外婆的生日(银杏就是对外婆亲)。天宝记不得,碧玉更记不得。每年过年,蕊萌和天宝都给银杏压岁钱。银杏都攒着,从来不用,也不让人见到。有一次,蕊萌打扫房间,发现银杏多年的压岁钱都藏在枕头里面。那天晚上,蕊萌通过门板的缝隙看到银杏在数钱,一边数一边咯咯傻乐。蕊萌对天宝说,天宝,银杏怎么这么喜欢钱,钱像她的命一样,你休想从她手里拿到半毛钱。你说她像谁啊?天宝,她也不像你啊,你对钱倒是大方的。

天宝想了想,觉得银杏像自己的爹老杜。老杜当年总是把钱藏在裤腰里,就是睡觉也不解开腰带。有一次,天宝想吃一块杨美丽的麦芽糖,他给杨美丽干了很多活,杨美丽就是不肯给他吃一块。天宝没办法就在晚上偷他爹裤腰里的钱。那时候天宝还没学过偷技，动作也是相当敏捷的，他爹老杜当晚喝得醉醺醺的，但没想到天宝的手刚碰到钱包就被老杜死死掐住了。

蕊萌六十四岁生日那天，银杏突然说：

"外婆，我在饭店订了一桌，我给你过生日。"

蕊萌有点不敢相信。一九四九年前蕊萌经常出没于酒楼茶肆的，后来有了碧玉，又有了银杏，就是平常日子了，再回想以前的生活犹如梦境。但蕊萌毕竟是见过世面的，没再多问。这天，她从老箱底翻出一身行头，穿在身上，跟着银杏过自己的生日去了。银杏说：

"外婆真有风度，我要有外婆一半好看就好了。"

"银杏才是真漂亮，跳舞的底子在，这身板，就是女人见了也喜欢，银杏，你会迷死男人。"

银杏脸一下子红了。

蕊萌说："银杏终于懂事了。"

后来银杏离家出走，蕊萌才反应过来银杏为何给她过生日。银杏是想最后报答她。不管是当时还是日后，银杏为她过生日这事，蕊萌很感动。那天生日过后，娘把钱偷偷塞到银杏的枕头下。娘知道银杏爱钱，不会让银杏花钱的。

有天吃过晚饭，银杏说想去广东闯闯。当年有很多年轻姑娘都去了广东和深圳。蕊萌虽然不太出门，也听说去那边的女孩都在做从前窑子里的事。她担心银杏走她曾走过的路。蕊萌曾是舞女，知道里面的道道。声色场所是要察言观色的，要用言语讨恩客的心，银杏模样虽周正，但嘴不甜，不是那块料。

蕊萌当即说："只要我在当家，你休想。除非你嫁了人，有夫家做主。"

银杏当即和蕊萌吵了一架。银杏是个倔脾气，这之后几天蕊萌百般讨好银杏，银杏成天板着个脸，好像蕊萌欠了她八辈子的债。那段日子银杏脾气狂暴，一不顺心就发作。有一天，她看到外婆把过生日的钱塞还给她，当场气哭了，把钱狠狠砸到蕊萌脸上。

蕊萌不介意，对天宝说："银杏生在我们这样的人家是前世没修到福，脾气古怪点难免的，我们银杏算好的了。"

天宝连连点头。

五月的一个黄昏，蕊萌从外面回来，心里面突然有一种空荡荡的感觉，她一时不明白自己为什么会空落落的，好像一辈子时光被人偷走。她站在自家院子里，院子里的香樟树在风中瑟瑟作响，屋子的门上扣了一把锁。她记得出门时没上锁啊。她叫了一声银杏，无人应答。叫了声天宝，也没回应（天宝正在上班）。她没叫碧玉，叫碧玉没用。蕊萌心里一急，怕银杏是不是寻短见了。因没带钥匙，她捡起墙根边的一块石头砸锁。门打开了，银杏不在，碧玉倒是没睡，难得从楼上下来，坐在厅堂里。蕊萌看到碧玉手上拿着一张纸条，脸上挂着诡异的笑意。蕊萌一把夺过纸条看起来。是银杏留下的。纸条上写着：

外婆，爹：我走了。你们不要来找我，就当我死了。我在这个家里不会有出息。我这样说很没良心。外婆、爹都对我好，我这辈子都报答不完，可是我要是留在

这家，这辈子不会有出头的日子。你们放心，我是和
一帮姐妹们一起走的。我要是没出息，这辈子不回来
了，要是出息了，来接外婆、爹、娘一起享福。

蕊萌看到这纸条，差点晕过去。"她怎么可以干这种事，
怎么可以干这种事，她会碰一鼻子灰的，她怎么这么不懂事。"

后来蕊萌了解到那群在中山公园聚会的哑巴集体失踪了。
哑巴们集体闯天下去了。哑巴们的家长报了警，他们聚在一块，
一脸焦虑，希望警察早点把她们找回来。

不久，警察把哑巴们陆续带回了永城。只有银杏一直没有
找到。蕊萌和天宝问那些哑巴，她们纷纷摇头，表示不知去向。

银杏离家出走后，蕊萌一下子变得十分苍老，几乎一夜
白头。

62

你来到鼓楼杜天宝家，打算好好讯问一下杜天宝，罗忆苦死前是否住在西门街他家老屋里。

你敲开天宝家的台门，来开门的是天宝的女儿。天宝的女儿已长成了大姑娘，身材窈窕，形象标致。你发现杜天宝家一片喜庆气氛。有一个小伙子在院子里打扫落叶。那小伙子礼貌地对你微笑。你觉得那小伙子很面熟。后来你才知道，天宝的女儿和那小伙子马上就要成婚了。

天宝看到你来，很慌张。你当然一派长者风范，面目慈祥，夸天宝福气好，女儿这么大了，还找到了婆家。你祝福这对年轻人。天宝听到你的夸奖和祝福，放松了。你拍了拍天宝的背，把杜天宝叫了出去。

天宝贼头贼脑和你出门。他一边走，一边看自己的右手。他的右手已断了一根手指。

你带着天宝，来到一小巷子，找了一个台阶坐下。你不清楚天宝是不是已经知道罗忆苦被人杀死了。不过你不想告诉他。你甚至想，杜天宝也有可能是杀死罗忆苦的凶手。他杀死了罗忆苦，怕人认出来，又毁了罗忆苦的容——这符合一个傻瓜的行为逻辑。不是没有这种可能。世上的事有时候很简单，根本没有逻辑推衍的那么复杂。当然这种可能性很小。你知道杜天宝仁义。

你和天宝聊了会儿家常，然后突然问天宝，罗忆苦前几天是不是住在他家里？那几天究竟发生了什么事？

你看到杜天宝的身子一下子直了，脸上一片茫然。看得出来，他十分紧张。你想，自己的猜测是对的。你说：

"我知道前几天罗忆苦住在你家里，你能告诉我发生了什么事吗？"

杜天宝一动不动。

"你不要紧张，慢慢说。"

你看到杜天宝闭上了眼睛，陷入遥远的往事中。他的样子十分滑稽，整张脸皱得像一张纠结在一起的树皮，表情痛苦，好像他已进入了另一个世界。一会儿，杜天宝说：

"我需要闭上眼睛，用尽所有的力气，才能把过去找回来……"

你听到杜天宝在讲一九六三年的事情，那一年南方酷热，杜天宝的爹死了，被水产厂冷库的冰块砸死了。天宝说，他爹死后变成了一只猪。那以后，他喜欢去火葬场。他说，在火葬场，他能闻到各种各样的气味，听到各种各样的声音，他闻到气味，听到声音，就知道那些人死后变成了什么，到哪里去了。他说，有的变成了花朵，有的变成一只狼，有的变成了河里的一条鱼，我闻到腥味，就知道他变成了一条鱼。说到这儿，他脸上露出天真的笑容。

你打断了他，你说你只想知道罗忆苦住在他家里发生了什么事。

他就茫然了，什么话也说不出来。你让他继续说，他又从头说起。你很恼火，你说：

"你听不懂吗？只要讲罗忆苦住在你家的事就可以。"

杜天宝很恼火，说：

"不从头讲起，说不清楚。"

你只好让他从头讲起。你第一次听这个傻瓜讲这么多话。

63

奇迹不会发生在每个人身上，尤其不会出现在夏小恽这样的人身上。夏小恽只不过是个骗子，而我是那个骗子的帮凶。

夏小恽悬浮在半空中。我被他弄懵了。我说，夏小恽，你怎么做到的？

半空中传来神经质的幽暗的笑声，然后，我看到他从半空中飘了下来。他把窗帘打开，我才明白他只不过是坐在一块可以升降的透明玻璃上。

一个骗局就这样开始了。夏小恽不是天生的骗子，但从牢里出来后，他就成了个骗人高手。必须承认，某些地方是改变及锻炼人的熔炉，监狱这个熔炉淬炼了他——也许夏小恽本来就极有骗人天分。夏小恽当然是假大师，但依旧能颠倒众生，令他们顶礼膜拜。

夏小恽另一项本领就是学习和模仿能力。他把大师灵修班模式搬到了白云机场那间破旧而孤立的房舍里。在夏小恽渐成气候，有了不少信众后，这个房舍被装修一新，看上去堂而皇之了。

一般是我带人来见夏小恽的。我在盘福路的赌场里"无意"讲起夏"大师"的故事。故事，是所有骗人法术的起点。听故事的人，所以你们也一定要警惕，也许我的叙述中充满了谎言——不过，如今我已成灵魂，我实在没必要再欺骗你们。一切只不过是大师传说的加工和翻版，我们的夏"大师"也是在喜马拉雅南麓得道涅槃。他从西双版纳带来的大师的那条蛇已有足够的说服力（很多时候，我怀疑那条蛇就是大师本人，它在那儿，整个场域便充盈神秘之气）。关于夏"大师"令各种疑难杂症不治而愈以及使人的心灵得以解脱的事迹也是必须渲染的。

第一次，我带了一个在赌桌上认识的女人到白云机场我们租住的破房。无须我赘述，当这个女人见到那缕青烟似的袅袅光线背后的眼镜蛇和悬浮在半空中的夏小恽时，立即匍匐膜拜，一如当年我见到大师。

在灵修班的鼎盛时期，我们敛到大量信众捐赠的财产。对夏小恽来说，他还收获了一批女信众的肉体。我一开始就发现了，并满怀醋意。我曾对夏小恽发火，但他一句话就让我闭了嘴。他说：

"别忘了，你在西双版纳和她们一样。"

我倒吸了一口冷气。我以为夏小恽一无所知，原来他了然于胸，他竟然不来制止我，对我当时的勾当无动于衷。他是什么心理？对我又是什么感情？难道他仅仅把我当成祭品吗？我审视我的醋意，是否到了需要和夏小恽彻底分手的地步？我的理智占了上风。我想，让他玩吧，只要有钱就好，反正钱都在我手上。

那段时光，我挥金如土，嗜赌如命，我出入各种高档场所，然后用一种近乎本能的嗅觉，总是能找到那些需要安慰的妇人，其中也有身患各种疾病的男人。

作为游魂飘荡在人间，我如今能更加清晰地看清人间的欲望。我看到当年在赌场里一双双战栗的手。那是被欲望控制的手。我看到了手的表情——恐惧，欢乐，渴望，焦虑，有时候我觉得那些赌徒的手犹如燃烧的火焰，既神秘又炽烈。我想起那条眼镜蛇，我觉得赌徒们的手就是眼镜蛇，它就是从我们欲望深处流出来的，带着人全部的感知。

我还想描述赌徒赢钱的模样。赢者叼着烟数钱的样子各有特点，个个令我印象至深。数钱的时候他们的目光里有一种锋利的东西，像是这会儿灵魂聚集到了眼中，别的地方都成了空壳。我把这种目光称为"赌徒的目光"。

当然好景不长。谁都知道这是一场荒唐大梦，总有梦醒时分。历史总是重复的，白云机场边的房舍被一场大火烧毁，我们再次逃离广州。

后来我才知道，警方早已介入灵修班的调查，夏小恽在警方行动之前，烧毁了房舍，同时烧毁了所有的证据。那场火发生在早晨十点，没有死人，警方也不再调查。可是，那条眼镜蛇在那场大火中消失了。

我们后来的命运同那条蛇的消失有关吗？这个秘密会在时光中慢慢显现。这之后，我们依旧是骗子，更无耻的骗子，但我们没有再找回白云机场时期的辉煌。

转眼十年过去了。早年敛到的财物已被我们挥霍一空。我们流落到了东莞，过着窘迫的生活。不过即使举债，我也没戒掉赌钱的恶习。有些事一旦沾染上，你不可能再摆脱掉，需要一间黑屋子，一个牢房，让我关上个十年，我才有可能彻底戒掉。

夏小恽悬浮于半空中的技术越来越纯熟了，但他身上的神秘感不复存在，那双贪婪的眼睛一看就是骗子的眼睛，是谎言成性的眼睛。不过，也许这仅仅是因为我对夏小恽太过了解，外人未必看得出来。

当然，我已不再去豪华酒店豪赌，我退回到最初的时光，出没于简陋的棋牌室。我常去的棋牌室边上有一家夜总会。

有一天我输了个精光。我输到甚至只能拿我的身体去换。可赌徒们的一个奇怪的特性就是对性寡淡。赌的刺激远远超过性本身。那天我感到非常失败，也非常沮丧，我来到了对面的夜总会。要是平时我或许不会愿意坐在这种地方空耗时光。只有无聊的人才喜欢这种地方。我当然也是无聊之人，但我需要更强烈的刺激来对抗我的无聊。那天我鬼使神差坐下来观看。

如今我成了一个鬼魂，我承认那天留下来另有原因，一种更为深刻的源于本能的东西吸引了我，只是我当时并不知道。我记得那天在舞台那束光的追逐下，那女孩高难度的芭蕾式的旋转如风中飘荡的树叶一般轻盈，我觉得她会从这个舞台飞升出去。那是她的灵魂吗？我的灵魂能在空中转几个圈？我试了一下，脱离了肉身的灵魂就是自由本身，不受限制。那女孩就是如此，自由飞扬，仿佛她完美的肉身并不存在，她美丽的身姿此刻成了一个舞蹈的灵魂。

在女孩的伴舞下，那男孩开始歌唱，我不记得他当时唱了什么歌，我只记得他饱满的美声和唱出的香艳的歌词形成奇怪的反差。在这种无聊的地方，必须把好好的歌词改得低级趣味，观众才会兴高采烈。可他唱得多么真诚，以为自己是在中央电视台的演播厅，脸上的表情训练有素，台下的起哄声丝毫没有影响他，相反，他试图用他高亢而严肃的声音压倒歌词的艳俗，压倒观众的轻佻。效果恰恰相反，他们被他的严肃逗乐了，笑声一浪高过一浪。

这两个年轻人吸引了我，我的目光再也离不开他们。我承认我是个邪恶的人。一个行骗多年的人身上有一种自己也难以遏制的洞见和冲动。我总是知道什么人容易上当，然后便会付诸行动。我知道这对年轻的恋人生活得并不容易，他们需要安慰，需要有神秘的力量鼓舞他们。从他们身上大概只能骗点小钱，但这阵子我和夏小恽手头太紧了，我们急需要弄点钱花花。我对那姑娘说：

"你们以后会过上好日子。"

"你怎么知道？你会看相？"那男孩对这话题很感兴趣。

那姑娘的眼睛亮了一下，不过那光亮迅速暗淡下来。

"不骗你们的，我认识一个会算命的高人，我可以带你们去拜见他。"

"我不相信的。"女孩显得有些淡漠。

那男孩却来劲了："去算算吧，算算又没关系的。"

我微笑着点点头，说："对啊，就当玩玩嘛。我认识你们也算有缘。"

第二天上午，我带着这两个年轻人来到我和夏小恽租住着的一个城中村。那儿矗立着农民自造的三层或四层的简易楼房，街道逼仄拥堵，路边堆满了各种杂物。很多站街女和吸毒鬼租住在这里。一阵风吹来，地上的塑料纸满天飞扬。

穿过长长的小巷子，就是我和夏小恽的暂住之地。我开门进去。如我们预先安排的，窗帘都已拉下，室内昏暗，一束光从天而降，因为没了蛇，这光显得稀松平常，夏小恽早已悬浮在半空中。我看到那对男女脸上露出难以置信的迷幻的表情，我知道他们一定会上当。

就在这时，夏小恽竟然从半空中坠落下来，头重重地砸在地上。他似乎并不感到疼痛，猛然拉开了窗帘，站在那小伙子前观察。

室外的光线涌入房间，夏小恽那放在半空中的玻璃宝座清晰可见。

64

在娘的要求下，天宝决定去广州碰碰运气，把杜银杏找回来。

天宝从来没出过远门。他搞不清广东在哪儿。他来到火车站，头就晕了。火车站比火葬场人还多，除了人还是人，他被人挤来挤去，完全失去了方向感，他成了河流中的一片叶子，随波逐流。他不知道在哪儿买票，也不知道从哪儿上车。

他挤到一个角落，贴在墙壁上，才缓过气来，就好像他是刚刚爬上岸的一只狗，庆幸自己没被溺死。他恨自己无能，觉得很对不起蕊萌。

这时，他在人群中见到了一个熟人。

有好多年没见到这人了。这人是个下流坯，天宝记得当年在机械厂的体育馆，见过这个高大的男人亲女人的屁股。当年，这个人脸色红润，目光温和。如今，这人脸色苍白，目光凶狠。男人身上的衣服皱巴巴的，身边站着一个孩子。不，已不是孩子了，天宝知道这孩子年纪不小了，只是长得有点矮小，站在巨人一样的须南国身边，像一个侏儒。他苍白的脸上一对眼睛乌溜溜的，好像周围的一切都令他陌生。

天宝掰着手指算了一下，这孩子年纪比银杏大，是个小伙子了。不过孩子嘴唇上没一点毛。天宝看了看须南国，须南国嘴唇上也没有毛。

天宝以前很讨厌须南国的，但看到他的儿子这么可怜，有点原谅他了。天宝依稀听别人说过，须南国第一个老婆被肖俊杰一枪毙了，后来又娶过一个，同他过不下去，跟人跑了——怎么跑的天宝也没弄清楚，总之消失了。天宝就更可怜须南国了。

天宝不知道怎么去广东，好不容易碰到熟人，就向须南国求助。须南国上下冷冷地打量了天宝一番，说，你跟着我。天宝不知道须南国有没有认出他。

天宝跟着须南国到了买票窗口。须南国让天宝把买票的钱给他。天宝不清楚要多少，把所有的钱都掏出来，交给须南国。须南国用天宝的钱买了三张火车票，不但如此，须南国没再把多余的钱还给天宝。天宝也不好意思要。

后来他们乘上了同一辆列车。

"你们也去广州？"天宝一脸惊喜。

须南国白了天宝一眼。

天宝长长松了口气。有须南国在，只要跟着须南国好了，这样就可以到广州了。他相信在广州一定能找到女儿银杏。

天宝喜欢火车，喜欢火车的红色轮子，但他一次也没坐过。他终于坐在火车上了，感到很幸福，脸上一直挂着满足的笑意。

整个白天，须南国和他儿子没说一句话。天宝倒是睡了好几觉。夜晚降临了，列车哐当哐当在黑夜中行进。整列车的人都睡了过去。天宝白天睡够了，精神格外好。须南国一直没睡。不过天宝注意到须南国的儿子上车后一直在睡觉，好像永远都睡不醒。

"你们去广州干吗？"

须南国没理。

"你儿子怎么这么能睡。"

须南国剜了他一眼。

天宝有点心虚。忍了会儿又问：

"你儿子多大了？"

须南国脸黑了。

天宝的好奇心太强烈了，他终于问出了最想问的问题：

"你儿子长不高了吗？"

须南国站了起来，他的头几乎顶到火车顶部的铁皮。他伸手揪住天宝，把天宝从对面座位上提起来，扔到过道上。天宝被摔得人仰马翻。火车上的人都在朝他们看。天宝迅速爬起来，小心地来到须南国身边。天宝发现须南国在哭。

天宝见不得人哭，他觉得须南国很可怜，试图安慰须南国。

"你怎么了呢？你怎么哭了？"

须南国几乎泣不成声。他说：

"天呐，这太不公平了，我老婆被人杀死，我儿子又得了这种病，你知道吗？他是个多么聪明的孩子，可是，他的骨头不行了，不能再长，骨头正在变形，以后他会变成怪人。医生说，他可能活不太久了。该死的，这是什么世道啊，凭什么倒霉的事都轮到我？你说这公平吗？嗯，我他妈现在连杀人的心都有。"

天宝看了看须南国熟睡中的儿子，觉得不但须南国可怜，他的儿子更可怜。天宝跟着哭了起来。这会儿，天宝就想帮助他们，连寻找女儿这事也忘了。

65

你一整天都在听杜天宝讲话，回家时天已黑了。

保姆见到你，圆脸上满是焦急，哭了起来。她身穿圆领短袖衬衫，原本饱满的身体完全松垮了下来，仿佛身上长着一堆不属于她的肉。

"你去哪儿了，我一遍一遍往老陆小店打电话。老陆说你走了。"

你意识到周兰有事了。你说：

"你别急，慢慢说，出了什么事。"

保姆只是哇啦哇啦哭，根本说不出话。你有点厌烦，说：

"怎么了？周兰呢？"

"睡着了。"

你松了一口气，猜测是自己过敏了，也许和周兰没关系。

"那你哭什么？"

保姆看到你严厉的表情，似乎更委屈了。她一边哭，一边含含糊糊地说：

"我也不知道周兰阿姨会找到那东西。她说，她儿媳妇找她，她拿了一把榔头，把你写字台上的锁敲掉了，我拦都拦不住。太吓人了，里面怎么会藏着那东西，把我吓坏了。"

你听明白了。你急忙上楼，来到自己房间。写字台被撬了，罗忆苦的骨灰盒不在。

"那东西呢？"

"周兰阿姨抱着不肯放，她见到那东西就哭，身体抽搐，像是想要缩到盒子里面。我都怕死了，到处找你。"

"后来怎么办？"

"我让她吃药，她不肯吃，还用唾沫吐我。"说着保姆擦了一把自己的脸，好像那唾沫还在脸上，"她骂我，让我滚出这屋子，说不认识我。"

你来到周兰的房间。周兰睡得很死，脸上没有一丝表情，嘴巴张得很大，嘴角有涎水。你站在床边，周兰几乎没有活着的迹象，你感觉不到她的呼吸。你猜保姆给周兰吃了不少药。熟睡中的周兰紧紧抱着罗忆苦的骨灰盒，像在保护罗忆苦。看到这景象，你心里涌出一阵寒意，你的身体却分明流着汗水，浑身都是。

你眼眶泛红，退了出来，对保姆说：

"辛苦你了。"

保姆这时已不哭了，她怪异地看着你，脸上依旧有惊恐。她问：

"你怎么把那东西藏在屋里？"

你没回答。

"太奇怪了，周兰阿姨怎么会知道你藏着这东西？她说是

罗忆苦在梦里告诉她的。难道真的有……"保姆不再说下去，
一副受到惊吓的模样。

保姆已做好了晚饭。你一点胃口也没有，硬着头皮把一小
碗饭塞进肚里，好像你在吃一碗苦水。你真想大哭一场。但你
不能当着保姆流露感情。保姆见你这么严肃，不再多嘴。吃完饭，
你上楼了。

窗外所有的灯光都点亮了。在黑暗的夜幕下，这个南方城
市像一盏巨大的灯，光芒射向苍穹，好像它像植物一样在不停
地繁殖和膨胀，但终究敌不过浓重的黑夜，在无垠的夜空中，
永城看上去显得非常渺小。

你坐在自己房间的写字台前，回想着下午杜天宝讲述的
内容。

你想起多年前未侦破的案子。那也是一起杀人毁容案。你
决定明天去局档案室查查这几十年来未破的凶案，也许能找到
一些线索。

多年前在学习马克思哲学时，老师说了一句话："人不可
能两次踏进同一条河流。"那次，老师讲了另一句话，是关于
历史的，老师说："历史是重复的，往往不止一次踏进同一条
河流。"

犯罪也一样。罪犯喜欢两次踏进同一条河流。

66

一九九四年夏天，东莞的天还是蔚蓝色的。我依旧过着失控的日子。我感到自己会随时从地上飘起来，浮到南方蓝色天空中，就像这会儿，我作为灵魂，感到无比的轻。我没有一种踏实行走在大地上的感觉，没有一种像植物一样深植在泥土里的感觉。我是浮萍，随波逐流地过着日子。

表面的平静背后，有一股暗流正在涌动。或者说这股暗流正在涌出表面，变成一个巨浪，出现在我看得见的地方。就像街头越来越多的汽车，它们穿过路边高大的悬铃木，在阳光下一晃而过，瞬间传来刺目的光芒。

一九九四年，夏小恽身上已有一股浓重的落魄气息。有一度他曾像佛那样宝相庄严，他天生的大耳垂让他充满神秘之气。但当年的辉煌随着那条眼镜蛇的消失而一去不复返，夏小恽重回人间，成了一个普通男人。十余年的骗子生涯，清晰地写在他的脸上，尽管他的脸孔依旧饱满，他尽可能地展露他的谦和和慈悲，但他的双眼从来没有笑意，即使脸在笑，眼睛也在观察。我觉得眼睛真的是人灵魂的一部分。

岁月的沧桑写入他的双眼中。夏小恽的目光就像他的父亲夏泽宗，明亮而灼人。青年时代，夏小恽的目光令我欢喜，那时候我的身体会在他目光的抚摸下产生阵阵快意。即使是刚从狱中出来那会儿，他的目光也还是纯净的（是我的幻觉吗？那时候他不可能纯净了），足以把周围照亮。然后他成了"大师"，他的目光里像燃着幽暗的火，暖人心魄。如今，那火苗不复存在，他的目光已静如死水——那种被污染的黑色死水。他直愣愣地看着你，就好像要把你吸入他的目光中。我知道那是贪婪在作怪。

我呢？我的目光也好不到哪里去，我的目光里面也是污泥浊水。

夏小恽经常失踪。开始我并不在意。后来我发现他老往夜总会跑。我想他大概看上了夜总会的某个女人。夏小恽已经有很久对女人不感兴趣了，包括我。而我因热衷于赌博，快感已从乳房转移到了双手。我所有的快感不再来自乳房和性器，而是来自我的拇指。当我摸起一张牌，当牌和拇指相触的一霎，我总是知道那牌是不是我要的。只要见到钱，引起反应的首先是我的手，我的手会发痒，进而浑身痉挛。即使是日常生活，我的手完全控制了我，好像我所有的行为都是那双手发出的指令。在赌博的时候，我的手常常做出令我惊骇的举动，甚至我的脑子都没过一下，我的手下了一个大注。

金钱来源是个问题，有时候我必须找到可以欺骗的人，我带他们到那城中村的破房，夏小恽往往不在。我不知道是哪个女人迷住了他。

那天晚上，我没再去赌钱，独自待在我们租住的破屋里。窗外飘来一股混浊的香气，我嗅到气味中村民们求神祈佛的香火味，大麻那种带着热带气息的芬芳，以及包在锡纸里的海洛因在火上烤的焦味。气息从来是混杂的，如果仔细辨析，还可以闻到精液味、汗臭味以及某些病态的你说不上来的神秘气息。

那天，我脱光了衣服，从镜子里凝视自己的身体。我有好久没这样看自己了。我仿佛重新发现了自己的身体。谢天谢地，岁月可能让我的脸变得不堪，但依旧没有完全摧残掉我的身体。在夜晚微明的光线下，我的身体呈现在镜子里，那白晃晃的双乳还没有下垂（我的乳房本来不大，还可以抵御地心引力），我的腰部线条像一个反括号一样，很自然地慢慢向臀部扩展，然后收拢。大腿根部有了一些细小的皱褶，毕竟我如今已人到中年，四十有余。我对自己身体的凝视让我慢慢找回女人的感觉。我还没有完全老去。

已经很久没有男人动过我的身体了。当然也会有男人纠缠我。有些男人的食量很大，他们可以小到幼女大到老妪。我这种徐娘半老当然也在他们觊觎的范围内。有时候，他们的手会落到我的大腿上抚摸。我木然处之，既不接纳，也不反对。有时候，心情好，也会挑一个还看得过去的男人上床。不过最后我得到的只不过是更大的空虚和沮丧。这并不是说我没了欲望，我时有邪恶的念头，我甚至在幻想中希望有两个男人塞满我，甚至把我撕碎。可一旦真的和男人发生关系，我便感到索然无味。反倒是幻想更令我销魂。

我不是第一次意识到生活的不堪。我内心知道，我正走在毁灭的路上。只是我习惯性地逃避这个问题。麻木是我的生活常态。也何尝不是你们这些听故事的人的常态。要是人没有麻木这种本能，这世上还有谁可以活得下去。麻木让我们暂时心安理得。那天晚上，我回顾这十多年来的漂泊生涯，我意识到仇恨正从我的身体里渗透出来，我的身体正像蛇一样向四周喷吐毒汁。当然我的仇恨只针对夏小恽。是这个人把我带入了地狱。我在深渊中，已没有人可以救得了我。

夏小恽是午夜回来的。他的目光亮晶晶的，满是喜悦。这是我熟悉的目光。当年，在永江边的灯塔台上他抚摸我时就是这种目光，单纯，灼热，满足。他从门口进来，看到我赤裸着身子站在黑暗中，显然吓了一跳。他没有和我目光交流，回避了我。他低着头假装什么也没看见，然后进入简易的洗浴室，冲凉去了。

我没有开灯。我在黑暗中一直注视着他。透过碎花的塑料浴帘，我看到他的身体在水龙头下晃动。他在不停地擦洗自己的身体。我有多久没正视过他的身体了？我需要努力回忆才能想起夏小恽的身体，这荒唐的日子已让我对一切失去关心和兴趣。

夏小恽从浴室出来，已穿上了衬裤和背心。他迅速钻入了毛巾毯里。一种屈辱钻入我的身体。我这样赤裸着，可他不看我一眼。仿佛是报复他，我躺在他身边，这炎热的夏天，不需要任何遮盖，我开始抚摸自己的身体。被赌博的手侵占的快感需要恢复到我的乳房。我想象我的乳房就是赌具，我等待着那张我渴望的牌。在这么幻想的时候，我感到自己是多么悲哀，同时感觉苍老。

我上路了。每一张牌的背后充满了宿命。风云际会，一张不起眼的小牌可能会变得越来越重要，成为整个宇宙的中心。那时候手会有万般重量，不能承受的重，仿佛前面挡着的一块巨石，无法搬动。我经常想起愚公移山。我的手在山峰上缠绕，山峰正在成为中心。全身的中心。夏小恽在一边假装睡着了。我却越来越兴奋。然后宇宙爆炸了，同时爆炸的还有我的愤怒。

当我被炸成碎片的身体重新复合，我的愤怒还没有复合。我在空前的虚空中，感到唯一沉甸甸的是我目光喷出的火焰。夏小恽已经睡着了。我的仇恨之火也只能喷向虚无。

然后，我看到了蛇。它在墙上晃动。它张开的腺翼威风凛凛。我以为那条我们丢失的蛇回来了。后来才知道那只是我炸裂后的幻象，那只不过是挂在墙上的绳索。那条给我们带来运气的也许是大师化身的蛇再也回不来了。也许它羽化上天或去了印度的某地，那蛇已变成了大师本人。

我起床，从墙上摘下绳子。这一夜，愤怒之火从此前的麻木中醒来，它通过绳子把火引向熟睡中的夏小恽。我不知道自己想干什么。我知道我想干些事。绳子替代了我的不平、委屈和愤恨，我要把我的不平、委屈和愤恨捆绑在熟睡中的夏小恽身上。直到最后一个死扣把夏小恽牢牢捆在床上，夏小恽才醒过来。他健硕的身体在扭动。当然无济于事。我看到他的目光里满是疑惑。

"你想干什么？"他问。

"夏小恽，你是畜生。"我说。

然后我穿好衣服，转身出了那破旧的小屋。我听到夏小恽在背后喊：

"你给我回来。"

我没理他，走在夏天黑暗的城中村，各种各样的气味扑面而来。某一刻，我嗅到了西双版纳的气味。我的身体竟打了个哆嗦。

那天晚上，某种吉祥的预感一直在我的身体里。我感到神祇就在我的身体里，那蛇在我的脑子里不停地扭动。我甚至认为至少今晚好运会一直在我身上留驻，我看见了命运的转折。我们这些人最迷信了，相信不着边际的预兆。我总是相信预兆。我相信身体比我的思想更早抵达真相。但预兆往往是错的，那天晚上，我还是输了个精光。

说沮丧不足以表达我的心情。像我这样的人，任何词汇都仅仅是一个词汇，我比词汇要复杂得多。那种身体被掏空的感觉是沮丧吗？溃烂的感觉是沮丧吗？命运的无力感是沮丧吗？内心对这世界的仇恨是沮丧吗？对任何人都失去了同情心是沮丧吗？我何时变成了这样？刚才在我身体里的那条蛇又去了哪里？那条蛇带走了我全部的命运吗？

我推门进屋，看到了夏小恽依旧被捆绑在床上。那一刻我毫无内疚感，都懒得看他一眼。我洗了澡，在他身边躺下。我很快就睡了过去。

我梦见自己成了一个婴儿。我梦见在母亲的怀抱里。我梦见我把尿尿在母亲的胸脯上。母亲的胸脯温润坚挺，它们曾滋养过多少男人？但我怎么也看不到母亲的面容。我已有十多年没见到她了。她还好吗?

然后我就醒了,我发现我躺在一摊尿液上。夏小恽也醒着,身体依旧被绳索捆绑着,脸上挂着奇怪的笑意。尿液是他刚刚尿出来的。那温暖的感觉原来是尿液带给我的。他是为自己的恶作剧而笑吗?他在嘲笑我的幼稚和贪婪吗?我被他激怒了。我起身拉起床单,然后把被尿液浸透的部位按到他的脸上。我嗅到了一股令人反胃的尿臊味。夏小恽的脸在床单下不停地扭动,仿佛一个即将被谋杀的人在垂死挣扎。我感到滑稽,忍不住发出邪恶的笑声。

不知什么时候,夏小恽挣脱了绳索,他一把抓住我的头发,把我的头部按在床头柜上。是疼痛感吗?我听到脑部传来撕裂的声音,就好像我的脸像一张纸被撕碎了。接着,我听到我的身体变成了一面鼓,在被人猛烈地敲击着,嘭嘭作响。久违的疼痛感。仿佛痛感让我活了过来,我顿时觉得自己的身体复苏了。然后,我看到鲜血从我的脸颊上流下来。鼓声变成了红色,我幻想自己是一个被强暴的女人。这竟激起了我内心的温柔。

夏小恽已完全解脱了绳索。他敏感地捕捉到我的需要。他抓着我的头发,进入了我。我一声尖叫。我看到夏小恽哭了。他在舔我脸上的血,好像他是一个吸血鬼。他就是一个吸血鬼。他将会吸干我身上每一滴血。我的下体紧紧吸纳着他。我仿佛回到了大师身边。是的,我不需要做爱,我需要交媾,像一只母狗一样任人进入。至少我的幻想是这样。我在晕眩过去的那一刻明白我就是一个贱女人。我的幻想说明我只能是一个贱女人。

然后，鼓声停止，世界恢复宁静。夏小恽跪在床边，替我擦拭身上的血痕。那一刻，我感到身体无比的清洁，好像又回到婴儿时代，在母亲温暖的怀抱中。我们俩都累了，相濡以沫地相拥在一起，睡着了。

半个月后，仿佛是报应，我回家时看到夏小恽躺在床上，他被打得遍体鳞伤，皮开肉绽。他的目光里有悲伤，却不完全是，还有盼望。

我皱了皱眉头，说：

"谁打了你？"

"我说出来你不会信。"他的脸上竟露出笑意，好像打他是对他的奖赏。

"什么？"

"这事，你不会懂的，连我也不懂。"

67

火车在一个车站停了下来。须南国背着儿子下车了。杜天宝也只好跟着下去。出站时，天宝看到写着"东莞"两个字，那个"莞"字他不认识，他不知自己来到什么地方。他问须南国，须南国黑着脸，沉默不语。后来，须南国跳上一辆出租车独自走了。杜天宝想跟上他已来不及。

杜天宝被孤零零地抛在了车站广场。他的钱被须南国拿走了，现在分文不名，又来到一个不知道名字的城市，心里就空虚了，茫然了。尤其不知道城市的名字，让他觉得特别不踏实，好像他脚下的这片土地和西门街完全不一样，好像他一不小心到了月球，或某个外星人居住地。

杜天宝站在广场上一动也不敢动，他害怕动一下就会像一滴水一样落入河流之中消失无踪。天宝想起年轻时跟着火车在铁轨边奔跑，他喜欢的红色车轮在不停地旋转，如果长久凝视车轮，天宝会觉得自己也跟着旋转起来，像是在天空翻着跟斗。后来，天宝发现不是他在翻跟斗，而是脑子在翻跟斗。这会儿，天宝脑袋发晕，就像脑袋里有无数红色车轮在运转。后来，他觉得整个广场都成了一个红色的轮子，在围着他转。

就这样，天宝在火车站广场待了一天一夜。因为口袋里没钱，他没吃任何东西。他只觉得火车站充满了各种各样的食物的味道，广场上到处有人在卖小吃，有烤番薯、水煮玉米、沙爆栗子、臭豆腐、羊肉串、海鲜串、爆米花……连人们的汗水里都有一股甜腻腻的糖浆味。

肚子早已空空荡荡。现在他不但头晕，胃也晕了。胃晕起来比头晕更难受。别的事天宝要用尽力气才能想起来，但饥饿这件事一直在天宝的记忆里，挥之不去。那时候娘不让天宝吃饱，他忍不住饥饿，抢过一个孩子的大饼油条，他还因为偷吃娘烧给银杏吃的肉，和娘发生冲突，打掉了娘两颗牙齿。想起这些往事，天宝不由得感到内疚，觉得自己不是个东西。仿佛是为了抵抗饥饿，他狠狠打了自己一个耳光。

一张海报引起了天宝的注意。他看到火车站广场的一根电线杆上，贴着一张彩色的花里胡哨的东西，忽略掉站在美女边上一脸淫笑的那个肥胖的中年男人，忽略掉那个像死了爹娘欲哭无泪的歌手夸张的表情（天宝经常在火葬场看到这种表情），忽略掉海报上写着的"三级笑料，高级享受，香港天王，倾情献演"的广告词，请注意那两只踮起的脚尖，穿着白色的芭蕾舞鞋，脚部像弓一样绷着，好像它们这会儿在像陀螺一样旋转。这是天宝这会儿唯一看到的东西。

是的，那只是两只脚尖，那与脚尖关联的身体被那个胖子和哭丧的歌手遮挡了，但天宝认得这两只脚尖，他的想象一下子把那个胖子和哭丧的歌手赶走了，那身体从电线杆上浮了出来。天宝想起从前在永城的剧场里，银杏在舞台上学跳芭蕾，他用手电替银杏打追光。这会儿，天宝觉得回到了从前。他驻足在海报前，想，银杏真有出息，虽然只是露了脚尖，可她是在跳舞。这两只脚尖给天宝巨大的幸福感。

这天，天宝根据海报上的地址找到了离车站不远的夜总会。没人知道那个跳舞的人叫银杏。她已经不在了。管门的老头儿告诉天宝，那姑娘跑了，与她男朋友一起。有一个男人看上了那姑娘，老是给她钱，待她男友也很好。她男朋友受不了，吃醋了，找机会揍了那男人一顿。揍得可不轻，听说那男的卧床了半个月。那男人不是好惹的，是道上混的，得罪不起，他们只好跑了。

男朋友。男人。争风吃醋。道上。这么多信息一下子涌进天宝的脑袋，天宝一时有点转不过弯来。明明银杏就在那图画上，怎么一下子不见了呢？天宝想不通了，一脸茫然。

"你找那姑娘干吗？"老头问。

"我是她爹。"

"咦，真的？"老头儿明显不信，"你看上去像个笨蛋，那姑娘可聪明了，舞跳得好，不像是你生的。"

天宝听到有人夸银杏聪明，很高兴。老头说得对，银杏是他见过的天底下最聪明的姑娘。天宝喜欢别人夸银杏，他的脸上露出灿烂的笑容，连找银杏的事都忘了。

虽然没找到银杏，可银杏还活着，在跳舞，天宝很高兴。不高兴的是银杏有了男朋友，他还会打人，这可不好，打人可不是好人。天宝就有点替银杏担忧，跟着这样的人会不会吃苦呢？

　　天宝漫无目的走在东莞的街头。饥饿又开始折磨天宝了。天宝仿佛看到自己那只蠕动的胃，这会儿胃部火烧火燎的，好像胃壁里伸出一根一根火红的铁丝在相互戳来戳去。终于令人担心的事儿发生了，饥饿的感觉传到了天宝的手上。天宝知道这意味着什么。他看了看那只断了中指的右手。右手没有中指可真是丑。自从被砍断了右手中指，天宝总是把右手藏着裤袋里，连走路，他都放在裤袋里，这样走路有点掖着藏着的意思，好像他的右裤袋里藏着一件宝贝。现在他的右手开始发痒。他熟悉这种感觉，他知道胃是可怕的东西，发痒的手指一直和胃紧紧相连。那痒是从胃里生长出来的。他已经晕了，现在这世界只剩下他残缺的手指，他只能听凭手指的指引，凭手指感觉这世界。他觉得手指正带他进入一个危险地带。

　　他看到前面走着一个女人。他觉得那女人的背影有点熟。这只是刹那的感觉，他的脑子已不能想事了。那女人身材匀称，屁股圆鼓鼓的，这不重要，重要的是她背上的包。天宝听到那包里面叮叮当当的声音。那是金属硬币发出的声音。天宝只想弄点硬币，买点小吃，安抚他的胃部。

　　当他伸出手，还没来得及打开她的包，他的手就被牢牢地箍住了。他没想到这女人这么警觉，手劲儿这么大。这时，那女人转了过来，她背着光，她脸上的表情有些模糊不清。这女人竟叫出了他的名字：

　　"杜天宝，是你吗？你怎么在东莞？"

68

一声尖叫从周兰屋里传来。你一夜未曾合眼，好像一直在等着这声尖叫。你胸口闷了一下，知道一直预感的情形发生了。往事终于再一次把周兰压垮了。

你披上衣服，来到周兰的房间。周兰抱着罗忆苦的骨灰盒，目光既胆怯又满怀敌意，好像她担心骨灰盒被人抢走。她指了指写字台，说：

"降落伞飞走了，俊杰来过了，他坐着降落伞飞走了。"

你看到原来放降落伞的地方空空荡荡。你想起昨天保姆在整理这屋子，一定是她觉得碍眼，把降落伞藏了起来。你心里骂了一句娘。同她说过的，不要动它，每次看不到降落伞，周兰都会受到刺激。

你过去抱住周兰，试图把罗忆苦的骨灰盒拿过来。但周兰抱着死死不放。她在死命挣扎，仿佛她此刻遭遇到了危险。

"周兰，没事，你放松，没事。"

"俊杰他飞走了，再也不会回来了。"

周兰哭出声来，脸上布满担忧和绝望。

现在是制服不了周兰的。在病中的周兰力气比你还大。她挣扎时差点把你推倒在地，幸好一个柜子挡了你一下，你被重重地撞到柜子的铁扣上，骨头生痛。

你知道要安抚周兰，必须先找到那降落伞。

你来到楼道间保姆睡觉的地方，敲了敲门。没有回应。你听到里面传来隆隆鼾声。因为着急，你把门擂得山响。

"开枪了，砰砰砰，三枪，死了。"

楼上传来周兰的声音。从前周兰发作时也是这样，你知道她此刻的表情，仿佛是三岁的小孩玩着一个有趣的游戏。

保姆终于醒来，她衣服都没来得及穿戴整齐，就来开门。你看到她胸前白花花一片。你几乎是吼叫：

"你把降落伞弄到哪儿去了？"

保姆愣在那里，似乎想辩解。你说，还不快去拿来！保姆从屋里蹿出来，朝楼上奔去。你说：

"你把扣子系系好。"

保姆一边向楼上跑，一边系扣子。她打开俊杰的房间，从柜子里捧出降落伞，然后一脸无辜地看着你。你不耐烦地说：

"拿到周兰房间去。"

周兰正在狠狠砸罗忆苦的骨灰盒，好像对骨灰盒怀着深仇大恨。你看到乌木上用贝壳镶嵌的水草图案慢慢碎裂、脱落。你着急，冲过去，几乎是扑倒了周兰，把周兰压在床上。你对保姆说：

"把盒子捡起来，放回我房间。"

周兰在你身下扭动，力大无穷。你按不住她。

保姆帮了你的忙。

"你把药拿来。"

但周兰再也不肯吃，嘴紧紧抿着。你试图撬开周兰的嘴，把药塞到她嘴里。周兰又一次发出尖利的叫嚣：

"杀人了，杀人了！"

69

我以为出现了幻觉，我竟然在大街上碰到杜天宝。

杜天宝认出了我。他仿佛见到了亲人，笑得像个孩子，眼睛那么明亮和喜悦。他的表情令我动容。我有多久没有见过永城人了？我几乎想不起那里的人了，连我母亲都快想不起来了。十年，我十年没去见她了。我依然记得她最后对我说的那句话：

"你给我滚，我这辈子再也不想见到你。你害死了你妹妹，你不会再有好日子过了。"

我见到了杜天宝，好像他带来了整个永城，我因此踏上了永城的街巷。永城一直在，每一条街道都在我的记忆里，只是我这荒唐的十年岁月令我不敢面对它。我不想让自己的内心负累。杜天宝此刻作为永城的象征站在我前面，往事纷至沓来。

我承认那一刻我是伤感的。我回忆起年少时光，回忆里出现最多的竟然是这个傻瓜。我想起我坐在他的三轮车上去电影院和男孩们胡闹，想起他把工资插在蜂窝煤饼上而我晚上把这些钱都拿走（我真是个坏女人），想起他为了保护我而坐牢……我的快乐时光里都有杜天宝的影子。连我此刻都有幻觉，好像杜天宝正带着我穿过时光隧道回到从前，回到我最美好的岁月里。

我听杜天宝说他肚子已饿了一天一夜。说起饿肚子时，他脸涨红了，咿咿呀呀说了一通。我在回忆之中，根本无心听他解释。他没钱了是肯定的。他把钱弄丢了。

我带天宝去附近一家小吃店，我点了两客小笼包子。当热气腾腾的小笼包子放在天宝前面，他两眼放光，没一会儿工夫，就把两客包子一扫而光。

"还想吃吗？"

他像一只饿疯了的狗一样看着我。我知道他还想吃，又点了两客。

"你吃慢点，一下子吃那么多，会伤胃的。"

又吃下一客包子，他下咽的速度明显放慢。他应该已经撑饱了。不过，他不好意思剩下，继续埋头吃着。嚼得吧唧吧唧的，真的像一条狗。

"我娘还好吗？"

杜天宝抬起头来，一脸茫然。

"没听明白？"

"你娘？还那样。"天宝语焉不详。

"什么还那样？"

"西门街杂货店那瘸子你知道吗？你娘现在和瘸子搞上了。"

我当然记得老陆。从前娘有很多男人，娘看不上他。但这个男人总是送娘各种各样的东西。那年月都凭票，连糖和肥皂也难买到。这男人当年是燎原杂货店经理，总是能搞到紧俏货。这男人送的东西娘照收不误，但娘喜欢年轻健康的男人，漂不漂亮倒没关系。娘实在昧心不过，才让男人上一次床。男人只要和娘睡过，就欢天喜地地唱革命歌曲。西门街的人都知道，只要瘸子唱歌了，就是和娘睡过了。

"他从前就和娘好。"

"现在你娘只同他好。那瘸子老婆恨你娘，经常去你家骂你娘。"

我微笑点头。娘如今这把岁数，有一个男人能一辈子惦着她也算没白活了。我连她都不如。夏小恽的心思早已不在我这儿。而那些男人只想占我便宜。也许只有像杜天宝这样的傻瓜才会一辈子对我好。

和杜天宝有一句没一句的闲聊中，我了解到娘还算健康，还在卖她的麦芽糖，不过几乎没生意了。我听了感到辛酸。娘这辈子没固定工作，老了没退休金。她生了我这个不肖之子，这辈子不但没照顾她，还伤透了她的心。

杜天宝不知道我为什么流泪，定定地看着我。

"罗忆苦，你是不是可怜我？"

"没有啊。"我赶忙擦掉泪水。

"那你为什么哭？"

我不知道如何向这傻瓜解释。我当然也不会解释。我这一生就是一笔糊涂账，已解释不清楚了。我转移话题，问：

"天宝，你是怎么来东莞的？"

"坐火车来的。"

"天宝你行啊，学会坐火车了。小时候你只会跟着火车跑，喜欢火车红色的轮子。"

天宝说："我不会坐火车，我是跟须南国一起来的。"

我的耳朵竖了起来："你说什么？须南国也在东莞？"

"是的，他儿子得了重病，他是来治病了。"

"得了什么病？"

"我不知道什么病，他儿子整天软塌塌的，他们说他儿子变成了个侏儒，不会长高了。"

我想起那个孩子，曾经是多么漂亮啊，怎么会变成这样？

那天，我告别杜天宝，塞给他一百块钱。我说：

"天宝，你早点回永城吧，别找你女儿了，你怎么会找得着。要是你也丢了，你们家可怎么办？你们家靠你挣钱呢。"

天宝神色凝重地点了点头。

70

杜天宝打算回永城。虽然没有见到银杏，但他见到了银杏的脚弓（多么尖，让他想起戏文里的一根红缨枪），他心里踏实多了。他偷偷地从电线杆上把那海报撕下来，藏在怀里。他觉得回去可以对娘交代了。他想娘看了海报一定高兴坏了。银杏不但活着，还在跳舞。多么好！

天宝有罗忆苦给他的一百块钱，用掉了不到十块钱，回家足够了。但天宝还是不知道怎样上火车。他糊里糊涂跟着队伍进站。到检票口，穿制服的要票，他没有，检票的骂了他一顿，把他赶出来。

天宝觉得有一只苍蝇飞进他的脑子，脑袋一直在嗡嗡作响。他想把苍蝇赶跑，使劲拍打脑袋，但苍蝇叫得越来越响。他想，他真的是一堆臭狗屎，苍蝇不肯跑。他沮丧地在大厅里转来转去，这时，世界突然安静下来，脑袋里的苍蝇也飞走了，他看到须南国背着儿子正从大厅门口进来。他是那么高大，他的脚也是那么大（自从海报上见到银杏的脚弓，天宝总是不由自主关注别人的脚），整个寂静的大厅（只是天宝的幻觉）回响着须南国的脚步声。天宝听出这脚步声有些怒气冲冲。

天宝一直注视着须南国。上天开眼，又把须南国送到身边。天宝舒了一口气。想起几天前须南国把天宝的钱都拿了去，天宝就不想再求助须南国。只要须南国干什么，天宝跟着干就可以了。但须南国并没去买票，他在大厅的角落坐下来，拿出一张纸和一只搪瓷杯，放在前面。纸上写着：

被人欺骗，身无分文，孩子重病，无钱回家，好人施舍！

天宝心收缩了一下，觉得自己刚才的想法太自私了。须南国都要靠讨饭生存了，多么可怜。他为刚才的小心眼，打了自己一耳光，然后畏畏缩缩来到须南国身边，从口袋里摸出所有的钱，塞到须南国的搪瓷杯里。

须南国默不作声。他一把把钱塞到口袋里，然后让天宝看着他的儿子，买票去了。

直到上了火车，须南国也没同天宝说一句话。这让天宝很不安，天宝担心自己是不是得罪了须南国。看须南国的脸色，像火葬场的黑布帘，仿佛须南国马上要被火化了一样。

到了晚上，须南国才开口道：

"天宝，你知道全世界最笨的人在哪儿吗？"

天宝有点敏感。西门街的人都说他笨。须南国在嘲笑他吗？天宝摇摇头。

"就在这儿，这车厢里。"

天宝低下了头。没错，须南国就是在挖苦他。

"天宝，我本来以为你是这世上最笨的人，现在我发现不是，最笨的人是我。"

说完，须南国竟呜呜哭起来。

车厢里的人不知道发生了什么，一个一米九五的大汉像娘们一样哭，足够引人注目。他们都围了过来，想看个究竟。须南国的儿子目光如梦，惊恐地看着父亲。一会儿，孩子疲倦地闭上眼睛。

"你们他娘的看什么？有什么好看的？"

须南国对他们吼。他不但吼，还把一只搪瓷杯砸向他们，好像他因为自认愚蠢就拥有乱吼乱叫的权利。那搪瓷杯没砸中人，砸在行李架上，嵌在了行李架铁档的间隙。围观的人都散了。须南国看了看昏睡中的儿子，又看了看那搪瓷杯，站起来，走到行李架下。一米九五的个子足够他够得着行李架，他费了好大劲才把搪瓷杯从缝隙里抠出来。搪瓷杯底部外层搪瓷被砸开，露出黑色的金属。须南国有些心痛，用衣角擦了擦搪瓷杯。

一路沉默。

转眼就到了黄昏，天空暗下来，从车窗望出去，沿途的村庄亮起了灯，杜天宝在摇摇晃晃的车厢里有了困意，合上了眼。在要睡去前，他挣扎着瞥了须南国一眼，须南国目光显得既茫然又愤恨。

后来，须南国弄醒了天宝，问：

"傻瓜，你相信灵魂吗？"

杜天宝一时没明白，等反应过来，就使劲点头。

"为什么？"

杜天宝嘿嘿一笑，说："这事儿我没告诉过人，但是真的，我爹死后变成了猪，陈庆茹上了天堂，有一个小女孩死时变成了花朵。"

须南国十分鄙异地看了看天宝，然后骂道：

"你他妈胡说。我真是个蠢货，会相信这世上他妈的真有神迹。"

须南国和天宝讲起他的经历。他在东莞碰到了罗忆苦。"都十几年没见了，她还很漂亮，也很浪，这点像她娘。"须南国补充，"罗忆苦喜欢我儿子，以前也是。知道我们来东莞求医，就要请我们吃广东菜。在街头，我们被一个人吸引住了。那个人竟然飘在半空中，像一根羽毛一样。"

"我是看着那人慢慢飘起来的，先是直着上升，等脚离了地后，就平躺在半空中。那人一脸胡子，连胡子都像树枝一样往天上冒。当时正是午后，太阳很大，街头没几个人，我以为自己见到了神仙。"

须南国一脸迷惑。

"我到现在都不知道他是怎么做到的。"

杜天宝感到自己屁股上钻进一股暖暖的热流。用手一摸，湿湿的，来自靠窗的须南国儿子。这孩子遗尿了。杜天宝怕须南国打这可怜的孩子，就忍着不吭声。

"现在我知道这一切都是安排好来骗我的，但当时我以为见到了高人，当罗忆苦说此人能治百病，我就求着罗忆苦让她引见。第二天罗忆苦告诉我，那人说你儿子治不好的，回去吧。

我不死心啊，就把带来的钱全部交给罗忆苦，让她一定求求大师，救救我儿子。罗忆苦开始不肯收钱，后来还是收下了。"

杜天宝所有的注意力都在屁股上，他几乎没在听须南国说，只是装模作样地看着须南国，目光无辜，好像须南国正在诅咒的人就是他杜天宝。他觉得那孩子的尿可真多啊，几乎要从他的裤子上滴下来了。

"但是，罗忆苦再也没有出现。我这时才想起那个在空中飘的人眼神很熟，才意识到自己受骗了。那人是夏小恽，他一脸的胡子把我的眼蒙住了。我找遍了东莞，都没找着他俩。"

杜天宝把裤脚撩起来，试图挡住尿液滴下来。

"你在干什么？"须南国警觉地问。

"没干啥。"

"你说我是不是很蠢？竟会相信活人会在天上飞。"

杜天宝点点头。

尿液终于滴下来了。须南国也发现了杜天宝的秘密及秘密的来处。他揪住杜天宝，把杜天宝推到一边，然后抱起儿子，悲叹道：

"天哪，你都二十岁了啊。"

然后抱着儿子去了洗手间。

回来时，须南国脸色漆黑。他说：

"我不会原谅罗忆苦，她骗了我两万元钱，她竟连我这么可怜的人也骗。我会杀了她。"

71

　　看来是没有办法了，你必须再一次把周兰送到康宁医院。每次想起那些电击棒以及各种麻醉针剂，你便长吁短叹，心里沉痛不已。

　　清晨，街上还没有公交车，的士也非常少。整个城市还在睡梦中。保姆毕竟年轻些，她死死抱着周兰，瘦弱的周兰像一只角斗中的公牛，不停地上蹿下跳，口吐白沫。你在边上替她擦去口水，指了指你手中的降落伞，安慰她：

　　"不是找到了吗？俊杰没有飞走。"

　　"没有飞走。"周兰机械地重复，脸上挂着诡异的笑容，好像她识破了世间一切谎言。

　　终于来了辆的士。的士司机显然看出周兰的状况，似乎有些犹豫，开出好大一截才停住。你和保姆护着周兰，把周兰塞进车里。因为你拿着的降落伞太大，你好不容易才挤入车内。

　　司机也没问去哪里，就向城北方向驶去。

　　司机看到你手中的降落伞包，问：

　　"这是什么东西？"

你没理他。

"俊杰的翅膀。"周兰回答。

司机回头古怪地看了一眼。又问:

"俊杰是你儿子? 你儿子死了? "

你口气严厉:"你好好开车。"

周兰突然掩脸而哭,一会儿,口中发出"砰砰砰"三声,说: "俊杰到天上去了。"

司机再没吭声。保姆紧张得浑身是汗,她忘记戴胸罩,衬衫贴着胸口,保姆浑然不觉。

一会儿来到医院。还没到上班时间,伍大夫不在。另一位女医生接待了你们。她认得周兰,也没多问,就替你们办了入院手续。

周兰还住原来的病房。那年轻的女病人还在,她比几天前正常多了,她没穿病服,而是穿着旗袍,看起来像一个旧时代的知识女性。她一直微笑地看着你们,已看不出来她是这里的病人。

那医生没问病情,她让几个年轻的男护工把周兰绑到床上,然后拿出针筒,在周兰身体里注射进镇静剂。

在周兰昏睡过去前,嘴上还在说:

"杀人了。砰,砰,砰。"

你看到保姆松了口气。她意识到自己没戴乳罩,用手护着胸口。

　　蛇逃走了，跟着逃走的是夏小恽的法术，他的迷惑力远不如从前。但他依旧有信众。长期的法术生涯，使他目光里有一种深邃而神秘的力量。也许是那些愚蠢的信众滋养了他的这份神秘感。人是多么多么软弱的东西，微尘一样在这世上飘散，他们无法掌控自己的命运，他们恐惧，无助，没有依靠，他们急功近利，盼望着救世主。因此，即使蛇带走了夏小恽的功力和能量，但总会有人信他。他们的信成全了他的力量。

　　另一个原因是他利用了传说的力量。传说是一切力量的源头。世上的事物只有说出来才有力量。就像此刻我成了灵魂，如果我不言说，我只不过像空气一样，像水草一样，你们听故事的人不会感知我的存在。存在就在述说中，在词语中。你们听故事的人总是要小看我这样的人，以为我只不过是芸芸众生中的一员，平庸，头脑简单，缺乏思想。不是的，像我这样的女人，虽没读过几本书，但看到的远比别人的多，感受的事物也比一般人丰富。我在几十年的日积月累中感悟到，传说的力量胜过一切。

　　如果你进入东莞的有闲妇女阶层，你就会明白她们是怎么神化夏小恽的。我以亲身经历发誓，妇女们的身体或灵魂里天生有一个空洞，那空洞需要有人填满，像夏小恽这样的人很容易进入这个空洞，让她们变得充实，变得强大有力，变得充满生机。在她们嘴里，夏小恽来自印度——南方暴烈的阳光让夏小恽变成了半个黑人，在那儿得道，可以凭意念飞升到半空。那是瑜伽进入化境才能达到的能力，夏小恽在她们口中犹若半神。

　　但是夏小恽决定放弃他的半神形象，在须南国那儿是他最后一次扮演半神形象。他从须南国那儿得到两万元钱后，失踪了。他带着我们所有的钱，消失了。也就是说，他把我抛弃了。

　　听故事的人，你不明白我在说什么对吧？好吧，让我慢慢道来，我只能说罪孽在不远处等着我。我晚年信佛的母亲或许相信罪孽，可这之前我从来不信。然而信或不信，罪孽就在那儿，它总有一天会露出真容，然后把你撕碎。

　　我原本不打算骗须南国的。可是当须南国把一堆钱放在我面前，我的推托是多么无力。我当然知道这是大罪。我竟然对如此可怜的父子下手，只能用鬼迷心窍来形容我。

　　须南国被骗的那天晚上，我们逃离了出租屋。那晚，因为怕须南国去各旅店查找，我们躲在万江大桥的桥洞里过了一夜。我们没什么行李，只有一只密码手提箱。那里藏着我们的钱。我们这样的人不习惯于往银行里存钱，钱放在身边比什么都安心。说这是个怪癖也是对的。

　　虽是夏天，江风却很冷，也许是我心冷，身子不停颤抖。

我麻木的身体有一块地方醒了过来。是的,我想起了往事。和永城联系在一起的事总会令我伤感。我竟然做出了这样伤天害理的事。那晚,在桥下,我忍不住哭泣起来。夏小恽试图安慰我。但他的安慰反而增加了我的罪孽感,几乎没有经过思考,我拿起桥洞里的一块石头砸向他,砸中他的脑袋。夏小恽并没有发火。一个人躲到一边,不再惹我。

第二天,我们搬到了一个小旅店,住了下来。

我对夏小恽变得越来越不能忍受。我们之间经常打架。有一次,我拿起一根棍子,砸向他的脑袋。他昏过去一个多小时。

那段日子,夏小恽的脾气奇怪的好。

我又要说到空洞。这些年来,我对夏小恽爱恨交织。某种程度上是他在我原本已焚毁的生命上火上浇油。我一生中最好的年华都和他合谋毁掉了。我的空虚、我身体的空洞正以几何级数迅速扩张,就好像有无数的虫子正在吞噬我的肉体,我总是有一种心脏即将消融的感觉。这时候,我特别需要夏小恽,唯有他能填满我的空洞。我恨他,但我知道我们是生死相依的一对。我的空洞只有恨可以填满。我只有在对夏小恽的恨中才感到生命的充实。

可是现在夏小恽跑了,我的恨突然失去了目标。不是,目标还在,他依然是。恨在累积,我无法及时地发泄。这就像爱,得不到就会痛苦,恨不着也一样痛苦。

我像一个疯子一样到处打听夏小恽的下落。没有人知道他去了哪里。我仔细回忆这段日子夏小恽有没有什么异常。没有。夏小恽这个骗子把我也骗住了。

预兆是有的。有一天，在我和夏小恽例行的吵架、动粗及相濡以沫后，夏小恽突然问：

"罗忆苦，当年是你把罗思甜的儿子放到永江上的吗？"

我吃了一惊。我已多年不曾想起这事了。这十年，夏小恽没再提起这事，在我的感觉里，这事儿遥远到连记忆都够不着了。可那只是错觉，当这个问题从夏小恽嘴里说出，多年前发生在那个晚上的情形迅速跑到我面前，历历在目。我有点失态：

"你什么意思？"

"我没怪你，我只想问问当时的情况。"

"你有病。"

"也许吧。"

当时，我们已躺在床上。夏小恽一直在辗转反侧。一会儿，声音又浮了上来：

"罗忆苦，你们当年没找到孩子尸体对吧？"

我说是的。

"也许我儿子还活着呢。"

"这怎么可能啊，我也希望他活着，这样我的罪过可以少一点。可就算他活着，我们也找不到他。世界这么大，哪里去找呢？"

"我会找到他的。"

我侧脸看了看夏小恽，想知道夏小恽在玩什么鬼把戏。难道他真的幻想那孩子还活着？难道多年的骗子生涯让他连自己都可以骗过去吗？我看了看夏小恽，他越来越像他父亲夏泽宗了，虽然瘦，不过骨架很大，显得很威风，目光里有一种把人看透的光亮。我说：

"看来你病得不轻。早点睡吧。"

"也许吧。"

这是我和夏小悻最后的对话。第二天，我醒来的时候，夏小悻不在床上。我发现我们藏钱的那只手提箱子也不在了。这是关键，手提箱是一个信号，它的消失告诉了我一切，夏小悻再也不会回来了。

夏小悻失踪三天后，我在整理床铺时，翻到夏小悻留给我的信：

罗忆苦：

你好。我走了。我和罗思甜生的孩子还活着，就是那个在夜总会唱歌的男孩。是的，就是他打了我，把我打得皮开肉绽。他可比我狠多了。也许他身上有你们罗家的血。你就很狠。你娘也是。

你不觉得他很像我吗？也许你觉得不像，我问过别人，别人也觉得不像。可我觉得他就是我的儿子。那孩子误解了我，以为我对他女友感兴趣。其实不是，我只是在观察他。

有一天，他在出租房里洗澡，我扒到窗口偷偷地看。我是想看他左胸上的胎记。罗思甜当年写信告诉我，我们的儿子左胸上有胎记。你知道我左胸上也有一个胎记。那男孩发现了我，以为我在偷窥他女朋友洗澡，从浴室里冲出来，揍我一顿。

他们为了逃避我，离开了东莞。我一定要找到他们。我知道这事有点疯，你一定会认为我不正常。只能这样了，我找他去了。我把我们的钱都带走了，我要把钱送给那个孩子。这是我欠他的。

我知道你爱钱胜过一切。你一定不愿意我这么做。你为了钱什么都做得出来，所以我只好瞒着你，带着钱离开你。

罗忆苦，这些年对不住你。但你把我儿子送掉，你也对不住我。我们两清了。

我找儿子去了。再见了，罗忆苦。

夏小恽

1994 年 8 月 20 日

好像一盆冰水浇到我头上，读完信，我打了个哆嗦。

难道夏小恽真的疯了吗？那男孩一点儿也不像他啊，那男孩很白，目光和善，根本不是他们夏家的目光。胎记？罗思甜怎么会知道那男孩有胎记？她生下他就昏睡了过去，而当夜我和娘就把孩子放在木桶里，漂入永江。不过我的记忆中似乎孩子真的有胎记。是不是我告诉过罗思甜？我记不清了。

这封信令我更加愤怒。夏小恽只是在找一个逃离我的借口。我相信那个男孩死了。这世上不会发生这样的奇迹。夏小恽留这封信只是在谴责我。谴责我谋杀了他儿子。这样他就可以心安理得地抛弃我。

他只不过是个骗子。现在他竟然想欺骗我。没那么容易。夏小恽把我这辈子毁掉了，我绝不会放过他。我即使成为鬼也一定要找到他。我发誓。

我相信找一个骗子比找别的人容易。我们是一对人渣，我们是前世冤家，即使死也得一块儿死。

73

天宝从广东回来，从怀里取出海报，告诉娘，银杏找到了。

"人呢？人你没带回来？"娘问。

杜天宝指了指海报上的一双踮起的脚，说：

"银杏在这儿。"

蕊萌这才知道杜天宝这个傻瓜根本没找到银杏。不过，她仔细研究了海报上的脚，那确实是银杏的。

"你说她有了男朋友？"

天宝点点头："是的，他会唱歌，唱得像广播里一样好。"

蕊萌沉默了。天宝忐忑，不知道娘是高兴还是忧心。毕竟他没把银杏带回来。

桂花一夜之间飘香整个永城。不但西门街香，鼓楼香，鼓楼边上的法院巷也香，湖西也香。可只要仔细闻，这香气里有一股奇怪的气味。是腥味，有点像咸鱼的气味。

有一天，天宝路过火葬场，那咸鱼的气味扑面而来，这时他才知道可能有人死了，那死了的人变成了一条鱼。

回到城里，天宝看到须南国坐在湖西自家台门前，双目无神。回来后，天宝没再和须南国碰面。天宝有点儿想念他可怜的儿子。

"你儿子病好了吗？"

须南国古怪地看了天宝一眼，好像想杀了天宝。

天宝有点怕，讪讪地走了。不过想起那孩子，他还是觉得可怜。

半个月后，一群警察进了须南国的家，发现那孩子已死了一个月。尸体都快腐烂了。天宝想起当年董政府也做过相同的事，很理解须南国的做法，死了孩子，大人该有多伤心。

天宝把三轮车拉出来，去了须南国家门口。

警察刚好把尸体抬出来，他们把尸体放到三轮车上。天宝一口气把尸体运到了火葬场。

尸体焚化的时候，天宝看见一条鱼跳进了火葬场广场的池子里。后来，天宝去池子里找鱼，却什么也没找到。

须南国没进悼念厅。他一直坐在台阶上。天宝觉得须南国可怜，想陪他坐一会儿。

天宝看到须南国脸色苍白，目光里有刀子一样的东西在闪亮。

天宝不敢坐太近，他在离须南国五十米的地方坐了下来，侧脸看着须南国。

74

中午，周兰终于醒了过来。药物起了作用，周兰不再折腾。但药物同时让周兰神经麻痹，对自己的身体失去控制。她一直在流涎水。保姆不停地替她擦。

你放心了些。

你急于去一趟公安局档案室。本来想一早去的，但周兰突发病情改变了你的计划。听了杜天宝的讲述，你心里已确认那个杀罗忆苦的人了，但你得找到证据。

你同保姆交代了几句，出医院，去了局里。

天空依旧晴好。你是坐公交车去局里的。公交车很空，你上公交车，随便找了个位置坐下。你向窗外望去，夏泽宗又出现了，看到夏泽宗气喘吁吁地赶来。公交车开动了，他没有赶上。你向他挥了挥手。对面的人奇怪地看了你一眼，然后换了位置。你马上控制了自己，回到现实中。

你习惯性地观察车厢里的乘客，你总是能一眼辨认出小偷。你对自己的这种本领有些疑惑。那纯粹是一种直觉，很难用语言描述出来。这世界比语言要深奥、丰富得多。语言根本不能完全说出这世界的奥秘。

到局里已是正午，阳光强烈，照在脸上，脸火辣辣地痛，像被人击了一掌。局档案楼在主楼的西侧，是一幢二层西式小楼，不高，周围茂盛而高大的植物使小楼只显露一角屋檐或一支烟囱，阳光使建筑显露的部分格外明亮，给人一种虽偶露峥嵘却玄机暗藏的感觉。要说世间的奇异，在那建筑群中真是俯拾皆是。档案室可以说是人世间的恶魔博物馆。

你决定先去见见小蒋，了解一下罗忆苦案子目前的进展。

小蒋见到你，依旧很谦恭，给你沏了杯茶。你道了谢，问：

"罗忆苦的案子怎样了？"

"有一些眉目，但还不能确定，正在排查。"

"你上次说是罗忆苦杀了夏小恽，罗忆苦为什么要这么干？"

"据广东警方报告，说是经济纠纷。"

你皱了皱眉，似乎有点不解。小蒋解释道：

"两个人都死了，杀人动机只能猜测。夏小恽和罗忆苦在广东做骗子，还赌博，罗忆苦欠人一屁股赌债。我们初步断定罗忆苦的死与赌债有关，极有可能是她的债主把她杀了。"

"你确定？"

"目前案子朝这方向破，正在排查相关债主。"

你点点头，站了起来。你说：

"想去档案室查点资料。"

小蒋说："你发现什么情况吗？"

你说："突然想起多年前的一个案子，想查一下。"

　　小蒋摇了摇头，似乎在说，罗忆苦的案子与别的任何案子无关。但他没说出来，他客套：

　　"没问题，我陪你过去同管理员打声招呼。"

　　你走的时候没忘了把那杯刚泡的茶带上。你一口没喝过。你想你可能得在档案室泡上一下午。

75

一年后，我终于找到了夏小恽。

夏小恽到了广州。他竟然在广州这样的大城市招摇撞骗。

一个骗子不会金盆洗手。恶习难以根除。而像夏小恽这类骗术总会伴随着奇迹和传说。奇迹有着惊人的传播力，当它脱离那个创造奇迹的人独自存在时，它更是充满能量。创造者已离去，但奇迹却在扩散。追寻奇迹的路是一条由密集慢慢兑减为稀薄的过程。因此需要一点耐心。

我就这样顺着这条依稀可辨的路径寻觅夏小恽。令我头痛的是，我越接近夏小恽，奇迹的传闻变得越来越少。

但总有一个缺口通向他，哪怕仅仅是偶然。

从前我不相信灵魂。如今我成了一个幽灵，我不得不说从前我的看法是错误的。我已明白灵魂对于肉体的意义。当灵魂离开了肉身，肉身顿时成为一堆躯壳，变得虚空而脆弱，仿佛成了一个一碰就碎的塑料制品。一个人要是灵魂出了窍，他便会茫然如随风飘荡的气球，会变得无限之轻。这证明人确实存在灵魂。

现在我成为一个幽灵，我回顾这一生体验过的灵魂出窍的时刻，那些时刻变得格外清晰，就好像那些时刻刚刚像一只鸡仔一样脱壳而出。瞬间思维消失了。一切都飘了起来。那些时刻或因为酒精或因为性。对我而言酒精更容易让灵魂出窍。我灵魂出窍最漫长的一次也是最令我难忘的一次是西双版纳，在大师身边，在莲花宝座上，我的灵魂晶莹剔透，我见证了各种各样的奇迹和未曾见过的事物。那时候只要我能想象出来的事物都会来到我面前。我从中看到欲望和精神的原型。它们好比早年人类画在山石岩壁上的怪兽，有各种各样完全相反的事物构成。脊椎动物和哺乳动物，飞鸟和走兽，祥云和闪电，满天落下的花朵（你从未见过的肥硕、饱满和喜悦）和黑压压的蝙蝠（它的翅膀大得像天边大块的云朵），植物长出蝴蝶，随手一指彩虹缠绕，透过灿烂的光华，我看到无数的骷髅（这是一个预兆吗？我日后经常梦见一具骷髅），要命的是在当时即使是骷髅也美丽得犹如圣物。那时候，我就像躺在母亲的怀抱里，完全的放松和踏实，好像时间就此停滞了。这一切都是大师的神迹。

如今我成了一个亡灵，我对这一切有了全新的理解。灵魂是存在的，它有能量，会游动，它还容易被控制，被另一个更强大的灵魂吸附。大师就具有这种灵魂控制术，他能够从众多灵魂中汲取能量，让能量充满他，他因此具有神一般的魔力。

这一点就是连寺院里那些泥塑的雕像都做得到。人到了寺院便自动交出了灵魂，当信众的灵魂在寺院聚集时，神迹就会发生。从寺院出来，人们满怀喜悦，那是灵魂出窍的结果，灵魂出窍的时刻就是全然放松的时刻。

我之所以讲这些是因为在我终于找到夏小恽后，发现夏小恽已不是从前的他了，他已不再简单使用魔术，而是学会了灵魂控制术。

在广州北部的龙归镇，在镇中心广场，那儿有一片绿地，长满了未经修剪的热带植物，有苏铁、南洋杉、细叶榕、木棉以及其他我叫不出名字的植物，植物的蓬勃让我想起西双版纳。我之所以来到这儿是因为我见到了一些灵魂出窍的面孔。大都是女人。或悲伤，或狂喜，或木然。在某个瞬间，我看到她们露出像吸饱了毒似的白痴一样满足的笑容（我这辈子没吸过毒，仅仅是个比喻）。那么宁静的笑容，清凉的笑容，雪莲一样的笑容，令我想起从前的我。

我当时不知道自己找到了夏小恽。那一刻，我以为大师踪迹再现，我内心不禁一阵悸动，脑子里晃动旧日幻象。印度。恒河。蛇。遥远的雪山。我的身体依旧残留着大师的印记，我感到自己迅速变成了一个空洞，渴望被充满。我犹如一只迷失的羔羊，渴望被领养。然后，我就像一个朝圣者，跟着这些女人向着圣地的方向行走。

穿过那绿地，有一条老街，遍布低廉小吃及简易旅社，走过一个叫恒昌包子店的地方，转入一条深巷，尽头是一个破旧的小院，进入院子的门口，挂着一块叫"龙归镇粤剧团"的牌子，我看到里面一个几近废弃的小礼堂里传来清朗的诵经声，全是梵音，我一句也听不懂，然后我看到飘在半空中的穿着白袍的夏小恽及跪在地上膜拜的信众。一条蛇像一朵云一样飘在夏小恽的身边。幽暗的小礼堂聚集着一股神奇的力量。

夏小恽没看见我。他正闭着双眼。那蛇一直忧郁地看着我。它正是我记忆中大师的那条蛇。我很震惊。那一刻我有种时空颠倒的感觉。难道是我出现了幻觉吗？可眼前的人确实是夏小恽，难道是大师的灵魂植入了夏小恽身体？那蛇又来自哪里？我仔细观察夏小恽，他的外貌确实有些改变，骨架似乎变得更为宽大，人也比以前更瘦了，眼眶深陷，最大的变化是他留了一部胡子（以前他的胡子是化妆的），头发也变长了，不知何处吹来一阵风，让他的长发飘逸。也许是我正仰视着他的缘故，他显得比往日高大伟岸。

我退了出来，浑身冷得发抖，身体像被掏空了一样，思维一片空白，不知如何反应。我几乎是本能地退出院子。直到走在那条人声喧哗的街道，我内心的不平和屈辱感才涌上心头。我很奇怪在黑暗的小礼堂我没有发作，去揭穿夏小恽的把戏，仿佛那儿有一个巨大的气场笼罩着我，控制着我。只有远离这个人，我才会清醒过来。是这个人欺骗了我半辈子（事实上我和他一样是个欺骗者），是这个人抛弃了我，卷走了属于我们的全部钱财，让我流落街头。我应该当时就冲过去，把他从高台揪下来，让人们看到一个骗子的真容。

但我没有那样做，反而退了出来。我已经有了主意，打算在这儿找个简易旅馆住下来。不管怎么说，我找到了夏小恽，我得先了解一下情况，再作打算。

我迅速找到了夏小恽的住处。我是在第二天他们聚会结束后悄悄跟踪夏小恽的。那些一脸满足的信众离去，夏小恽好一会儿才从礼堂出来。他已脱去了白袍，穿了一件普通的西装，戴着一副墨镜，给我一种鬼鬼祟祟的感觉。所谓的祛魅用在这儿最合适不过了。身着西装的他完全成了一个普通人。我知道他住在广场对面一条小巷的一套旧宅中。那是个小院子，院子里有一棵状似蛇形的番木瓜树，我在西双版纳见过。我当时怀疑大师就住在其中，而夏小恽只不过是大师的傀儡。

白天，夏小恽去礼堂宣扬他的说教，我偷偷溜进他的住所。我忐忑不安，害怕大师真的在里面，又莫名盼望大师现身。

没有大师。夏小恽的房间，窗帘低垂，我找遍了夏小恽黑暗的屋子，人迹全无。可又怎么能说得清楚呢，大师不是可以化成一股青烟回到他的涅槃之地吗？

我在夏小恽的房间里找到那只曾经是我们共同拥有的密码箱子。它安静地躺在夏小恽的睡床下。我从床下拖出来。箱子光洁如新，没有尘埃。密码没变，我轻松地打开了它。里面塞满了现金，几乎一整箱。想起我如今身无分文，我仇恨的不光是夏小恽，还包括这堆金钱。

这一天，我木然坐在黑暗中回想往事。我看到内心的委屈在黑暗中弥漫，犹如雷雨时的云层，疾速涌动，充斥在这个房间里。我如一个幽灵一般，躲在门帘和柜子之间的隐蔽角落，我设想着夏小恽推门进来见到我的表情。他会如何面对我？他会惊慌吗？还是无耻的镇定？或者他什么表情也没有，就当我是天边飘来的一朵云，他挥一挥手就可把我打发走。

所有预先的设想都是不靠谱的。夏小恽回家没有发现我。他是带着一个女人回来的。在黑暗的房子里，他脱光了衣服，盘腿坐在床上，我看到他的生殖器像一朵莲花一样绽放。而那个女人也已赤裸身体，让那莲花插入她的身体。她的双腿缠在他的腰际，小巧的身躯埋在他的怀里，好像想让他吞噬她。

我仿佛看到了当年的自己。在西双版纳，我也是如此投入到大师的怀里。就是那时候，我见到了灵魂（虽然后来大师消失后我认为那只不过是幻觉），它的形状像整个宇宙，发出星光一样绚烂的色彩。我感到整个身体像宇宙一样空洞，也如宇宙一样膨胀（大师告诉我，宇宙是无限膨胀的，只要你用心你就感受得到膨胀），也许是大师在我空洞的身体里膨胀。想起这些，我血液上涌，竟然感到一阵晕眩。

我知道他们在修炼。至少那女人如西双版纳时的我，如此幻想。这从她的面孔及身体散发出的激越而平静的献身欲望可以见得。他们的过程是如此漫长，让黑暗中的我焦躁难耐，恨不得冲出去用身边的密码箱砸烂他们。但仿佛有什么控制了我，令我不能动弹。难道大师的灵魂真的到了夏小恽的身体里？

我看到那个女人突然眼泪滂沱。她亲吻夏小恽。她吻他的腹部，脚踝甚至脚趾。她似乎被感恩充满，不如此不足以表达情感。夏小恽在这个过程中沉沉睡去了。那女人恋恋不舍地离开了小屋。

我从黑暗中走出来，站在床边，看着夏小恽。他的身体难以置信地消瘦，不过肌肉还是蛮有韧性的——从牢里活着出来的人总是有强壮的身体。熟睡中的夏小恽没有任何神秘可言，刚才震慑人心的光芒已消失无踪。无论从哪个方面看，此刻的他就像街头随处可见的烂仔。我想，失踪一年他不会脱胎换骨，他依旧还是个骗子。他成不了大师，只是个小丑，一个把我抛弃的混蛋。

仇恨在那一刻充斥我心头。连刚才他玩弄女人也让我愤怒。仿佛是为民除害，我举起那塞满金钱的沉重的密码箱，对着他此刻看起来无比愚蠢的脑袋，给予他重重的一击。我看到他睁开了眼睛，目光还留在遥远的梦中，平静异常，好像什么也没有发生，好像他并没认出我，我只不过是与他无关的陌生人。一会儿，我看到他的脑袋流出鲜血，那条蛇就是这时候从夏小恽的身上流出来的，它顺着血液，不时回头看我，目光忧郁。然后，我看到蛇化作一股青烟，消失在远方。

我惊慌失措。提着行李箱逃出了黑暗的屋子。

每个人都能训练出奇异的嗅觉，一个人要是老做一件事，这件事就会成为他本能的一部分。当某种东西触动本能时，你是控制不住自己的。现在，我提着满满一箱钱，而我有近一年不曾赌博，就像一个一直戒毒的人，那瘾其实一直在的，永不会消失，一旦念头降临，放纵的程度会比原来更甚。这天，我凭着嗅觉，在龙归镇的一个茶室找到了赌场。我狂赌了一场，一夜之间把近十万元钱输了个精光。

我感到那种极度刺激后的疲惫，浑身麻木，仿佛行尸走肉，连沮丧都来不及进入我的情感。我只想好好睡一觉，不由自主地回到夏小恽的住处。

夏小恽已不在床上。床上满是血迹。顺着血迹，我走进了浴室，夏小恽躺在浴缸中，浴缸里放满了水，水正在往外溢。因为水不断溢出，浴缸里的血水被稀释成淡黄色，像洗涤一件容易褪色的衣服留下的颜色。我走近夏小恽，发现夏小恽睁着双眼，气息全无。

我从刚才的麻木中醒来，震惊无比。他的死和我刚才一击有关吗？是我杀死了他吗？

他的手上拿着一张纸条。纸条被血浸染。

> 罗忆苦，我知道你会回来的。这钱我是给冯小睦结婚用的。我确信他是我儿子。我希望你把这钱还给他，否则我死不瞑目。

> 夏小恽

我瘫坐在浴缸旁。放声大哭起来。我不知道我为何而哭，我身心麻木。我又一次看见身体的空洞。就好像我身体的一块被挖走了，我成了个断手断臂的人，我感到从未有过的无助，比一年前夏小恽断然弃我而去还要无助，就好像我整个人生在此刻完全坍塌了。

我看到我拿着纸条的手在颤抖，我再次看了一遍那便笺。我无法相信夏小恽所说的。那男孩早已不在人世，被我杀死了，夏小恽只不过是走火入魔。天啊，我的人生是多么恐怖。多年前，我杀死了那个婴孩，现在我杀死了夏小恽。我已辨不清此刻对夏小恽的情感，我是那么仇恨他，又是那么可怜他。回顾我短短的一生，我不知道是夏小恽塑造了我，还是我定义了夏小恽的命运，我和他点点滴滴相互渗透，如一团乱麻，纠缠难分。

我除了哭泣不知该干什么。

如今我游荡在永城的上空，像夏小恽一样成了一个幽灵。我回想当时我坐在浴缸旁，看到室外的阳光一点点从窗口褪尽，我则浑身无力，惨白如一具蜡像。我看清自己的自私和虚荣。我此生一无是处，是一个十足的可怜虫，卑微到连一粒尘埃都不如。

可是有一件事我至今不明白，夏小恽死前为什么要爬进浴缸里？要是有力气，他可以呼救并让人送医院啊？他为什么要把身上的血洗得干干净净？

76

　　一九九五年夏天，蕊萌的身体越来越差了。自她一夜白头以来，因为思念银杏，身体变得日渐消瘦。她的头发却越来越长，每天天宝都要替她剪一次，否则真要变得像白毛女那么长。她还是坚持起床，给全家做饭，不过动作明显迟缓了。她的手指看起来比以前要长，白白的，仿佛也在生长。天宝担心她的手指会变得像头发一样长，手指可不能像头发那样剪掉。她原本光滑的脸，也一下子布满了皱纹，那皱纹像脸上结出的痂，厚厚的一层一层往外长。天宝担心娘正在变成一棵树，她的手指是树长出的枝杈，她的头发是树开出的叶子和花絮。他想起从前在火葬场时，那些死去的人有的变成一条鱼，有的变成一棵草，他忧心忡忡。他担心娘快要死了。娘死了后会变成一棵树吗？

　　当然，这只是天宝一瞬间的念头。更多的时候，天宝觉得娘会长命百岁，只要他活着，娘就会活着。再说银杏还没回来呢，没见到银杏，娘怎么会死呢？

　　晚上，在昏暗的灯光下（娘节约电，家里只点十瓦的灯），娘经常和天宝说银杏。娘说：

"天宝，你说银杏现在在干什么？她真的有男朋友了？"

天宝摇摇头，然后又点点头。

"天宝，你说银杏这丫头怎么这么狠心？她从家里出走两年了，两年都不给个音讯，我们担心她难道不知道？"

天宝听了心里一片茫然，那感觉就像一件心爱的玩具有一天突然不见了。天宝丢过一次三轮车。有一次，他把三轮车停在火葬场，他在里面帮忙。出来时，三轮车不见了。他急啊，他几乎找遍了整个永城，找了整整一个礼拜，都没找到。后来，他回家时发现三轮车静静地停在院子里，他见了别提有多高兴。他不知道银杏去哪里，也不知道银杏为什么要离家出走，但他相信银杏有一天会静静地回来的。

"这丫头是看不起我们，看不起这个家，她觉得这个家给她丢面子。我早看出来了，这丫头是个没良心的人。"

天宝觉得娘的话很刺耳。他说：

"娘，银杏不是个坏人。"

娘叹了口气，幽幽地看了天宝一眼，说：

"天宝，这人啊，真的是有命的。天宝，娘从前可风光了，那时候娘在百乐门舞厅跳舞，好多达官贵人都喜欢娘，送娘这，送娘那，都是珍珠玛瑙，宝石玉镯。要是娘没在雪地里捡到碧玉，娘可能就不在永城了，娘会跟那军官去台湾。但娘有了碧玉，就不想跟人跑了，也不想做人家的妾了，怕人家亏待了碧玉。要是娘没捡到碧玉，也不会认识你。天宝，娘很高兴和你生活这么多年，你虽然傻，可忠心，待人好。"

天宝听娘这么说，心里既温暖又感动。娘可从来没这样夸过他。天宝都有点想流泪了。

"天宝，你不要难过，我刚才都是气话。银杏这孩子会回来的。这孩子有志气，她憋着气呢，她混出个人样来，就会回来的。银杏这孩子，我太了解她了，就是脾气太倔，心肠是好的，和你一样好。总有一天她会回来看外婆的。"

这话天宝爱听，天宝傻笑着点头。

"天宝，要是银杏回来，娘不在了，你一定去找董培根，让她给银杏找个好人家，他会帮你的。"

见娘这么说，天宝忽然觉得有点生离死别的意思了，心一酸，就哇哇地哭起来。

"娘，你为什么要这么说。"

——肖长春似乎听得有点不耐烦了，他再次打断杜天宝，他问，罗忆苦呢？罗忆苦来永城找过你吗？杜天宝说，你别急，我马上要说到罗忆苦了，我得闭上眼睛，用尽所有力气才能把过去找回来……

　　档案室依旧是当年你初建时的模样。档案柜大都是木质的，近年添加了一些金属柜。木质柜子在时间的风化中颜色越来越深，有些地方有虫蛀过的痕迹。你担心保存的档案也被虫子侵蚀。看得出来，这里很少有人来，档案上积满了厚厚的灰尘，地上倒还干净，应该有人偶尔来打扫。你先把窗帘拉开，室外的光线射入，你看到扬尘在光线中舞蹈。

　　虽然退休了，你还是会关心来自警方的数据。近些年来，奇怪的案子越来越多，好像牛鬼蛇神突然多了起来，纷纷出笼，来扰乱人世。案子比你在任时更难破。如今警方破案率不到三成。这还是表面的数据，实际上要低得多。你看着存放在这里的档案，想起这些档案所记录的犯罪实施者至少有七成以上逍遥法外，那种你熟悉的挫败感再次涌上心头。

　　你不可能仔细查阅每一份卷宗，你主要翻看的是那些凶杀案。有各种各样的凶杀方式，常见的有：刀杀，勒杀，闷杀，饿杀，毒杀，更有借动物杀人：疯狗咬杀，毒蛇叮杀，甚至把被杀人关在黑屋子里任由蝙蝠吸食而死。还有更为惨烈的杀人方式：一块一块地切割受害人的肉，直至死亡；或从胸口掏出心脏，心脏不知去向……你想起南方低洼地带那种靠腐烂的动植物生长的藻类生物，仿佛此时你闻到了那刺鼻的臭气。阅读这些档案需要坚强的神经。

这些未被擒获的凶手如今在何方呢？他们是否在担心有一天警方会找上门来？他们的灵魂能得到安宁吗（如果他们有灵魂的话）？

时光在缓慢流逝，从窗口投入的阳光越来越斜，你知道黄昏不可避免地降临了。你加快了翻阅的速度。毁容案比你想象的要多。你从最近几年发生的毁容案，慢慢向远逝的年代追溯。在快要下班时，你在一份一九八九年的卷宗中发现了和罗忆苦类似的凶案。你拿出验尸报告看起来。

验尸报告

时间：1989.10.22
验尸医生签名：李宝康　姚大雷
死者姓名：朱丹
死者性别：女
年龄：约 30 岁

验尸情况综述：
一、外伤：死者脸部毁容（疑凶犯对死者使用了硫酸）;双眼被挖;颈部有勒痕;右臂有划痕多处（疑为利器所伤）。右乳有紫痕。

二、内伤：对尸体进行解剖处理。肺部肿胀，有

瘀血。经体液取样化验，未发现异常毒性物质。

女性阴部无损伤，无精液，死前未受到性攻击。

结论：死者为窒息而亡。外伤显示死者被害前有

激烈肢体冲突。

　　读完后，你心脏脆弱地颤动了一下，好像要融化了一样。你迅速翻看死者社会关系，你看到了"须南国"的名字。死者是须南国的第二任妻子。你觉得要窒息了，大口喘息。你摸出一颗药丸吞服了下去。

　　档案很厚，你无法在下班前看完。你向管理员借阅，打算晚上拿回家仔细研读。管理员同意了。管理员一副瞧不起人的劲儿，那表情好像在说："天底下最烦的就是这些退休的人，以为没有他们地球会停止转动。"

　　回到家，保姆已从医院回来了。她报告了周兰的情况："好多了，下午吃了好多东西，只是神志还不太清楚。"

　　你觉得保姆哪里不对头，这会儿她看上去似乎有点振奋。见你观察她，她的脸严肃了。一会儿她压低声音说：

　　"那地方什么人都有。我今天碰到一个怪人，看起来长得清清爽爽的，像个读书人，我正在心里琢磨呢，这样标致的男人怎么也会犯这样的病，你瞧他对我做了什么？他突然脱掉了裤子，露出下面给我看。"

说到这儿，保姆一脸厌恶，但这厌恶里难掩隐隐的兴奋，好像有什么东西注入到了她的身体，令她亢奋。

"他那家伙好大。"保姆说出这句话时脸红了。

你假装没听到，上了楼。一会儿，保姆叫你吃饭。你说，不饿，不吃了。你戴着老花镜，目光专注地在档案的字里行间穿行。

这晚，你研究档案到凌晨时分。

78

有了命案的人唯一能做的事就是逃亡。我开始了逃亡生涯。

关于夏小恽的命案我一无消息。我怕会被通缉，但街头没有追捕我的告示。这更让我害怕，我如惊弓之鸟，一有风吹草动（街头骚动或警方行动），我就会怀疑和自己有关。我只好独自行走在南方灼热的夏季，东躲西藏，昼伏夜出，形同一只蝙蝠。

然后，我再次见证了奇迹。是的，只能说是奇迹。这是我一生中见过的最难以置信的奇迹。

半个月后，我逃亡到柏塘镇，我看到在一个工地的空地上，霓虹灯闪耀。我知道那是流动在民间的大棚演出队。这段日子，我东躲西藏，常常孤单一人，这使我迷恋和人群待在一起的感觉。大棚演出场所是理想的去处，周围都是陌生人，他们的目光全在舞台上那些衣不蔽体的女孩身上。这些长年不回家的民工，见到姑娘的身体眼睛都直了，不会顾及我的存在。在奔逃的路途上，我已看过好几个大棚演出队的演出。肉体横陈，毫无新意，可我需要混迹在人群中的暖意。

　　我看到那个男孩出现在舞台上，唱起一首老歌《莫斯科郊外的晚上》。那一刻，我吓了一跳，好像一个年轻的夏小恽正向我走来，好像夏小恽重新复活，回到了七十年代。那时候我只有十七岁，夏小恽总是在永江边给我唱这首歌。现在台上男孩的表情和嗓音和夏小恽几乎一模一样，连唱的歌也一样，只是歌词改成了《十八摸》（这应该是老板要求的），而那个女孩踮着脚尖，像一只骄傲的天鹅在替男孩伴舞，就好像她面对的观众是一群绅士，而实际上这群民工喜欢的是她的大腿。歌词和舞蹈是多么不匹配，舞蹈和观众同样不匹配。

　　那一刻，我相信，夏小恽没骗我，那男孩真的是当年我和娘放在澡桶里的孩子。他活着，他竟然活着。我不禁喜极而泣。

　　那天，他们演出结束，我几乎是冲到后台，抓住那男孩问：

　　"你就是冯小睦？"

　　冯小睦已认不得我。我们只见过一面，他认不出来是正常的。我热泪盈眶，仿佛这个发现是对夏小恽的一个补偿，也是对我罪孽的赦免。他对我的激动显得有些不适应，但努力温和地微笑，好像他已习惯有人来认领他。

　　逃亡令我的心智十分混乱，加上这个新的确认，我表达得混乱无序，岁月一下子跳到二十年前，那时候他刚出生，母亲和我抱着这个男婴放到一只船似的洗澡桶上，在大雾之夜，顺流漂入永江。

　　他一定认为我是个疯婆。不过他的表情越来越严肃，看上去疑虑重重。有两个人来认他的亲，说的都是同一回事。一个自称是他父亲，一个自称是他姨妈，这事儿开始动摇他对自己身世的认定。不过，他一直在摇头，严肃地摇头，好像他不这样做，他的人生会全盘消失。

那天，他瞒着女友请我吃了一顿饭，他对我说：

"你们都弄错了，我有爹有娘，不可能是你们说的那个人。"

我说："我没弄错，你就是我的外甥。"

"你们怎么那么固执呢？那男人也这样，总是找我，要送钱给我。我不能白白要别人的钱。不过他有很久不来了，他出事了吗？"

"他永远不会来找你了，他留给你一大笔钱，被我花光了。算我欠你钱，有朝一日我有了钱，我会把这钱送到你手里。"

那男孩笑了笑，说："我不会要的。我的钱够花了。"

如今我死后已过了六天。我作为游魂在世的时间已经有限。我看到八天前，在我的逃亡生涯将近一个月后，我终于踏上永城的土地。那时候我其实已像一个幽灵了。我看到，那不但是回家的路，也是赴死的路。早就有人说过了，死亡和回家是同一回事。

那时候我心里虽然充满恐惧，但并不知道死亡就在前面等着我。我只是害怕一出现就会被抓起来。我很想躲到娘那儿，娘会帮我这个不肖之子吗？我迈不开步子。有一次，我远远地看到娘头发蓬乱，从西门街走过。她苍老的背影令我吃惊。

我没有办法，我唯一可以依靠的人就是杜天宝。只有他可以给我找到睡觉的地方，弄到吃的东西。我跟踪他，后来见他进了西门街的老屋。杜天宝现在住在鼓楼，这屋子一直闲置着。屋子干干净净的，想来杜天宝有空会来打扫。杜天宝真是个勤快的人。

我看到客厅里依旧堆着那堆蜂窝煤饼。现在大家都使用液化气了，再也用不着这劳什子，杜天宝竟还留着。想起从前，我从煤饼里把杜天宝插在其中的钱拿走，有一种隔世之感，仿佛那是我的前世，一个像儿童过家家一样的童话世界。

杜天宝回头看见了我，吓了一跳。

"罗忆苦，你怎么会在这儿？"

我不知道说什么。

"你怎么啦？你回来了？有没有去看过你娘？"

我摇摇头，说：

"天宝，我在你这儿住几天，可以吗？"

杜天宝点点头，忧心忡忡地问："罗忆苦，你出了什么事吗？"

79

一九九五年七月二十八日晚上，娘喘息声特别重，几次喘不过气来。杜天宝想把娘送到医院里去。蕊萌制止了他。

"娘这病治不好了，天宝，娘不想白白浪费钱。"

蕊萌让天宝把她扶起来，替她按摩一下背部。"躺太久了，酸。"天宝替娘按摩背部。没多久，娘坚持不住了，说，坐着累，想躺下。

娘躺下，闭上眼，一动不动，好像刚才耗光了所有的力气。四周很安静，天宝听到窗外有响声，很像猪在叫。天宝吓了一跳，难道是爹，难道爹要带走娘吗？天宝站起来，打开窗，想让爹滚远一点。窗外什么也没有。他看到黑夜中鼓楼的屋檐上挂满了一串一串的小灯泡，小灯泡闪烁个不停，勾勒出鼓楼飞檐斗拱的形状。黑夜中有些香气从空气中传来。那是隔壁院子里的桂树香。今年的桂树早早开花了。

"天宝，你在干什么？你过来，娘有话对你说。"蕊萌有气无力地说。

天宝再也没听到猪叫声，放下心来。要是娘真的被爹叫走了，到另一个世界去了，他该怎么办呢？

天宝来到娘身边。娘让他坐在床头，说：

"天宝，你是个仁义的人，娘有时候脾气不好，不要怪娘。"

天宝没觉得娘脾气不好，天宝记起来的都是娘的好。

"天宝，人活一世，终有告别的时候，娘的时辰快到了，娘知道。"

天宝听娘这么说，心一酸，眼泪落下来。

"娘，你别这么说，你会好的。"

"娘也想好，好多事放不下呢。银杏有两年没回来了。这丫头真没良心，我把她养这么大，她一走了之。我放心不下她。天宝，娘走后，你一定要找到她，让她嫁个好人家。"

天宝使劲点头。他也想银杏。天宝想银杏时一点也不怪银杏，反而怪自己。要是他不是个傻瓜，银杏就不会这么可怜。

"还有碧玉，她是个傻婆娘，比你还傻，把这家子都丢给你，我实在不放心。天宝，你一定要照顾好你碧玉，否则娘死不瞑目啊。"

天宝很紧张，说："娘，你不会死。"

娘笑了笑，从枕头下摸出一把钥匙，递给天宝。又指了指墙边的一只衣柜，让天宝打开。天宝看到里面有一只抽屉大的匣子，非常精美，匣子表面用象牙镶着一些白白的细纹花饰，状似藤蔓，匣子用一把铜锁锁着。天宝是第一次见到这匣子，一时有些奇怪，以为娘会变戏法，突然变出来的。他看了一眼娘，想，是不是娘要死了，法力大了。

娘让天宝打开匣子。

"本来里面还有些值钱的金银首饰，都是解放前娘辛苦积攒下来的。现在什么也没有了，当了，这么多年我们家全靠它们过活。天宝，你把银行存折拿过来。"

天宝看到里面有一只绛红色的薄本子，上面写着中国工商银行几个字。天宝拿出来递给娘。

"天宝，这里面有十万块钱，是娘这几十年来省吃俭用从牙缝里省下来的。娘快走了，这钱就交给你了。有了钱，过日子总容易些，娘也放心些。天宝，你一定要像娘一样，节节约约过日子，不到万不得已，不要动这钱，知道吗？"

天突然发出一声闷雷，天宝吓了一跳。娘似乎也惊着了，看了看窗外，目光一下子变得很遥远。娘不停地咳嗽起来。

这次娘没有缓过气来，她睁着眼睛，一动不动，望着窗外，样子骇人。天宝大声叫娘，推娘的身体。他的声音被窗外的雷声掩盖。一会儿，天宝听到窗外下起了雨。娘再没有醒来。天宝见过太多的尸体，知道娘这次真的死了。他想把娘的眼睛合上，几次都不成功。娘的眼睛朝上，满是担忧。天宝知道娘放不下这个家。天宝不想娘这样睁着眼，他想了个办法，拿来透明的玻璃胶纸，把娘的眼皮贴在一起。这时候，他听到背后的哭声，发现碧玉站在身后。天宝吓了一跳，一为碧玉突然出现，二为碧玉竟然流泪。天宝很少看到碧玉流泪。碧玉平时只会傻笑，除非你弄疼了她，才会流泪。现在，没人弄痛她，她却在哭。难道这个傻瓜突然变得聪明了吗？天宝见不得人哭，他顿时觉得可怜，于是也扯开嗓子，哭出声来。

邻居听到了哭声，来到天宝家。邻居们见蕊萌死了，都流下眼泪。邻居们对天宝说：

"天宝，你娘是个大善人，要是没有你娘，就没有碧玉，没有碧玉，就没有银杏。天宝，你要一辈子记得你娘的好。"

天宝哭得更响了。他想起以前在火葬场对着陌生人哭，那时候是因为觉得别人可怜他才哭，现在他哭是因为觉得自己可怜。他为自己可怜而放声大哭，又为自己哭而觉得自己可怜。

第二天，在邻居的帮助下，天宝给娘换上了她最喜欢的旗袍（天宝这辈子只看到娘穿过一次旗袍，那时候娘穿着真好看），然后把娘放到三轮车上。天宝给娘盖好被子，踏着三轮车去了火葬场。

火化娘时，天宝竖着耳朵，还把鼻翼张开，她想知道娘死后变成了什么。可是，这一次，他什么声音也没听到，什么气味也没闻到。在火葬场，当一个人火化时，天宝总能听到一种动物的声音或闻到一种植物的气息，娘却无声无息。这让天宝觉得娘并没有死。他抬头看了看天。昨晚的雨早已停了，被雨洗过的天空更加碧蓝。天宝觉得娘无处不在。

一会儿，娘变成了一只骨灰盒。天宝捧着骨灰盒，不知道把娘埋到哪儿。娘的墓地还没买呢。后来他想到了爹，想到当年他把陈庆茹阿姨的骨灰盒埋到了爹身边，他也想把娘的骨灰盒埋到爹身边。

天宝已有好久没来爹的坟头了。那儿新增了好多坟墓，天宝迷路了。后来，他闻到了陈庆茹阿姨的花香，才找到爹的墓地。到了墓地，天宝吓了一跳。因为他看到，爹的墓穴盖上有一摊血，形状像一只猪（这让天宝想起爹在冷库被冰块压死的场景），而陈庆茹阿姨的墓穴盖上开出了一朵天宝这辈子没见过的玫瑰，花蕾像天边的云朵一样巨大。天宝以为见到了鬼魂，当即下跪膜拜起来。他想，我太久没来看爹，爹一定生气了。天宝说，爹，孩儿不肖，以后一定会经常来看你。拜了一会儿，他发现眼前的猪和花朵消失了。

天宝在爹的墓边挖了一个坑，把娘的骨灰盒埋了下去。埋好后，他感觉很累，在坟边坐了一会儿。天宝想，这下爹有两个女人陪他玩了，爹很有艳福，应该不会寂寞了。他觉得自己这个想法有点好玩，因此认为对得住爹了。这时，他又听到了爹像一只猪在叫。他弄不清爹是高兴还是忧虑。天宝忧心忡忡起来。娘不在了，他不知道以后的日子怎么过。

那天回来，天宝看着那本绛红色的存折发愣。他不知道如何使用它。他想不通这个本子怎么会和十万块钱联系在一起。他想明天去问问罗忆苦。罗忆苦什么都懂。

——杜天宝回忆到这儿，肖长春打断了他。肖长春说，你等等，你说你娘死前你已经见到罗忆苦了？天宝说是的。肖长春说，她什么时候住你家里的？天宝说娘死前三天，我碰到罗忆苦，她对我说她杀了人，公安会抓她。肖长春说，她说自己杀了人？天宝以为说错了，一脸茫然。肖长春让天宝继续说下去——

杜天宝说，我需要闭上眼睛，用尽所有的力气才能把过去找回来……

80

1995 年 8 月 5 日　第七天

今天是周末，你起得比以往任何时候都晚。起床后，你一直坐在院子里喝茶。一杯茶下去，你才活过来。保姆问，今天去不去医院看望周兰阿姨？你说，今天我有事，你去照顾她吧。

保姆奇怪地看了你一眼。

你看了一下表。八点钟。你进屋，来到俊杰的房间。

当年，你被隔离审查时，有两样东西没交，一把驳壳枪和一副手铐。那时你已了解到你的驳壳枪被儿子弄丢了，这把枪是儿子仿制的，公安系统的每把枪都有编号，如果上交马上会被发现，可能还会加一个私制枪支的罪名。同这个罪名比，丢失枪支来得更轻。这副手铐倒没有人会追查，你舍不得上交，就藏了下来。手铐像是你的第三只手，关键时有用。

你打开那只金属盒子，打量那把枪。你又把盒子盖上了，你认为不需要带着它，带一副手铐足够了。

你从箱子里翻出一件旧警服衬衫。你很久没穿了。你放在鼻子上闻了闻，一股樟脑丸的气味直刺鼻腔。后来，你穿上了制服，对着镜子照了照。镜子里的自己令你陌生。镜子里的人此刻突然显示出一种力量来。你熟悉这感觉，你尝过权力的滋味，穿上制服让你有一种重新找回了权力的幻觉。你挺了挺腰，看到自己脸上的表情斩钉截铁，好像你冒个气泡都可以让人成为齑粉。你知道怎么回事，权力可以让一个愚蠢的人变得无比自大，以为世上唯有自己聪明绝顶。你想，从前你何尝不是如此。

你把手铐塞进衬衫下的皮带里，走出了布衣巷。南方潮湿而沉闷的热风扑面而来，瞬间让你汗水淋漓。你远远看到老陆一瘸一拐地走在护城河边。

81

我长长地睡了一觉。我有多久没这么沉睡过了？记不得了。这十多年来，我一直处于亢奋状态。沉睡某种程度会改变一个人的状态和思考方法。我有一种从心底里升起的宁静感觉，仿佛在身体的某个角落有一股甘泉正在慢慢渗透出来，滋润荒芜得像沙漠一样的身体。我醒了，但我一直闭着眼睛，享受着这难得的静谧片刻。我可悲地连感受这种宁静都心怀贪婪。

当我慢慢睁开眼，看见一个人一动不动坐在床边，目光瞪着我的胸脯，我吓了一跳，双手本能地把胸护住。见是天宝，便嚷道，天宝，你要死啊，吓了我一跳。又问，你什么时候进来的？

天宝的脸上总是那么一种无辜的白痴表情，几十年前就是这样。一个人能把这种表情坚持几十年可真是本事。我想大概天宝有事求我，问道，天宝，你怎么啦？有什么心事吗？

天宝赶忙从口袋里掏出一本绛红色的存折，双手捧着，郑重地递给我。

我一脸疑惑地拿起存折，当存折上的数字跳进我的眼帘时，我的心脏脆弱地跳了一下。有片刻，我几乎窒息，连心脏好像都停止了跳动。一会儿，我喘过气来，我听到身体里血液狂乱地奔腾。我问，天宝，你哪来那么多钱。天宝说，是娘留给我的，我娘死了。

捧着存折，我百感交集。自辞去机械厂的工作，我摸过无数的钱，可从来没积攒下这么多，还欠下一屁股的债。钱在我的命里就像流水，哗哗地流过，就是不肯驻留。我也无意筑坝修堤蓄水什么的。这是我的命。而这个傻瓜却攒下那么多钱。

等我弄明白天宝找我的目的，我的双眼明亮了，整个人被激活，浑身透出一种光芒来。

我刚醒来，还没换过衣服。我的心眼都在存折上，都忘了自己这会儿只是胡乱套着一件睡衣。是天宝的目光让我意识到自己的穿着。我看到自己的胸前白花花露着一大片。我伸了个懒腰，然后决定当着天宝的面，换衣服。

我转过背去把上衣脱了，露出一个光洁的背部对着天宝。我知道天宝一定大气都不敢出。我开始脱裤子，我把屁股翘起来对着天宝。然后，我转头让天宝把放在椅子上的衣服递给我。我看到天宝瞪着我的屁股，艰难地咽着口水，对我的指使毫无反应。我说，天宝，你听见没有。天宝这才把衣服和裤子递给我。

我换好衣服，然后简单地洗漱了一下。我说：

"天宝，我们去把银行的钱取出来吧。"

天宝点点头，说：

"我就是想把钱取出来，放在银行里不像是自己的，只有看得见，才是自己的。"

"天宝，你说得对。"

"罗忆苦，以前我对钱没想头，现在我知道钱是多么重要，有了钱，才能过好日子。"

我拿着存折向银行走去。我这么做有些冒险。银行有摄像头，要是公安真的在通缉我，我就完蛋了。我不免有些提心吊胆。

杜天宝紧紧跟着我，好像怕我逃走。

什么事都没有发生，我和杜天宝把所有的钱都取了回来。钱放在一只军用旅行包里，由我拎着，非常沉。这只军用旅行包是天宝爹老杜留下的，是当年解放军进城时一个士兵送给老杜的，老杜当作宝贝一样藏着，天宝从柜子里拿出来，带着浓重的樟脑丸气息。天宝想自己拿，我说，天宝，你傻乎乎的，万一被抢了去怎么办？我拿着，你给我做保镖，不要让人靠近我。

回到西门街的屋子，我急不可待，打开军用包。一路上我有一种不真实的感觉，我的手上竟拎着那么多钱。我真想当街把包打开看看。只有眼里见着，心里才踏实，才能证明我不是在做梦。我确实不是在做梦。这钱是真的，它是多么美丽又多么邪恶，它安静地躺在那里，挂着高傲的冷漠的表情，仿佛一个女人知道自己美丽，所有人都会爱上她。看到这堆花花绿绿的票子，杜天宝格外兴奋，就好像这些钱是他捡来似的。我入住这屋时已看到天宝家的厅堂里堆着一堆蜂窝煤饼，想起从前，我曾让杜天宝把工资插在煤饼上，我心血来潮，拿了一沓钱，把钱卷成笔筒状，插到煤饼上。杜天宝大约觉得好玩，也一起插。天宝现在也爱钱了，他说，这像在种庄稼，在种钱。他说，钱要是能像庄稼一样长出来就好了。一会儿，每一个煤饼孔上都插上了一张钞票，钞票花花绿绿的，好像屋子里开满了花朵。

"天宝，你记不记得，从前我们也这样干？"

天宝点点头。

"天宝，那时候真好，我还很年轻，天宝，那时候你喜欢我，对吧？"

天宝不好意思地点点头。

"现在还喜欢我吗？"

我瞪着天宝，他的脸涨得通红，好像他如今依旧是一个纯情少年。

我抽出一张钱，让天宝去买点儿酒及卤菜。杜天宝有点儿迟疑，我说，心疼钱了？天宝，我们发财啦，我们应该庆祝一下。

天宝还是拿了钱去打酒菜。

晚上，我让杜天宝留下来一起吃饭。我们喝了酒。喝酒的时候，我换上了那件睡衣，睡衣没扣子，只用一条带子系着。我故意不小心让怀抱敞开着，露出一对光滑的奶子。我知道杜天宝喜欢我，见到我就高兴。那一刻，我竟然对他怀有怜悯，就好像他是我养着的宠物。

那天我喝多了酒，醉了。喝醉酒是一种非常美妙的感觉，有一种轻飘飘的晕眩感，好像一只鸟儿张开了翅膀，准备飞翔。我对天宝说，我小便急，你扶我去卫生间。天宝家的卫生间和我家从前的一模一样，用水泥砌成，还没换成抽水马桶。那阵子西门街好多人家隔出这种简陋的卫生设施。不知是因为酒还是我身体的诱惑，杜天宝早已醉眼蒙眬，他扶着我进了卫生间，然后逃了出来。我在卫生间里用语言挑逗天宝，天宝，你进来，我的睡裤打了个死结，脱不下来了，你来给我看看，能不能把死结解开。

天宝进来解开了裤子的死结。我脱掉了裤子，光溜溜地站在他前面。我把他的衣服也脱了，递给他一只避孕套。他弄不懂这是什么玩意，用来干什么的。见天宝没反应，我问，没用过？杜天宝点点头。我撕去包装，替他套上。

完事后，杜天宝把套子退了出来，对着窗外投来的光线看。我一脸厌恶地说，天宝，这么脏的东西，快去扔掉。天宝穿上短裤来到卫生间。从床上能看到卫生间，我看到天宝用水把套子洗干净，藏了起来。

一会儿，杜天宝回到房间，我说，今晚你陪我睡，别回去了。

天宝高兴地爬到床上。天宝大概太累了，没多久就睡着了。在睡梦中，他都抑制不住幸福的笑容。

我一直没睡着。我的眼里充满了泪水。身边，杜天宝已安然入睡，像一个孩子，对世界毫无防范。

我得说杜天宝在我的经验之外。这个人多么信任我，这个人对任何人都这么好，可这是个什么世道啊，这世道还有谁可以相信呢？在我的人生里，充满了欺骗，我的一生就是一条欺骗与被欺骗之路。我所遇见的人都不可靠，都很自私。我已不相信世上有好人，除了杜天宝。有多少次，每当我心软的时候，悲剧就会发生在我身上，只有当我不再信任这世界，我才可以活下来。

那包钱就放在餐桌上，那些插在蜂窝煤饼上的钞票在月光下发着荧光。我对自己内心涌出的邪恶感到害怕。

但是我的灵魂已经出窍了。听故事的人，你们厌恶我吧。甚至我自己都厌恶自己。可是听故事的人，你们也不要认为我毫无心肝，那会儿我的内心是多么的挣扎，我清楚，我可以欺骗任何人，但不能欺骗这个傻瓜。他看我的眼神，毫无杂质，像一条忠诚的狗。只有杜天宝才会在我落难的时候收留我。我想起他的家庭，这确实是他们的救命钱。如果我把这钱拿走，我以后会被雷劈死，死无葬身之地。

但我还是贪婪地把那军用包搂在怀里，然后在自己的手臂上狠狠地咬了一口。

我的目光投向蜂窝煤。我不能把这钱也带走。我得留下些钱给杜天宝。我把蜂窝煤饼的钱一张一张地收起来。然后一张一张抹平。我把钱整平整后，放到了抽屉里。我拿出笔，给天宝留了一张纸条：

天宝：

　　对不起，我把钱拿走了。我急用。我一定会还你的，你等着我，我马上会回来的。

罗忆苦

1995 年 7 月 29 日

我步出了天宝的家。天色漆黑，院子里堆满了不知从什么地方捡来的废铁和橡胶轮胎等杂物。我站在院子里，再也迈不开步子。我的脑子里又惦记起留给天宝的那点小钱。我又在自己手背狠咬一口，转了回来。我迅速打开抽屉，把从蜂窝煤饼取下来的那沓钱拿了出来，塞进了军用包。我当时想，我的心要有多冷酷多狰狞才会干出这种事。

我匆匆消失在黑暗中。当我远离杜天宝家时，泪流不止。

现在，我已死了，我的灵魂飘荡在永城的夜空中。关于我是如何死亡的，你们还不知道。对你们来说，这确实是个谜，但对我而言是那么必然。如果说这世上真有"因果报应"，在我身上就得到了印证。

我向护城河方向走。我发现有人跟踪我。我心里一阵恐慌，加快了脚步。我不奇怪，我知道我逃脱不了的。我一直有一种危机四伏的感觉。我希望在被抓之前完成夏小恽的遗愿，把这笔钱交到那个唱歌的小伙子手中。

那是我这一生罪孽的起点。

　　杜天宝结结实实睡了一觉。他从来没睡得这么好过，他觉得自己好像睡了长长的一辈子。早晨，他心满意足地醒来，罗忆苦已不在身边。想起昨晚的一幕，天宝犹在梦中。

　　昨晚，罗忆苦让他进去给她解裤带。天宝不敢进去，可经不住罗忆苦的催促，他还是进去了。天宝一进卫生间，看到罗忆苦的睡衣敞开着，两只奶子在他眼前示威。罗忆苦指了指裤子上的死结，让天宝解。天宝这时脑袋里像是蹿入了火葬场的火苗，除了发热已搞不清状况。他乖乖地俯下身子，努力逃避那两只奶子的威胁。天宝颤抖着双手去解死扣。死扣实在太紧，他想用牙齿去咬开。他感到后脑勺暖烘烘的，好像后脑勺上面两只奶子散发着热力，正像太阳一样照耀着他。

　　天宝的头被一双手搂住了，然后后脑勺那团暖融融的东西压了下来，那团东西多么柔软，他却紧张得头皮发麻。天宝的脑子一下子就糊涂了，好像被什么东西麻醉掉了，脑子沉入浓重的黑暗之中。

　　这是天宝这辈子最幸福的时光。他觉得像做梦一样，仿佛回到从前。那时候，他喜欢罗忆苦和罗思甜。她们坐在他的三轮车上。她们身上的香气让他灵魂出窍，让他想飞。现在罗忆苦却在他的身上。罗忆苦虽然四十多了，依旧很年轻，她的身体就像她的娘杨美丽，洁白，紧凑，像一条田里的泥鳅，光滑得让人抓都抓不住。天宝想象罗忆苦坐在他身上其实是坐在他的三轮车上，他在拼命地踏，拼命地踏。他觉得自己不是踏在路上，而是飞了起来，奔向那天空的深处。天空是多么蓝，他成了一根羽毛，在天空飘来飘去。突然，他觉得天空像是爆炸了一样，眼前闪过一片白光，是他见过的最白的白，白得让人睁不开眼睛的白。他觉得自己快乐得要死了……

回味昨晚的情形，杜天宝无比幸福，咯咯咯傻笑起来。

这时，杜天宝看到桌子上放着一张纸条。

天宝：

　　对不起，我把钱拿走了。我急用。我一定会还你的，你等着我，我马上会回来的。

罗忆苦

1995 年 7 月 29 日

天宝像是从大上掉了下来，重重地摔在地上。天宝在火葬场见过跳楼自杀的人，身体一丝一丝地崩裂。天宝看到这字条，觉得自己的身体也崩裂成碎片。这可是娘留下的救命钱啊。他没穿衣服，跑到客厅，放在餐桌上的军用包不见了，插在蜂窝煤上的钱也不见了。天宝像一只关在笼子里的狗，在屋子里东奔西突。后来又意识到什么，套了条裤子，奔到街头，没有罗忆苦的影子。

天宝拿着字条哭出声来。这下子祸闯大啦。他记得把娘葬下时，娘无声无息，没有变成动物，也没有变成植物，娘一定还没上天堂，娘还在自己身边。她要是知道钱没了，她一定担心死啦。

天宝仔细看了罗忆苦的字条。罗忆苦说她马上会回来的，他得在这儿等她。如果她回来，他不在的话，她就不会把钱还给他。他知道她的脾气。

天宝躺在床上等罗忆苦。天宝觉得自己犯了天大的罪，他要惩罚自己。早上起来还没吃过东西，已经很饥饿了，但天宝不让自己吃。人世间种种难受，天宝最不能忍的就是饥饿。想当年，娘因为节约不让他吃饱，他觉得自己的肚子像空气那样空洞，能够吞下天和地。他知道喜马拉雅山，他感觉连喜马拉雅山他都可以一口吞掉。那饥饿的感觉会要了人的命。但是现在就是再难受，他也要忍着。他闭上眼睛躺在床上一动不动，他抚摸肚子，肚子越来越瘪了，瘪得像一张白纸。他看到这张白纸飞了起来。他想起来了，从前他想飞，他饿过肚子。那时候也难受，因为心里有鸟一样飞的愿望，倒还能坚持。

肚子饿的时间一长就不再难受了，反而会浑身放松，会飞起来。他在天上飞，他俯瞰着永城，永城在地上。此刻的永城，笼罩在一层金子一样的光晕中，好像永城变成了天堂。要是永城是天堂那该多么好，他可以见到爹，见到娘蕊萌，见到陈庆茹阿姨，见到罗思甜。他很想见到他们。他听说到了天堂人永远不会死。要是永城是天堂，那就不会再有死人了。

到了第四天，他的幻觉越来越强烈。他见到了娘。娘一脸忧虑站在天宝面前。天宝不敢见她，把头蒙起来。可没有用，她还是出现在他面前。他躲到柜子里，她来到柜子里；他躲到床底下，她来到床底下；他爬到梁上，她还是找得着他。她对天宝说，天宝，你别躲，躲是没用的，你赶快回家，你再不回家，碧玉要饿死了。

天宝这才想起碧玉来。他趴在地上，向娘磕了几个响头，痛哭道，娘，你别跟着我，我怕，我这就回家。

然后，他跑出屋子，在街道上奔跑，他身上衬衫飞扬起来，高过他的头顶。阳光明媚，街头的杨树叶绿得发黑，那两棵银杏树的叶子像一只只飞舞的浅绿色蝴蝶。天宝向鼓楼方向奔去。

路过护城河，天宝看到有一群老头在桥上议论纷纷。他们说，三天前，河里发现了一具尸体，尸体在河里泡太久，都变了形，说是一起凶杀案。

天宝觉得天空中有异样的东西飞过，像娘蕊萌正看着他，让他早点回家。他又听到娘说，天宝，你别停留，再不回家碧玉要饿死了。他吓得屁滚尿流地跑回了家。他在望京路碰到肖长春，转身溜进了小巷。

天宝回家，推开台门，院子里静悄悄的，有一个陌生小伙子在院子里扫地。天宝愣住了，不知这个人是谁？天宝以为是小偷，从门边拿起一根桦子，眼中露出凶光。那人好像认出了他，对他笑。天宝吼道，你是谁？

这时,银杏从屋里走了出来,看到天宝想打人,急忙拦住他。银杏说,爹,你干什么?

天宝见银杏回来了,不敢相信。又看看边上的小伙子,觉得小伙子眼熟,好像哪儿见过。他问银杏,他是谁?

银杏脸红了,说,他叫冯小睦,是我男朋友。

天宝想起蕊萌死前对他说,要给银杏找个好人家。银杏多能干啊,自己找了个男人回家。天宝虽然一时难以适应,还是挺高兴的。天宝跟着银杏进了房间,碧玉倒像是没饿着似的,依旧白白胖胖,同他笑。天宝放心下来。

天宝问银杏,你怎么回来了?银杏突然哭了,说,我梦见外婆死了,外婆在梦里叫我,说妈快饿死了,我就赶回来了。银杏不满地问,爹,你去哪儿了?天宝一脸羞愧,想,娘真的一直看着我,我再也不能干坏事了。他扑通在娘的遗像前跪下来,对着娘的遗像磕头。那小伙也跪了下来,一起磕。银杏一边磕头一边哭。天宝知道银杏难过。银杏实际上是外婆养大的,对外婆亲。外婆死时她却不在身边,她一定很内疚。想起过去的事,天宝也哭了,哭得哇哇响,比银杏还响。天宝说,我对不起娘,她死之前给了我十万块钱,可我把这钱弄丢了。

一会儿,天宝问小伙子哪儿的?家里都有些什么人?小伙子腼腆地告诉天宝,说是冯村人,所以姓冯,叫冯小睦。家里有爹和娘。天宝又问他和银杏是怎么认识的。

冯小睦说,是在夜总会的演出队认识的,我喜欢唱歌,银杏在那儿跳舞。还说那儿有一个男人很搞笑,硬说我是他儿子,要我认他当爹。还有一个女的说是我姨,当年是她把我放到一只洗澡桶从永江漂走的。天宝听了，一时有些糊涂了。

天宝见冯小睦对他毕恭毕敬，有了做长辈的感觉，他像娘一样坐在八仙桌边，端着架子，学着娘的腔调说，你不是会唱歌吗？那唱一个我听听。

冯小睦也不害羞，唱了起来，歌声明亮高亢。天宝觉得这歌声很熟，在哪里听过，这歌叫《乌苏里船歌》还是《星星索》……天宝想啊想，很多往事在脑子的尽头如火星般闪烁，然后又熄灭。后来他终于记起来了，当年夏小恽就是这样在永江边唱这歌给罗忆苦和罗思甜听。

冯小睦唱歌时，银杏崇拜地看着他。

下午，肖长春突然来到杜天宝家。杜天宝当小偷那会儿被肖长春抓起来过，所以本能惧怕，见到他就想溜。肖长春叫住了他，把他带到一条小巷子，让天宝坐在台阶上。肖长春竟然问起了罗忆苦，问罗忆苦前几天是不是住在他家里。天宝因为和罗忆苦干过坏事，脸就红了。肖长春问，罗忆苦住在你家里时发生了什么事？天宝被肖长春逼得没办法，只好说了。他觉得要说清楚这件事必须从头讲起。他紧紧地闭上眼，脸皱得像一张树皮，表情痛苦。杜天宝说：

"我要闭上眼睛，用尽所有的力气才能把过去找回来……"

那天，杜天宝向肖长春讲了整整一个下午，才把事情讲完。讲完后，天宝感到轻松多了，好像他前几天犯的罪过就此得到了赦免。

因为心情轻松，那天晚上，天宝开始考虑银杏的婚事。天宝想了整整一夜。他觉得既然银杏带了男人回家，那就应该马上成亲。

第二天，天宝对冯小睦说，你要是想娶我们家银杏，你带我去见你的爹娘，我们把婚事定下来。

银杏吓了一跳，说，爹，应该是小睦爹娘来见你的。

天宝不以为然，觉得这是同一回事。当年银杏的外婆就是主动到西门街杜家的。天宝有一个小心思没说出来，他想看看冯家，是不是好人家。

天宝这么固执，银杏很生气。冯小睦却愿意。银杏说，这算什么？小睦说，让爹去看看我家，爹好放心些。

这话天宝爱听。他觉得小睦很懂事，喜欢上他了。

第二天，他们踏上了去冯村的路。

冯村是一处安静之所，像所有古老的村庄一样，村头立着一棵巨大的香樟树。一条小河从香樟树边流过，村庄掩映在一片绿荫之中。村边有一座小山，山上古木参天，山顶上立着一块状似拇指的巨石。

跨过一座弓形石桥，一条石子路通向村庄深处。天宝觉得此地有点熟悉，觉得自己到过这个地方。

一会儿，他们来到一幢敞亮的两层瓦房前，小睦说，这就是我的家。天宝站在瓦房前，仔细察看。瓦房是全新的，天宝表示满意。

天宝见到小睦的爹娘，觉得面熟。后来，他隐隐约约想起了往事。往事很暗，可是有一束光投射到黑暗中，照亮了天宝的脑子，天宝的脑子像洗过了一样，清晰回想起当年自己和罗思甜循着婴儿的哭声来过这户人家。当年罗思甜抱着这家的孩子不肯放手。

天宝突然对冯小睦说，小睦，我小时候抱过你。

银杏笑了，说，爹，这怎么可能！

小睦的爹娘已经老眼昏花，欢天喜地迎接天宝。他们记不得天宝曾造访此地。他们见儿子带了个姑娘回来，还是个城里人，亲家公也来了，高兴得不知如何是好。赶紧杀鸡宰羊，忙乎起来。他们宰羊时，天宝很想拿把刀子放羊的血，他觉得这很好玩。但银杏把他管得很死，不让他说话，只让他傻笑，点头。银杏让他坐在八仙桌上，只要天宝动作有些不妥就纠正他，让天宝觉得难受得要死。天宝这辈子没杀过羊，眼看着这么好玩的事插不上手，感到无比遗憾。

天宝觉得女儿虽是个城里人，嫁到这里也不错，这家人好，有羊肉吃，想当年他和碧玉结婚，到了鼓楼，连饭都吃不饱，银杏的命比他好。这叫一代胜过一代。

小睦娘没多久就整出一桌好菜，香气诱人。天宝口水直往外流，手痒难熬。但只要他的手动一下，银杏就紧紧抓住他，连口水流出来了，也不让他擦，没人时银杏才偷偷给他擦了。趁银杏不注意，天宝伸出手迅速抓了块羊肉——他发现当年做小偷学的本领还在，塞进嘴里。还是被银杏发现了，她杏目圆睁，弄得天宝觉得很对不起她。

两家人坐定，开吃。天宝已忘了此行目的，埋头吃起来，连说好吃。主人一家感到很高兴。小睦的爹娘直夸银杏好看。银杏一直低着头。她也是第一次来小睦家。她不说话，小睦爹娘还以为银杏是哑巴，偷偷问小睦。天宝听到了，大声说，银杏不是哑巴。银杏在天宝手臂上狠狠掐了一把。小睦的爹娘笑了，他们很满意银杏，只是觉得天宝有点儿异样，像一个小孩，但看他是个实诚的人，觉得做亲家人品好最要紧。小睦的爹娘替天宝倒酒夹菜，银杏拦都拦不住。

结果，天宝喝了个烂醉，正事儿都忘了。

回家路上，银杏都在骂他，讲他喝醉酒种种可笑的事。说他坐在门槛上，搂着小睦讲罗思甜的事，哭得一塌糊涂。说天宝向小睦哭诉当年罗忆苦和她的娘杨美丽把罗思甜的儿子放在一只澡桶里，放入永江漂走了，那个背澡桶的人就是他杜天宝。银杏问，罗思甜是谁啊？我怎么没听说过。天宝说，这是好早的事了，那会儿你还没出生呢。银杏说，难怪我不认识。

你从公交车上下来，走到湖西那片老宅只要十多分钟。湖西在永城的中心地带，一九九五年还保存着旧有的样子，那儿狭小的巷子里耸立着法国梧桐和麻楝树，在夏季，这两种茂盛的植物把湖西的那些老宅遮蔽得严严实实，走在小巷里几乎望不见天空。整个街区显得宁静而凉爽。解放军进城那会儿，很多军官喜欢把家安置在这儿。这儿是闹中取静的好地方。

你穿过巷子，敲须南国家院子的门。你断定须南国就在里面。你敲了好阵子，院子的大门才打开，须南国警觉地伸出头颅。他迅速关上门。你知道他会来这一手，有所准备，用手肘抵住了门缝，然后进去了。

"你有什么事吗？"他说。

"我们得好好聊聊。"你说。

须南国沉着脸，往里面走，不再同你说一句话。你跟着进入屋子。屋子里的窗子都关着。房子完全是旧式木结构的中式宅子，厅堂幽暗。厅堂的摆设也是旧式的，一张八仙桌紧靠香案，香案上方的木板上挂着十多只镜框，上面是他逝去的亲人吧。

你发现其中有他早逝的第二任妻子（你在档案里见过这个被害的女人）。在照片里，那女人脸色苍白，眼中似乎有深深的恐惧。

"你看什么？"他问。

"她死了六年了吧？"

"谁？"

"你妻子。"

"噢，是的，没那么久吧，有那么久吗？我记不得了。"

"你不会不记得，你记得很清楚。死的每个细节你都记得清清楚楚。"

"你什么意思？"

"难道不是吗？"

须南国一脸不屑。这不屑让你很生气。你最受不了有人这样藐视你。你说：

"好吧，我来告诉你。罗忆苦死后，我一直在追查凶手。现在有结果了，是你。你不但杀了罗忆苦，六年前你还杀死了你第二任妻子。"

他吃惊地看着你。

"跟我走吧，到局里去说也许更好。"

他一直没反应。然而他早有准备，沉默了一会儿，他突然扑了上来，把你按在了地上。拿出放在沙发底下的绳子，把你捆了个结实。他狠狠地踢了你一脚，说：

"你终于找上门来了，我知道你这个老贼不会放过我。"

你已经了解这个人。他是个变态，他要在弄死你之前嘲笑你，挖苦你。他要狂欢一番。这人身上有少见的冷静，同时具备罕有的疯狂。他把冷静和疯狂两种对立的气质完美地融合在了一起。他把你绑在一把太师椅上，这样，他可以和你面对面。

"你承认你是个老贼吗？"须南国这会儿显得扬扬得意。

"你不承认？你没有勇气承认是不是？是不是要我提醒你？你儿子死后，你是怎么对待罗忆苦的？要知道我和罗忆苦一起生活过。"

你知道须南国在说什么。但你没做错。当然罗忆苦也没做错。你本来可以救儿子的，你没有。当年她恨你。

"是你杀死了罗忆苦，不是我！你也是个罪犯。你去自首啊，你犯了罪为什么不去自首？"他几乎在吼叫。

你一直没说话。汹涌而来的往事占据了你身心。你的心脏仿佛塞满了东西，窒息得难受。

"你哑了？你怎么不说话？罗忆苦很性感是不是？"

你看到须南国脸上露出下流的笑容。

"你想听什么？"

"你说呢？你一定不肯说，好吧，你会想起来的，我有的是办法。"

他拿了一根铁丝，去煤气灶上烧。一会儿铁丝烧红了，他在你的眼前晃了晃，然后狠狠地刺入你的大腿里。你痛得闭上了眼睛。一会儿，你说：

"好吧，你想知道什么，我来告诉你吧。"

"你早该如此了。你当年是怎么对待罗忆苦的？有没有非礼她？"

你摇了摇头，叹了一口气：

"我儿子死那年，我老婆疯了，送进康宁医院。家里只有我和罗忆苦。她认为是我杀死了肖俊杰，报复我的方法就是引诱我。那年夏天，她经常什么也不穿，只穿一条短裤在房间里走来走去……"

"你他妈怎么知道她什么也没穿的？你偷窥？"他打断了你。

"没有。她的房间就在我隔壁。中间有扇木窗，虽然关着，但有缝隙，我是不经意看到的。"

"不经意？说得好听，就是偷窥嘛。"须南国面带讥讽，狠狠地踢了你一脚。

你有点恼火，不想再说下去。但须南国已被某种邪念控制，开始兴奋地讲述：

"好，你不说，我来替你接着说。罗忆苦知道你偷看她的身体，她就故意把门开着，让你瞧见。有一次，你还在过道上撞见她，你假装很生气，警告她把衣服穿好。她对你很不屑，进了房间。就那次，你跟了进去。她不理你，屁股对着你，整理床铺。你实在受不了，过去抱住了她……她见你这样，疯狂地抽打你的脸，这反而让你更生气，你于是失去理智，撕去了她最后的遮羞布，然后就……就……强暴了她。完事后，你看到她的脸上挂着讥笑。你被她击溃了，你知道她是在羞辱你，报复你杀了她的丈夫。她赢了。你感到无地自容，从此后再也不敢见到她……是不是？"

说到这儿，须南国脸部扭曲，仿佛某种淫秽的气氛控制了他。

你在心里说，不，不是这样的。当年你确实在走道上见到罗忆苦什么也没穿，也知道她的用心。是你狠狠地给了她一耳光，命令她把衣服穿好。也许这事让罗忆苦无地自容，第二天，她就搬离布衣巷，回到西门街和母亲住在一起。

你没有辩解。你悲哀地想，也许罗忆苦真的对须南国虚构过这事，可见罗忆苦有多么恨他。

须南国继续说："好了，不说这些了，话说回来，罗忆苦他妈的也不是个好东西。你知道我为什么要杀她吗？你知道我怎么杀死她的吗？"

你一直低着头。你被刚才那番话刺伤了，眼角挂着泪水。

"你他妈抬头看着我。"须南国捧起你的脸。

"你这个老贼，你他妈早该关起来。罗忆苦也该死。我为什么要杀她？我就要杀她。因为她欺骗了我。她骗走了我的情感，让我痛苦得要死。这也算了，她不该再次欺骗我，骗得我身无分文，把我儿子治病的钱都骗走了。我儿子都这样了，快要死的人，她都骗，她还是人吗？这样的人难道不该死？前几天她终于回来了，虽说是一脸憔悴，但他妈的还显得那么年轻，风骚，还是那么无耻，依旧是个骗子。

"她竟然和杜天宝这个傻瓜睡觉，骗走了他的钱。十万元啊，那可是傻瓜家的救命钱。我让她把钱给我，那是她应还我的，她不肯。我他妈一生气，就紧紧掐住她。她的身体慢慢软了，瘫了。我最迷恋女人这个时刻，那么软弱，那么无辜，那么令人爱怜，令人销魂……"

"你真残忍。"你说。

"你给我闭嘴。老子让你说你再说。"

当了一辈子警察，你知道人活一辈子面临危局是难免的。这辈子你面临无数危局，无论是在战场上，还是做地下工作，即便是解放后，你也屡遭不测。所以你的衣袖里总是藏着一把刀片，那是你求生的利器。就在须南国投入地宣讲时，你用刀片割断了绳子。趁须南国不备，你突然站了起来，扑向须南国……

如果有人问你是如何制服须南国的，你大概不想讲述。你不想把简单的场景搞得像一部惊险电影。没那么复杂。当人以为自己处于绝对安全，以为自己万无一失时，他是很脆弱的。当时须南国甚至连反应的机会也没有，就被你用手铐扣住了。这伙计可比绳子管用，刀片之类的玩意儿无法弄开这铁家伙。当过警察的人都会迷恋警具和枪支。

把须南国铐住后，你狠狠地踢他，边踢边骂：

"你这个变态，你别自作聪明，以为我像你一样流氓，告诉你，我不像你想的那样，我和罗忆苦没任何事。"

"鬼才相信你。你他妈才是变态，罗忆苦亲口告诉过我，你强暴过她。"须南国脸上依旧是讥讽而猥琐的笑容。

"你他妈闭嘴，再说我他妈杀了你。"

……你和须南国终于平静了下来。已经折腾好长一阵子了，你真有点累了。你押着须南国向局里走去时，有一种被抽空了的空虚感。刚才的遭遇让你进入了黑暗的往事之中。这种抽空的感觉一直像一朵乌云一样在你头顶盘旋，挥之不去，你不敢去正视它，它却时不时地冒出来，在日常生活中和它猝然相遇，或钻到你的梦里来骚扰你。

真相终于大白。通向真相的道路总是要绕一个圈子。可真相从来是用最简洁的方式呈现的。真相有时候不遵循这世上的逻辑，它躲藏在最不可能的地方，用偶然的面目遮掩着。可是总有一条路通向那儿，你会发现那其实是最近的路。

快到局里时，须南国一脸的鬼魅笑意。他说："你为什么不问我为什么杀了我前妻？"

你愣了一下，没等你说话，须南国开口了：

"她不喜欢我儿子，这也罢了，她在外面还和一个小白脸搞上了。"

到了局里，你和小蒋做了简短的交流。小蒋的心情有点复杂。对小蒋来说你的破案证明了他的无能。但小蒋涵养不错，他大度地对你表达了感谢，说，这事儿我们会好好审问，若真是这人杀的，我们就办了他。

从局里出来，你又去了一趟须南国家。你在须南国床下找到杜天宝那只军用旅行包。你把包打开来，一沓沓人民币凌乱地躺在里面。你拉拢拉链，向鼓楼走去。装满钱的包比你想象的要重得多。

天宝家空无一人（也许那傻女人在楼上），不知他们去哪儿了。不过门没锁上。他们家也没贵重的东西，没什么好锁的。你把那军用包塞到香案下。又怕人拿走，你从厨房搬来一只酒坛，把包遮挡住。

终于结束了。你松了一口气。你不像年轻时，破获一个案子,你会自大那么几天,以为自己无所不能。再没有那种感觉了,相反,案子了结后,你反而涌出满腔的空虚来,好像发生的一切仅仅是梦境的一部分。

回到家,你从写字台里把锁着的罗忆苦的骨灰盒拿了出来,对着它发了一会儿呆。得把罗忆苦的骨灰盒埋葬掉了。这事儿得和杨美丽好好商量一下。那天火化时,杨美丽不肯去,你知道她是因为悲伤而不肯面对亲人一个一个离她而去。埋哪儿好呢?就埋在儿子的坟墓边吧。你想,罗忆苦后来并没嫁人,也还是你们肖家的媳妇。

人活在世上就是含辛茹苦,将会面对一个又一个的不幸,面对亲人的死亡,面对意外的磨难。这是注定了的。活到现在,你不再抱怨。你不知道你和周兰谁活得更久。你希望周兰早于你走,这样你可以照顾她。如果你先走,周兰怎么办呢?你会死不瞑目的。你觉得这辈子自己能把所有的亲人都送走,是件很不错的事,以后的日子就是等着到那个世界和他们见面。在那个世界,你想你不会再犯同样的错误,绝不会,你会怀着宽容的心去善待你的亲人。

第二天,你起了个大早,把骨灰盒放入一只帆布包里,背在肩头,去了杨美丽的家。杨美丽终于同意和你一起去把罗忆苦埋了。你俩坐上了去墓地的公共汽车。杨美丽一路上沉默不语,脸色恍惚,好像她那张脸成了一块电影银幕,有无数往事在脸上映现。这不是扫墓的季节,车上人很少,你俩找了个后排靠窗的位子。你没把帆布包放在空位子上,而是把包放在自己的腿上,紧紧抱着,好像怕有人抢去。你紧张的样子引起了公车司机的注意，他从后视镜里充满探究地看了你几眼。你没理他。你这样的年纪已不会对任何眼色不适了。你沉得住气，凡事不做解释。你看着窗外的景色。这个夏季，闷热干燥，南方的植物依旧疯长，田野上满眼都是墨绿色，远处的山峦则呈黛青色。你打开了车窗，吹进来的风带着泥土的腥味。

　　汽车终于到了墓地车站。你和杨美丽起身下车。下车时你依旧抱着那帆布包，司机问你要不要帮忙？你摇摇头拒绝了。你俩在路边歇了一会儿。你心里有一种近乡情怯的感觉。你有多久没来过墓地了？很久了，儿子死后，你只偷偷来过一次。对你来说要面对儿子实在太困难了。你回避着这些悲伤的往事，用尽力气把他们摒弃在记忆之外。但这些往事还在那儿，它们在睡梦中来骚扰你。在睡梦中，肖俊杰的形象栩栩如生。是的，记忆是最不容易从脑子里抹去的，如果人没有记忆，那就没有所谓的人生了。现在，你只要闭上眼，眼前就会浮现出那块小小的墓地。你就像走在回家的路上，几十年没来，一切依然熟悉。你知道，沿着墓地的水泥路走，过一座小桥，拐入山坡，再走一百米就到了。

　　儿子的墓地没有睡梦中经常出现的杂草，大概同墓园工作人员经常护理有关。墓地边那四棵翠柏已长得高大而粗壮。阳光从东边的山脊上升起来，早晨平和的光线从翠柏间斜射过来，照到墓碑上，儿子的名字宛若初生。儿子被埋葬时，你并没有来，后来你听人说，当年罗忆苦在这儿哭得死去活来，并对你发出了诅咒：她这辈子都不会原谅你。

　　一切都过去了。生活从来就是这样，人生充满了悲剧，而创造这悲剧的大多是历史的车轮。当然你认为自己难辞其咎，你会永远觉得自己是罪人。

你缓慢地把罗忆苦的骨灰盒从帆布包里拿出来，递给杨美丽。你打开了儿子边上的空穴位。这墓当年是罗忆苦和周兰订的。当年罗忆苦是为自己准备这个穴位的吗？如果是，她今天终于如愿了。你愿意相信她这是回家。这天杨美丽一直默不作声，表情淡然，好像埋葬罗忆苦是一件与她无关的事。可当她捧着骨灰盒，放入穴位时，她的眼泪一下子涌了出来。她似乎在压抑自己的悲伤，开始仅仅是无声抽泣。你试图安慰杨美丽，在她背上拍了几下。杨美丽终于忍不住号啕大哭起来。

你和杨美丽在墓地上坐了整整一天，直到往事像一阵雾一样消散，直到晚霞在天边消失，直到黑暗不可避免地降临大地。

84

我的故事快要讲完了。现在我要讲讲灵魂在西门街上空飘荡的感觉。年轻人都不愿意相信灵魂，只有到年岁大了，他们才愿意相信，愿意相信灵魂永生。我听到年长的人经常谈论灵魂：有人说灵魂从身体里面钻出来变成了一缕烟飘到天上去了；有人说灵魂很轻，像一根随风飘荡的羽毛，会在人间停留很久，直到它关心的人上天堂；还有人说灵魂的形状就像水中的草、天上的云团、雷雨天的闪电、花蕊上的露珠……"一切有为法，如露亦如电，如梦幻泡影，应作如是观。"他们总是说这句话（大师和夏小恽也常说），我没搞懂过，我记住了这句话，这句话现在像魔法一样在我眼前变幻，像是想要我这颗朽木似的愚钝的灵魂开窍。如果你们问我这些关于灵魂的描述是否正确，我无法回答，因为作为灵魂我看不见自己，也许他们说的都是对的。因为只有活着的人才能看见灵魂（三天前我的婆婆周兰看见过我的亡灵），亡者是无法看见自己的，只能看见自己的尸体。

所以我没法说出灵魂的形状——也许到了天堂或地狱我才能看到别人的灵魂，但我可以描述灵魂从身体钻出来的感受。

我说"钻"其实并不准确，因为这个过程没有时间。肉体消亡就像一块玻璃被砸碎，灵魂一下子在破碎处开出花朵——当然这只是一个比喻。那是安静的时刻，世间的一切喧嚣瞬间消失，一切的束缚突然解开，记忆被刷新，一些自以为早已忘记的细节像金子被擦亮，我是从前也是此刻，所有的往事纷至沓来，它们汇成了我此刻的灵魂。人生就像剧场，人们用尽心机，以为自己是主角，可是很多时候只不过是在舞台上一闪而过，了无痕迹，连配角都称不上。

回忆我这一辈子，真觉得自己罪孽深重。我的故事讲述的就是这样的灵魂。但是听故事的人，请你们同时要相信，我的灵魂虽然黑暗、罪恶、自私、任性，一样有着不安和忏悔，一样有着对"好"的渴望。我已在此停留七天，肖长春和娘已把我埋葬，我将要离开这里，会有另外一个灵魂来引领我。我不知道我能不能见到罗思甜，某种意义上说，罗思甜是我害死的。太虚幻境就在不远处等着我，我会在那儿见到罗思甜吗？那个地方像人间那样充满悔恨吗？她会如何对待我？或者我根本见不到她，我将万劫不复，进入永恒的地狱之火中。

这是我最后一次瞭望西门街，我看到一支迎亲的队伍正浩浩荡荡向西门街走来，唢呐声声，吹奏着欢乐的曲调……我看到了冯小睦，也看到了那个女孩。我此刻才恍然明白，那女孩原来是杜天宝的女儿。这个小姑娘还是孩子时我应该见过的吧？但我印象模糊。那时候杜天宝去了鼓楼生活，在另一个街区。肖俊杰死后，我的生活一团糟，无暇他顾。当然归根究底我是个自私的人，很少关心别人。现在，冯小睦来娶杜银杏了，杜银杏将成为一个幸福的新娘。

杜天宝站在鼓楼边，脸上挂满白痴般的笑容，这是他满足的时刻。他一生中多的是这样的时光。在我把钱插在蜂窝煤饼时，他就这么满足。他只要一点点快乐就能满足。他是人间仅存的来自天堂的孩子。我的灵魂能看到将来，我真想告诉这个白痴，一年后他将有一个外孙，聪明漂亮，再过一年就会喊他外公。我能想象出那时候杜天宝的满足劲儿，他一定会觉得自己拥有了全世界。

我的耳边响起了多年前的歌谣，它听起来是那么安详，像母亲的摇篮曲。我有多久没有这种感觉了？为什么一切古老的曲调听起来都是安详的？我在这曲调中上路：

> 杜天宝，杜天宝，
> 他是个傻瓜。
> 杜天宝，杜天宝，
> 他看上美女啦。

85

八月六日那天，杜天宝一早起来了。天色还暗，他一点睡意也没有。他整夜目光炯炯，等待着这个日子的到来，因为今天是银杏的大喜日子。他以为是自己去了一趟冯村才定下婚事的，其实银杏的主意大着呢，这事儿都是小睦和银杏自己决定的。在冯村，小睦的父母说，亲家，农历七月十一日是黄道吉日，这天让他们成婚吧。

天宝起床后从楼梯下来，看到客堂上一个穿红衣服的人，吓了一跳。那红衣裳女孩很像多年前的罗忆苦。天宝以为自己见到了鬼魂，吓得差点尿裤子。这时候，那红衣裳女孩说，爹，你这么早起来了啊？天宝这才认出是银杏。原来银杏也睡不着，起来自己打扮好了。天宝刚才瘫在楼梯上，余惊未消。银杏说，爹你怎么了？天宝本想说以为见到鬼，想想今天大喜日子，这话不吉利，忍着没说出来。银杏笑着拿来一件新衣裳要天宝穿上。天宝刚起床，上身只吊了件背心，银杏把天宝的背心扒下来，给天宝穿上一件白衬衫。穿好后，银杏让天宝站在镜子前，昨天银杏带天宝去理了个发，因此显得特精神。天宝都认不出镜子里的自己了。那衬衫上别了一朵大红花，天宝看起来像一个新郎。这让他想起多年前和碧玉结婚的时候，他一脑袋糨糊，木偶一样拜了堂完了婚。现在他还是一脑袋糨糊，但他现在是爹了，他要好好把银杏嫁出去。天宝指着镜子里的银杏说，银杏，你瞧，你真漂亮，比图画里的女人还漂亮。银杏只是笑。

一会儿，银杏把碧玉也叫了起来。这个没头脑的女人就是能睡，你不去叫她，她一直睡下去，也不管今天是她女儿的大喜日子。银杏叫她不起来，天宝只好出马。他拍了拍碧玉的脸，她还是没醒，就把她抱起来。天宝说，银杏，你去弄点凉水来，不碰到凉水你娘醒不过来。银杏打来凉水，天宝用湿毛巾蒙在碧玉的脸上。碧玉醒了。银杏在边上埋怨，爹，你这哪是用凉水把娘弄醒的，娘这是憋醒的，你这样蒙着她，她透不了气。碧玉不知道刚才他们对她干了什么，醒来后对他们傻笑。

银杏替娘洗漱完，也给娘换上了一件红衣裳。碧玉是个人来疯，特别是看到鲜艳的颜色，她就兴奋，哇啦哇啦地叫起来。天宝说，碧玉，银杏今天要出嫁了，我把她许给了冯小睦，那是一户好人家。碧玉，别人家的孩子出嫁，做娘的都会伤心，你倒好，高兴成这个样子。你不像个娘。不过碧玉，我也不像个爹，我也高兴，高兴得合不拢嘴。这时，天宝听到了哭声，是银杏在哭。天宝不知道自己做错了什么，手足无措，他问，银杏，爹说错了吗？银杏却哭得更厉害了。天宝说，别人家的姑娘出嫁时也哭，但那是假哭，银杏是真哭，我们的闺女比别人家的姑娘有情义。银杏，西门街的人都说你爹仁义，你也仁义。天宝越说银杏越伤心，银杏恨不得一把用手捂住天宝的嘴，不让天宝说话。但银杏还是止不住自己的眼泪。

后来银杏慢慢安静下来，脸上挂满傻乎乎的喜气。一家三口人，坐在堂屋里等。碧玉因起床太早实在撑不住，坐在那里又打起呼噜。银杏没去叫醒她，她看看天宝，又看看娘，傻傻地笑。一会儿，天宝去院落看了看天，天已亮了，东边有日光，天宝知道今天是个好日子。

天宝实在是按捺不住，他决意要早点去街头等迎亲队伍。银杏说还早着呢，没这么早的。天宝不听，坚持要去街头等。他要让街坊邻居都知道银杏出嫁。银杏拗不过天宝，只好把娘弄醒。三个人一早就站在鼓楼门口，等着迎亲队伍的到来。天宝不知道是不是幻觉，他这会儿听到了远方鼓乐喧天。这让他想起从前，毛主席一发布最高指示，革命群众就敲锣打鼓，上街庆祝，现在他听到的锣鼓声像从前一样洪大、庄严、光辉灿烂。天宝的脸上露出幸福的笑容。

不时有人路过鼓楼，不管是认识的还是不认识的，天宝都发糖给他们吃。糖是冯小睦留给他的，冯小睦说，爹，这些糖你分给街坊。那些得到糖的人，一脸喜色，纷纷祝福天宝和银杏。听到祝福最高兴的是天宝，他觉得他们的嘴发出了世上最动听的声音，比毛主席在天安门城楼上宣布"中国人民从此站起来了"还要来得动人。为了听到祝福，他不停地发糖。一会儿，糖发完了。银杏在一边着急了，不高兴了。杜天宝安慰银杏，爹备着糖呢。

杜天宝确实备着糖，糖是从杨美丽那儿弄来的，是麦芽糖。虽然土，但杜天宝每颗都用喜糖纸包了起来。这喜糖纸也是杨美丽送他的，杨美丽说，天宝，银杏要结婚了，这糖算我送你闺女的，我不收你钱，我这糖比店里买来的糖好吃，你用这喜糖纸包包，比买来的糖还体面。杜天宝听人说罗忆苦被人杀死了，他不清楚杨美丽是不是知道。杨美丽看上去很悲哀，好像已经知道了。杜天宝突然说，杨阿姨，你不要伤心，罗忆苦不是我害死的。杨美丽愣住了，一会儿，她的眼泪哗啦哗啦流了出来。

天宝进屋把糖果拿出来。糖有一麻袋，这下子够分发的了。

一会儿恩人董培根来了，他来做今天的证婚人。董政府是大领导，他能替银杏证婚，天宝觉得是天大的面子。他说话很有气概，他说，天宝是个仁义的人，我和他朋友多年。天宝的老婆是我介绍的，真没想到现在他女儿都出嫁了，时光过得真快啊。要是蕊萌还在，就好了，她会高兴坏的。也许恩人董政府想起了他早逝的女儿了，说到这儿，竟有些动容，眼眶泛红。天宝只见董政府哭过一次，在火葬场的台阶上，和天宝一起为他死了的女儿哭。后来天宝见到董政府，都很严肃。天宝习惯了他的严肃，董政府现在这么动情，他有点不适应。让天宝没想到的是，银杏听了这话，又哭了起来，口中叫着外婆，说对不起外婆。这可把天宝吓坏了。

正是盛夏，南方少雨，太阳一照，空气热乎乎的，好像这空气是刚刚从一只狗的口中吹出来的，还有一股子臊气。杜天宝在夏天一般不穿衬衫，现在被热空气一烤，汗就往外冒，背脊处湿了一大片。但他就是不脱，银杏好体面，他不能丢银杏的脸。他正竖起耳朵聆听远方传来的鼓声，那声音越来越近了。

果然一会儿，迎亲的队伍从镇明路开了进来。小睦穿着西装打着领带（这么热的天他一定一身汗）走在最前面，后面是一座八抬大轿，左右两边是敲锣打鼓的人。城里人娶亲一般是车队，他们没见过这阵势，都来看热闹。一时，鼓楼两边站满了看热闹的人。小睦见到天宝，扑通一声跪下来就拜，天宝吓了一跳，也跪了下来。幸好边上董政府把天宝扶了起来，还叫天宝把小睦迎到家里。

银杏这会儿已不哭了，她看见小睦就笑，不光嘴巴笑，眼睛也笑。

小睦娶亲时的繁复礼数，是城里没有见过的，又拜天地，又拜祖宗，还拜天宝和碧玉，天宝被支使得团团转。小睦和银杏对拜后，仪式终于完了，小睦把银杏迎进花轿。这时，天宝偷偷地塞给小睦一只大大的塑料袋。天宝神秘地要小睦把袋子藏好。"晚上回家再看。"小睦点点头。想起里面装着的东西，天宝就想笑。是的，塑料袋里面装满了避孕套。这袋东西天宝早已准备好啦。自从和罗忆苦睡了一觉，他算开眼界了，他认为这是他们新婚最用得着的东西。

那天，天宝一直跟着迎亲的队伍，不肯回家。一会儿，永城被抛在身后，越来越小，最后看不见了。女儿多次要天宝回家。女儿说，娘还在家呢？你去照顾她啊。不知怎么的天宝就是想跟着，他只觉得心里面原本的幸福忽然转变成一种空落落的伤心，呜呜地哭起来。女儿叫花轿停了下来，来到天宝身边，一动不动地站着。天宝不回家，她就不走。冯小睦一脸着急，不知怎么办好。那唢呐声吹得一阵紧似一阵，吹得天宝心里发毛，好像在说他这样跟着是不对的，不像个当爹的，很不应该。

天宝只好回了家。他走向永城时觉得已没了力气。他一步三回头，看着远去的迎亲队伍，觉得心已不在自己的胸腔，而是留在了银杏的轿子里。他感觉很累，在路边的一棵树上靠了一会儿。也许是昨晚没睡好，太累了，竟然靠着树睡了过去。他做了一个梦，先是梦见罗忆苦。梦里罗忆苦告诉他，一年后，他会有一个外孙。说完罗忆苦像一束光一样，融入遥远的光芒深处。然后他梦到了一个大胖小子，白白的，胖胖的，在耳边叫他外公。他的心就不再空了，脸上露出甜蜜的笑容⋯⋯这时，他一个激灵醒了过来，发现刚才是梦。对别人来说这仅仅是一个梦，杜天宝却把它当成真的，他相信凡是自己梦到的最终都会变成现实。他觉得自己见到过外孙了，白白胖胖的很可爱，关键是会叫外公。"我外孙可比我聪明多了，像银杏一样聪明，嘴巴比银杏甜。"杜天宝自言自语，刚才的空虚感一下子消失了。他向永城走去。永城在远处，好像在光芒之中，那年他想飞，罗忆苦告诉他不吃饭就可以飞，他饥饿的时候，总是见到光，好像见到了天堂。他觉得现在看到的情景有点像天堂。他爹老杜活着的时候同他说，天宝，我们家原来可不在永城，你爹当年一路讨饭到了永城，就觉得永城是个好地方，从此后我们杜家要世世代代在永城生活下去。想起爹的话，天宝有点急了，女儿嫁出去了，成了冯家人，自己死后杜家在永城就没人了啊！

他以后得把孙子接来，让孙子生活在永城。

这天，天宝回到家，感觉香案下哪里不对头。好一会儿才发觉多出一只酒坛子。酒坛子怎么会在这儿？明明放在厨房的啊？天宝决定把酒坛子放回原处。这时他看见被罗忆苦拿走的军用包在酒坛子后面。他急忙打开包，里面满满一堆花花绿绿的钱。他大吃一惊，以为罗忆苦没死，她把钱送回来了。她说过，她会马上把钱还他的。他来到院子里，叫唤：

"罗忆苦，你在不在？罗忆苦，你是不是没有死？"

一阵风吹过，院子里的香樟树叶沙沙作响。

天宝一时有点弄不明白。弄不明白他就不再想这事了。

晚上，天宝躺在床上，忽然想起自己送给女婿的那袋避孕套，忍不住咯咯咯地傻笑起来。那傻婆娘不知哪根神经搭错了，也跟着笑，她的笑声很年轻呢，声音像一个大姑娘。天宝想，大概她平时不说话，几乎不用嗓门，所以声音就年轻啦。天宝对傻婆娘说：

"你是个傻瓜，我也是个傻瓜，不知道天底下有这么好的玩意儿，我们这辈子少了多少乐子啊！"

2010 年 5 月 10 日 — 2014 年 3 月 20 日一稿
2014 年 5 月 12 日 — 2014 年 6 月 12 日二稿
2014 年 10 月 25 日 — 2014 年 10 月 30 日改定

时光的面容渐渐清晰

——代后记

一、《南方》是我意外的产物

"需要闭上眼睛用尽所有的力气，才能把过去找回来。"

这是《南方》的开头。某种意义上也是关于我写作这部小说的隐喻。2009 年，我写完《风和日丽》，当时有一种被掏空了的感觉，有好长时间，几乎不能写作。但写作是写作人的宿命，一旦空下来，人会变得无比空虚，整个生命犹如一辆车在半途抛了锚。

2010 年，经过半年的休整，我想作为消遣写一个过渡性作品。最初我仅仅想写一个傻瓜的故事。他的故事来源于我的邻居。这个傻瓜当年是我们的乐子。他工作后，把钱藏在蜂窝煤饼里面，他告诉我们，这钱将来是娶老婆用的。但多年后，他发现藏于煤饼的钱都烂掉了，成了灰。他大哭一场。

现在我把这个人物写进了小说，我也写到把钱藏于蜂窝煤饼这件事。读者可以发现，当这些事写进小说后，全然已不是原来的样子。这就是小说这门古老艺术和现实的区别。小说有自己独有的逻辑，它有时候像音乐，只要出现一个动机，便可以沿着这个动机不断发展、变化，然后从现实中飞升起来，绝尘而去，把现实远远地抛在了后面。

我写下了这个开头。那时候，《南方》的世界一片黑暗，我像小说里的傻瓜杜天宝一样，脑子里"慢慢就出现了天空，南方的街道和房屋，它们像放露天电影时的幕布被大风刮着，晃来晃去"。我看到傻瓜杜天宝的三轮车上坐着一对双胞胎美女。

我原本只想写一部轻松的小说，没想到我花了五年时间。在这五年中，杜天宝渐渐地变成了次要人物，而那对双胞胎姐妹花，以她们独有的命运站到了前台。《南方》不是我原本想要的轻松的作品，它已变成一部探讨人性及其边界的小说，一部关于命运的沉重和惨烈的小说。

二、需要找到一种形式才可以书写

这五年里，我不可能每天在写。我时有杂念，我问自己写作的意义。这世界多一本我的小说与少一本我的小说似乎没有多大的关系。写作极不顺利，我为此沮丧至极，怀疑自己失去了写作能力。我越来越自闭了，很少与人交往。我每天把自己关在家里，有时候去杭州住几天，也是关在家里。有一些事会突然进入个人生活，然后，又远去了。我生活得越来越慢。

为了打发时间，我还乱涂一些小画。我想我可能算是个比较专注的人。专注让人充实。有一段日子我喜欢上了画画。

可是，对我而言似乎只有写作这件事让我真正满足。小说里那些人物并没有离开我，他们在慢慢生长。他们最初在我记忆的缝隙里钻出来，像一粒刚刚破土的种子，软弱而稚嫩。他们有时候对我指指点点，会嘲笑我的无能。有时候争吵着要进入我的小说，想占据更多的章节。有四个家庭摆在我面前，我慢慢知道他们的来处以及他们的幸福和不幸。但是，这一切太乱了，我无力书写他们。我发现我写出的近十余万字更像是一张随意画出的草图，杂乱无章。然而在这个过程中，我记住并开始洞悉我的人物，我知道他们会如何选择并行动，知道他们的欲望和情感，知道了他们内心的黑暗和光亮。

必须重头来过。一个小说家无法穷尽世间的一切。我必须给生活以形式，才可以书写。直到有一天，我找到了现在的结构。

"我在一天之前已经死了。"

当我写下这句话时，我确定罗忆苦成了整部小说的中心。

在《南方》里，我设置了三个人称：你、我、他。这不仅仅是人称问题，也是一个结构，是一个关于人性的寓言。

这是一个类复调音乐的结构，而"我"无疑是整部小说的主调，在我的想象里，"我"更多地指向生命中的"本我"，那个我们至今无法道清的和整个宇宙——对应的人的内在宇宙。

三、南方传奇以及文学传统

2010 年，当我开始写作这部小说时，有一个名字叫《第七日》，后来余华出版了一部叫《第七天》的书，我只好改名。

我倒是更喜欢现在这个书名《南方》。我写的就是关于南方的故事，里面充满了南方的风物，有很多关于南方气候、植物、人情、街巷的描述。而在中国，南方的历史充满诗意，很多传奇和浪漫故事都在这儿发生。在中国文学的版图上，南方一直是很重要的存在。古典诗歌中，南方的意象也深入人心。南方多山川湖泊，似乎容易出现神迹。

我曾去过墨西哥。像所有中南美洲国家一样，那是一个奇异的地方。甚至那里的植物也格外的饱满肥大，有一种超现实之感。在那里，我看过弗里达的画，这个极度自恋的女画家，专注于画自画像的双性恋者，我从她身上看到了斑驳的文化图景，一种来自印第安、西班牙、南美及印度文化的混合体，极度的妖艳和迷幻，代表着美洲南方大陆的丰富性和复杂性。她让我想起另一位墨西哥作家胡安·鲁尔福和他的代表作《佩德罗·巴拉莫》，总是带着中南美特有的神秘性和超现实感。

南方文学传统在我看来就是这种植物般生长的丰富性和混杂性。

在中国南方，同样的植物蓬勃，四季常绿。生命在此显现不同于北方的那种壮烈，带着南方的水汽和灵动，带着热烈的甚至早熟的腐烂气息。萧耳女士在看了《南方》后，问我罗忆苦是不是来自我的记忆。她说，在南方，每一条街上都有一个罗忆苦，一个"坏"女人。虽然小说和现实世界有着巨大的差别，但每个作家都会承认，它的种子是来自现实的。

对我而言，记忆，尤其是那些不能忘记的场景是我小说的胚胎，我的小说就是由它发育而来，当然其中加入了我自身的经验和人生阅历。

南方多佳人。而底层的佳人往往红颜薄命，她们经不住人世的诱惑，早早地开始了她们丰富的人生。在我有限的经历中，也见证过几位不按常理出牌的女性，她们往往是桃色事件的主角，但恰恰是她们照亮了平庸的日常生活，使芸芸众生看到了与自己完全不一样的不"道德"的生活，甚至看到了"自由"本身，公众虽然会有某种被冒犯的感觉，但只要深究，其实他们的内心深处同样渴望着这样的"自由"。

我们讲故事的人迷恋于这种传奇，总是试图打开生活的另一种可能性，并探索人性可能的疆域，从而刺激我们日益固化的日常生活及其经验。

四、回望和交汇

一直以来，我专注于通过叙述处理时代意志下人的境遇问题。由于中国社会及其当代历史的特殊性，人的命运也有着极为奇特的面貌。我一直迷恋于这个主题，即书写社会主义经验。

我早年的《越野赛跑》写了两兄弟的故事，是两个疯狂年代相遇的故事，我把这两个时代命名为政治年代和经济年代。这是我第一部长篇，整部小说的基调是飞扬的，寓言式的。写实部分也显得夸张甚至变形。

后来，我在写作《爱人同志》时放弃这种方法，我开始向人的内部世界拓展。那个不可捉摸的内心世界有着巨大的能量，让我深深着迷。我完全用写实的方法切入，一步一步，进入那个黑暗的潜意识领域。外部世界也一直在文本中存在，因为小说中的刘亚军和张小影在时代的节点上起始，在历史的变迁中展开。但和一般小说不同的是，我努力"向内转"，试图打开人物精神世界的图景，他们的光荣和失落，幸福和疼痛，爱和恨，温情和暴力。而他们身上发生的一切和时代紧密相连。

对我来说，奔放的、飞扬的想象似乎是"容易"的。我早年的中篇《家园》也是一部飞扬之作，我几乎用两天时间就写完了它。而写作《爱人同志》这样的小说，需要耐心，需要长久地凝视，需要仔细地辨析，看清他们的选择和行动的理性和非理性面相。

每一次写作，对我来说都是一次自我挑战。写作《南方》时，我想到了我早年的《越野赛跑》。我想，既然我第一部长篇是关于飞翔的，那么我的生命里一定有这样的天性，我为什么要放弃这样的写法呢？同时，我告诉自己，我是个对人充满好奇的作家，我同时也不能减弱对"人"的探问和质询。

我试图在《南方》中融入我写作中两种完全不同的风格。我想让南方有寓言性，但这种寓言性要建立在人物的深度之上。我要在飞翔和写实之间找到一条通道。

我不知道自己是否做到了。从我现在的文学观念来说，我更喜欢那种有人性深度的小说。但如果一部小说既能做到人性的深度，又能指向关于世界的普遍性的寓言表达，也是件不错的事。

五、作品是作家在时间里的精神晶体

　　《南方》对我而言是一次漫长而艰难的写作，写完后，我长长松了一口气。不管怎么样，我终于写完了它。

　　不光是我书里的人物在五年的时光里渐渐清晰，我通过漫长的写作，看清了时光和精神之间的关系。就像一位高僧需要一生的修为才能烧出舍利子，写作就是作家在时光里的精神历险，而作品只不过是作家在时间里的生命晶体。我写作的这些年，外部的世界一直在迅捷地变化，而我坚守的小说世界也因为时光而显现出自身的逻辑。在《南方》写作中，我尽可能地淡化历史——当然它依旧在，我更多地让小说按其自身的时间而生长。在写作中，我不但在时光里看清小说人物的表情，我也看清了时间温情而残酷的面容。

2015 年 3 月 18 日

图书在版编目（CIP）数据

南方 / 艾伟著 .— 杭州 : 浙江文艺出版社，2022.9
ISBN 978-7-5339-6811-3

Ⅰ. ①南…　Ⅱ. ①艾…　Ⅲ. ①长篇小说－中国－当代
Ⅳ. ① I247.5

中国版本图书馆 CIP 数据核字（2022）第 049883 号

策划统筹　曹元勇
责任编辑　周　思
文字编辑　顾楚怡
营销编辑　耿德加　胡凤凡
责任印制　吴春娟
装帧设计　@Mlimt_Design
数字编辑　姜梦冉　诸婧琦

南方

艾　伟　著

出版发行　浙江文艺出版社
地　　址　杭州市体育场路 347 号
邮　　编　310006
电　　话　0571-85176953（总编办）
　　　　　　0571-85152727（市场部）
印　　刷　上海盛通时代印刷有限公司
开　　本　889 毫米 × 1240 毫米　1/32
字　　数　265 千字
印　　张　13.125
插　　页　4
版　　次　2022 年 9 月第 1 版
印　　次　2022 年 9 月第 1 次印刷
书　　号　ISBN 978-7-5339-6811-3
定　　价　69.00 元（精装）

一本书打开一个世界

欢迎订购、合作

订购电话：0571-85153371

服务热线：0571-85152727

KEY- 可以文化　　　浙江文艺出版社　　　京东自营店

关注 KEY- 可以文化、浙江文艺出版社公众号，
及浙江文艺出版社京东自营店，随时获取最新图书资讯，
享受最优购书福利以及意想不到的作家惊喜